科学塔尖上的上海女孩

——「蛋白质女孩」在美国

单子恩 著

上海大学出版社

图书在版编目(CIP)数据

科学塔尖上的上海女孩 / 单子恩著 . — 上海 : 上海大学出版社, 2015. 8

ISBN 978-7-5671-1802-7

Ⅰ. ①科… Ⅱ. ①单… Ⅲ. ①纪实文学-作品集-中国-当代 Ⅳ. ①I25

中国版本图书馆 CIP 数据核字 (2015) 第 175471 号

策　划　林志国　赵　军

责任编辑　焦贵平

封面设计　倪天辰

技术编辑　金　鑫　章　斐

科学塔尖上的上海女孩

——"蛋白质女孩"在美国

单子恩　著

上海大学出版社出版发行

(上海市上大路99号　邮政编码200444)

(http://www.press.shu.edu.cn　发行热线021-66135112)

出版人: 郭纯生

*

南京展望文化发展有限公司排版

上海叶大印务发展有限公司印刷　　各地新华书店经销

开本 787×960　1/16　印张 14.25　字数 202 千

2015 年 8 月第 1 版　2015 年 8 月第 1 次印刷

印数 1～5100

ISBN 978 - 7 - 5671 - 1802 - 7/I • 301　定价: 36.00 元

编者的话

本书的上一版《“蛋白质女孩” 在美国》于2005年由上海古籍出版社出版，该书出版后，媒体和读者的反响热烈，众多报纸杂志也做了相关报道。当下，新一轮的留学大潮再度涌来，而且越来越呈现出低龄化的趋势，我们为了帮助当下的留学生，特别是小留学生的父母更加客观地看待留学问题，决定对上一版内容重新编写修订出版。

文中的主人公单舒颐是一个聪明、勤奋、严谨，同时对生命和生活充满热爱的女性，她自高中起就读于上海名校，之后的经历看上去一帆风顺，目前已经成为在美国为数不多的“诺贝尔签名奖” 获得者的青年科学家之一，但各种甘苦只有她本人知道。她本人的成长经历具有不可复制性，但是她的读书及留学经历对众多想留学的孩子及孩子的父母有非常好的借鉴意义，因此在征得本书作者单子恩先生的首肯之后，我们与单先生一起对原稿重新进行了梳理，在上一版的基础上，结合当下留学问题在某些章节之后特别加上了“编者的话”，从另一个角度对书中的内容做出回应和点评；编者还采访了从教育家到媒体工作者、从学生到老师等社会各界人士，与他们对关乎中国教育和留学的社会问题进行了对话，这些内容均收录在本书的“附录”中，供读者参考。

在改革开放三十多年后的今天，出国留学已成为了相当普遍的社会现象，进而也引发出许多社会问题。由社会变迁引发的一系列感慨，生动地流淌在作者的笔尖，单子恩先生的文字朴实、清新，而且真诚，读来平易近人，他的感悟时常发人深思，引人共鸣。对中国当代留学生而言，单舒瓯身上那些非常值得发扬的闪光点，读来令人动容，予人力量，对准备留学的孩子及孩子的父母一定会有所裨益。

最后，感谢单子恩先生对我们的信任和支持，准许我们对原稿做出如此的改动，也非常感谢赵军、魏忠、徐可君等人为本书的写作完善做出的努力，感谢林志国先生为策划、编辑此书付出的心血，同时本书的出版得到了上海赛若福信息科技有限公司的友情赞助，在此，我们一并表示感谢。

目　录

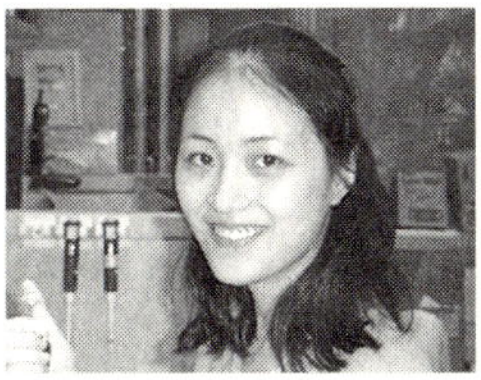

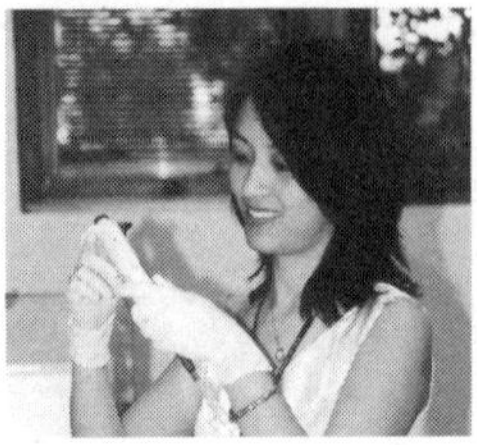

Institute of Technology

序

“蛋白质女孩”在美国

叶永烈

自从台湾新生代作家王文华的小说《蛋白质女孩》畅销以来，作者所描述的“像蛋白质一样：健康、纯净、营养、圆满”的女孩形象，为大家所熟悉。

然而，在我看来，王文华犯了一个常识性的错误。我虽今日忝陪作家之列，原本却是“科家子弟”，曾在北京大学化学系受过六年科学熏陶。从化学的角度来看，王文华的小说，应该取名《蛋白女孩》，而不应该取名《蛋白质女孩》。刚刚剥去外壳的、煮熟的鸡蛋，那洁白、柔润的蛋白确实“健康、纯净、营养、圆满”。然而，蛋白与蛋白质是两种不同的概念：蛋白是蛋白质，而蛋白质并非仅仅只是蛋白。人的毛发、指甲、肌肉以至大豆之类，主要成分都是蛋白质。

我在美国旧金山，巧遇名副其实的“蛋白质女孩”！

那是2004年12月12日，我到达旧金山没几天，从小儿子家给老朋友单子恩先生打了个电话。他早些天从上海到旧金山探亲。他一接到电话，就说当天夜里要来看我。为什么那样急呢？原来，他女儿马上要从旧金山搬家到洛杉矶，他也随女儿一起离开旧金山。

单子恩是上海的摄影师，跟我在一家电影制片厂同事多年。他还是我的温州老乡，而且跟我的太太是中学校友。

夜晚，响起了门铃声。一开门，外面停着一辆轿车，从车上下来四位客人。

2004年12月12日叶永烈一家与单子恩一家在美国旧金山合影，左起第四人为单舒瓯，左五为单子恩，左六为叶永烈

单子恩介绍说，那驾车而来的小伙子是他的女婿，蹦蹦跳跳的是他的外孙，而一头长长乌发的则是他的女儿。

进屋之后，我细细打量单子恩的女儿，面目清秀，举止文静。看上去她很像母亲，她的母亲也是我的同事，一位细声慢语的白衣天使，只是这回她的母亲没有来美国。她穿一件普通得不能再普通的灰色毛衣。她的儿子围着她前前后后玩耍。她时而逗他，时而抱他，时而咯咯笑着。看上去，一点也没有教授、博士的派头。她，便是"正宗"的"蛋白质女孩"——她所研究的课题便是蛋白质，解密蛋白质结构，研究蛋白质催化……

单子恩告诉我，女儿名叫单舒瓯。取名"瓯"是为了表达对故乡的怀念，因为瓯江是温州的母亲河，而"舒"则期望女儿一辈子生活舒适，因为作为父辈的他，这一代日子过得太艰辛了。

然而，单舒瓯长大了，却对“舒”字作出了自己的解释：“舒”，意味着“舍”“予”，也就是“牺牲自己”的意思。她愿意把毕生精力奉献给科学。

单舒瓯聪明又富有毅力。她的经历很简单，也很艰辛：十七岁那年，高二的她考托福，得了657的高分（满分670分）；十八岁时，在上海重点学校——华东师范大学第二附中高中毕业，去了美国；二十一岁在美国马里兰大学本科毕业；二十六岁获得斯坦福大学生化学博士学位；接着，在美国加利福尼亚州立大学旧金山分校做博士后。她受到诺贝尔奖总部的邀请，前往瑞士出席蛋白质研究工作会议。

由于单舒瓯学业优秀，美国九所大学向她发出了工作邀请函，内中包括了大名鼎鼎的哈佛大学。对于中国的莘莘学子来说，哈佛大学如雷贯耳。一本《哈佛女孩》倾倒多少中国孩子，比《蛋白质女孩》更具魅力。然而，对于单舒瓯来说，不是她去报考哈佛大学，而是哈佛大学聘请她任教。单舒瓯当然向往名师云集的哈佛，然而她却出人意料地选择了加利福尼亚州理工大学，前往那里担任教授。她对我说，因为那里给她的科研条件更加优越：一个两百五十平方米的实验室，一笔相当可观的科研基金。加利福尼亚州理工大学在洛杉矶，所以她马上举家迁往洛杉矶。作为化学同行，我深知化学是一门实验科学，对于化学家来说实验室是对未知堡垒发起攻击的阵地。我充分理解她为什么那样看重实验室。

三十一岁的单舒瓯，在蛋白质研究的前沿闯关夺隘，取得骄人的成就。这位“蛋白质女孩”引起中国媒体的注意，上海电视台为她拍摄了专题节目，《文汇报》为她发表介绍文章，《新闻晚报》为她发表专访，由单子恩所写的《“蛋白质女孩”在美国》一书也在上海出版，书中收录许多单子恩为她拍摄的照片，形象地展现了“蛋白质女孩”的成长历程……

单舒瓯在美国出类拔萃，引起众多望子成龙的中国家长的关注。他们很想从单子恩家庭教育的成功经验之中，获得启示，以便把自己的孩子也培养成“哈佛女孩”。

在我看来，从单舒瓯的成长历程中，当然可以总结出许多供众多家长借鉴的经验。不过，在我与单舒瓯的交谈中，她那朴素语言中流露出来的闪光的思想，更令我感动。她的成功，固然来自她的聪慧、刻苦和勤奋，更重要的是她非同一般的素质。

她小小年纪有着成熟、深邃的思想。她对于自己名字中“舒”的独特注释，就显示了她的人生观。在当今物欲横流的世界，她专心于实验室研究，把金钱看得很淡。她有时"半个月就一直泡在实验室里，实验做了一遍又一遍"。她说："钱不能打开科学的大门。"在她看来，手头有买书的钱，就足够了。她衣着朴素，从不追求名牌。她以为，"科学就是要发现未知"，她的最大乐趣就是发现未知。她的思想，往往超越了她的同龄人。我很喜欢她的这样一段内心独白："责任心强，做事追求尽善尽美，不肯马虎，比较追求精神生活，喜静，珍重那些高尚的东西，在这一个很现实的环境里，努力保存一些很多人觉得是过了时的信念……"她所说的"过了时的信念"，正是中国传统的美德。

她不"死读书"。我看了她写给父母的家信，文笔流畅，富有哲理。她研究蛋白质，却读了大量文学名著。文理兼优，使她视野开阔，思想活跃。她在美国不仅读巴金的《家》、《春》、《秋》，读冰心的《寄小读者》，读《朱自清散文》，读《红楼梦学刊》，也读王蒙、舒婷、席慕容，甚至选了"英国小说史中女作家的比较"这样的课题，"一连看了十几本文学理论书，然后在那里拼命写"。这位"蛋白质女孩"，简直成了文科生。她的家书，用清新的文字表露了她的心路历程。文学提高了她的思想境界，思维富有条理性，反过来使她在蛋白质研究中能够智取险阻，在攻关时游刃有余。

她是幸福的。她不仅有着园丁般细心培养她的父母，而且有着可爱的小家庭。她的先生叫刘卫东，来自东北长春，美国斯坦福大学电子工程系博士，一个热情而直率的小伙子。她的择偶标准与众不同："容忍我待在实验室，容忍我不去参加Party（聚会）而情愿看书，理解我的志向，并且不想在这方面改变我。"在那个夜晚，她的四岁的儿子一直像月亮绕着地球似的围着她咯咯笑着、闹着、跳着……

我为老朋友单子恩有这么个"蛋白质女儿"而高兴。那个夜晚，单舒瓯和她的先生与我的小儿子、儿媳也成了朋友。如果不是因为已经夜深，他们一家还会跟我们一家聊下去……

此后，我不断从单子恩那里得知，他的女儿单舒瓯连年进步：

2005年，单舒瓯成为全美十位"新教授奖"得主之一；

2008年，美国生物学会授予单舒瓯"青年成就奖"；

2011年，单舒瓯从助理教授升为正教授，成为加州理工学院终身教授；

2012年3月27日，在波士顿举行的美国化学会国家奖颁奖典礼上，美国化学会会长巴山·夏哈希尼（Bassam Z. Shakhashiri）博士把本年度的“美国化学会诺贝尔奖得主签名奖”（Nobel Laureate Signature Award for Graduate Education in Chemistry）颁发给美国斯克利普斯研究所（Scripps Research Institute）张鑫博士和他的导师加州理工学院化学与化工系单舒瓯教授。

2012年3月27日在波士顿举行的美国化学会国家奖颁奖典礼上，美国化学会会长Bassam Z. Shakhashiri博士（左一）将本年度的诺贝尔签名奖（Nobel Laureate Signature Award for Graduate Education in Chemistry）颁发给Scripps Research Institute化学系张鑫博士（左二）和他的导师加州理工学院化学与化工系单舒瓯教授（右二）。右一为这一奖项的赞助商、美国Avantor公司制药事业部及R&D副总裁Nandu Deorkar。

“美国化学会诺贝尔奖得主签名奖”是美国化学会颁发的博士生的最高荣誉，每年仅颁发一人及其导师。“美国化学会诺贝尔奖得主签名奖”设立于1978年，由美国化学会和艾万拓（Avantor）公司创建，并得到诺贝尔基金会的支持。每年美国化学会组织著名化学家进行严格评审，最终把这一奖项颁发给一名本年度在化学领域获得最杰出成就的博士研究生及其导师。除证书外，获奖者还获得刻有诺贝尔获得者签名的纪念铜匾。

2011年度的“美国化学会诺贝尔奖得主签名奖”，授予赴美学习的中国科学技术大学杜平武(Pingwu Du)博士和他的导师Richard Eisenberg教授。在2012年,单舒瓯是作为博士生张鑫的导师获得此奖。

单舒瓯孜孜不倦地研究蛋白质。她的研究方向是化学与生物学的交叉学科,希望能利用生物化学和生物物理学的原理解析生物过程。这些年,她发表蛋白质研究论文多篇,其中特别引人注目的是,她在美国权威性的科学杂志《自然》(Nature)和《科学》(Science)发表了论文。《自然》是世界上最早的科学期刊之一,也是全世界最权威及最有名望的学术杂志,创刊于1869年11月4日。《科学》是美国科学促进会(AAAS)出版的学术杂志,于1880年由爱迪生创办。

单舒瓯的研究指出,“大肠杆菌中的信号识别颗粒(signal recognition particle,SRP)途径,发现机体能通过一系列的检测点排除错误,从而确保蛋白靶向的精确性。”

单舒瓯的研究,还“首次解开了一个长期存在的谜团,即泛素(ubiquitin)如何在泛素连接酶(ubiquitin ligases)的协助下,添加到控制细胞周期的特殊蛋白质上。”

单舒瓯的研究,“发现了RNA的又一重要功能:帮助协调大规模蛋白运动,具体来说,就是作为分子支架,协调大规模蛋白运动,帮助某些复杂细胞进程中不同因子之间的交换,以及分子事件的精确定时。这为RNA在生物机体中众多功能的列表上又添加了一项。”

美国西南医学中心细胞生物学系主任Sandra Schmid教授在美国《化学与化工新闻》杂志(C&E News)的专题报道中,评价单舒瓯的研究工作是“生物化学的交响曲”。

斯坦福大学生物化学系Daniel Herschlag教授称,单舒瓯的研究是把化学手段应用在定量研究细胞中重要生理过程和复杂生物体系的代表作。

正因为这样,美国国家科学院院士、加州理工学院化学与化工系Douglas Rees教授提名,把2012年度“美国化学会诺贝尔奖得主签名奖”授予单舒瓯,认为她的研究成果代表了“衔接定量科学和细胞生物学的最前沿进展”。

单舒瓯以优异的研究成果,在美国化学界崭露头角。看得出,她在蛋白质研究前沿巡逡的她,正在寻觅新的突破口,以探求蛋白质新的奥秘。祝愿她鹏程万里,更上一重天。

叶永烈 上海“沉思斋”

（代自序）

我愿化作点点春晖，温暖你“生命”的彼岸

中华民族是一个重视教育的民族，古有孟母三迁，只为孩子有个好的受教育环境。人们敬佩歌颂寒窗十年的学子，坚信“书中自有黄金屋，书中自有颜如玉”，那“万般皆下品，惟有读书高”的风气虽不可推崇，但仍深入人心。当20世纪80年代国门被打开后，一批批学子踏上留学路，女儿就是其中的一位。

与父亲

这期间有成长的甜蜜，有阵痛的迷惘，有成熟的喜悦，也有反思的深沉。餐馆劳役，实验室打工，熬过多少个不眠之夜，靠的是勤奋，靠的是付出比别人更多的努力。通过考试一次次第一名的获得，走上领奖台，进入一流大学，戴上了博士帽，成为一名博士后，做了美国加州理工学院的一名教授，有了自己的实验室，又获得了2008年度美国生物学会青年成就奖，并成为美国加州理工学院终身教授，又获得了2012年度诺贝尔奖得主签名奖。20年的历程，女儿实践着“只要你努力，美国梦就在你身边”的信仰。遗产是可以继承的，但知识不能遗传，有的人享受着衣来伸手、饭来张口的富裕生活，而知

识不可能人为地灌注进脑袋。经历是人生一大财富。

我欣赏女儿的话：

研究是为了自己做学问的兴趣，这是我的哲学。要成为一块石头，百折不挠，哪怕经历几十年的风风雨雨，才可能成功，历史上的科学家哪一个不是经历了“苦海无边”的磨炼？

科学是未知、是合理的假设、严谨的推理、精确地试验，还有就是不断推翻旧的理论，提出新的设想。

科学，不仅仅是现有的公式、定理、顺序，我们的头脑，也不应该变成储存知识的仓库，科学更是一种态度、一种精神状态、一种过程，是人类不安于接受自然的、或任何精神的奴役和摆布，要求探索、了解、要给这个杂乱无序（表面上的）的世界，找出一个可以寻求的规律、可以驾驭的系统。人之可以为之骄傲的，就是这种不安本分的挑战精神。

女儿的话：

我这辈子，只要生活过得去，有钱买书就行了。

中国有句古话叫“人为财死鸟为食亡”，与拜金主义如出一辙。这是在古罗马时期，金融之神朱诺juno向人们发出的警告。“钱”在英语中称money，拜金主义者有句口头禅：“money first”（金钱至上），这是从西方流行的“lady first”（女士优先）转借过来的，以示对金钱的崇拜。但女儿用自己的方式向它发出了挑战。

人生活在充满诱惑的世界里，只有保持对实验室寂静生活的纯真心态，才能在科学的圣殿里跋涉。

我欣赏女儿的话：

一个人可以很聪敏，可以很有学问，可以成绩非常出色，可以在一段时期内非常成功，但长期的对于工作的热情，却是没人可以装出来的，也不是凭一时的冲动可以成功的。

我反感的不是谁干什么，而是谁想干什么却没有勇气、没有力量、没有毅力追求到底，人不是一个模子做出来的，更不必按一个模式去发展。在社会里，每个人追求自己想做的、感兴趣的事，这个社会才能得到发展。

凭着毅力、坚韧，也是凭着对事业的热恋，她跋涉在求学的路上。

人类对自身了解的过程，比起人类进化的历程还要艰难得多，譬如生命的奥秘，仍然在不解之中。记得《左传》曾记载着："上寿120岁，中寿100岁，下寿80岁，即所谓'三寿'。"这是中国历史上最早预见人类寿命的一个记载。然而，事实上达到这种思想境界的人并不多。为什么？这里首先有个遗传密码制约因素，就是今天讲的DNA。女儿就是与这个DNA结缘的人。虽然人类基因密码已经解密，如何控制基因不致向坏的方面转变，如何使坏的基因转好，这是制服癌症细胞的绝妙办法。这就要研究蛋白质的结构与功能，这就是女儿目前研究的课题。每当朋友患上癌症时，看到他们在无助和期待之中，我往往会想到女儿研究的课题，希望她明天能有所突破，于是我总想起雪莱那首写于1821年的诗：

你在哪儿，可爱的明天？
无论贫富，也无论老少，
我们透过忧伤和欢喜，
总在寻求你甜蜜的微笑。

记得这首诗，因于对明天的憧憬。在雪莱的那个年代，对于"明天"有着一种与现代人全然不同的感受。对于他来说，"明天"是一桩难在有生之年看到的遥远的事情，于是有了憧憬的乐趣。然而现在，人们忽然发现，"今天"与"明天"的界限正在渐渐消失，许多关于"明天"的想象，几乎可以在今天探测和预见，于是我希望看到癌症被征服的明天。

科学塔尖上的上海女孩
——"蛋白质女孩"在美国

女儿在美国二十个年头了，这二十年的点点滴滴值得回忆的很多很多，每当读着女儿当时的一封封信时，泪水总会不自觉地流出，今天在整理这些信件时，再一次读着，仍会辛酸。现在不单把它贡献给将要出国留学的年轻人，也献给所有那些对知识有着执着追求的人，因为这一切都是最真实、原生态的"一手档案"。

女儿说过：

> 我没想得到什么，只是想一步一步地在实验室耕耘，以后会怎样，谁知道呢？

女儿明天会怎样呢？也许这辈子"嫁"给实验室了。

记得黑格尔曾说过，人生的价值，不在于索取多少，而在于她付出多少。想着这句话，我安慰了许多。我很理解她的心情。孩子是你后起的生命，是你血脉的延伸，因为一代比一代更进步更完美，因此这后起的生命更有意义，更有价值，更可宝贵。怎样教育孩子成了热门的话题，不可能一言以概之，长者须是指导者、协商者，却不应该是命令者，人说父母是孩子的第一任老师，道理就在于此。然而今天国人对孩子的期望太高，导致家庭的一切都以孩子为本，实在是不可取的，社会学的问题本来就比较复杂，教育孩子更是一门深奥的学问。

随着近年来留学潮的不断升温，不少亲朋好友时常问起我女儿出国留学的心得体会。每次整理书桌总忍不住翻出那一叠存放了二十来年女儿的信件出来读读，信上的字字句句透着留学经历的一点一滴。已不是一般的家信，其中蕴含了很多人生哲理、丰富感悟。一言一语，回味着，咀嚼着，曾经的酸甜苦辣，有着辛酸，透着暖意。我时而微笑，时而沉思，往事一一浮现。虽然时过境迁，但一切历历在目。留着这些信，时时整理成文，于是有了这本书的出炉，馈赠关心我女儿的朋友们，也许"只缘身在此山中"道不明理还乱吧。"千言万语，何若莫言"。然而生活的精彩在于无限的可能性，成功并不只有一种模式。我觉得，成功完全可以是平凡的。听从内心的需求，选择最纯粹最简单的生活方式，在日常生活的点点滴滴中感知自然，获取心灵的自由。只要自信地往前走努力做好自己喜欢且有价值的工作，那么你会在平凡的时日与成功不期而遇。未来的路虽然说不清，但青春就是有勇气走出去。

单子恩　上海

前　言

阳光总在风雨后

——我的口述历史

2012年是女儿赴美留学二十一周年的日子，她已是加州理工学院一名终身教授了，中国人望子成龙，望女成凤，我满怀着一腔喜悦，似乎感到大功终告成。

岁月如流，望着秋色落叶，寒风袭来，我，一位年过七旬的人，老了，脸上，心上一道道皱纹，雨中黄叶树，灯下白发人。二十一年的岁月，我的心酸，我的泪水，我的微笑，我的荣耀，尽在其中。回忆充斥我的生活。二十一年前与女儿在上海虹桥机场分别时，不禁要哭哭啼啼了，可我忍住了，从心里想要高高兴兴地欢送她才行，这一幕在二十一年后的今天，记忆犹新。她含着泪花的眼睛，似乎在说：爸妈，你们要好好生活，免得我担心……那是一个我永远不会忘记的画面。

我和妻成婚于“五七干校”的下放劳动生涯之际，当时的我穿着旧衣加补丁的衣衫，晒着大太阳，不怕灼伤，担心的是能不能脱胎换骨。文革时代的我们，谁不是这样呢？ 1973年终于有女儿了，在这日子里，我愁眉深锁，眼神迷惘，多愁善感，最愁的就是有了女儿之后的我们这个家又该怎样面对呢？可喜的是这日子终于成了历史。随着邓小平复出，国门很快被打开了。女儿有幸在改革开放的春风沐浴下成长。随着和老外们的接触越来越多，对外面世界的了解也越来越多了，这时候中国人心底里油然地升起一个念头，什么时候咱也到国外去瞧瞧，看看那里的人是怎样生活的。出国留学始自公派一条路，随后，自费留学迅速成潮，成为中国青年人走出国门的一条通道，女儿终于成行了。

我们这一代人总该不会忘记吧！二十世纪九十年代初的中国人经济拮据，几乎家家过着捉襟见肘的日子，为了女儿的出国留学，几乎倾家荡产，东借西借了在国人眼里的“一大笔”钱，为了一张机票，为了初到美国时的生活费，为了第一学期的学费……这点钱在美国人眼里实在少得可怜。女儿到美国后很快即所剩无几了，于是打工的岁月伴随着读学分，成了那个时代中国留学生的生存之道。在这艰难的日子里，我和妻子、女儿共同面对，共同进取，共担风雨，艰辛每天发生，压力无处不在，我们还是走过来了。

女儿当初寄给我的信中说：“……找工作的人那么多，特别是大陆来的学生，虽然成绩优秀，家里都比较穷，找不到工作就没法生活了……”“……我是到处瞎撞，到处碰壁，今天总算找着了一份工作，是在学校的餐厅卖菜收钱之类，一星期工作14小时，每小时5美元，可以忙里偷闲在餐馆里吃顿饭，不算理想，但最难的第一步跨过来了……”“……原定每周工作14小时，周末餐厅缺人，留下来多干一会儿，争取多拿几美元，这对我来说也很重要……”每读之，让人感到的是揪心之痛，看到旁人的孩子在父母身边，在国内求读，哪像我女儿，小小年岁就为自己的生计打拼了，心中颇感歉疚，茶食不安。

女儿在马里兰大学的第一学期是十分艰辛的，要上课修学分，要打工挣生活费，更为了下学期的学费，承受着从未有过的压力，这也许就是老子《道德经》说的“将欲取之，必先予之”吧！伴随着我的思念和担心，终于也有好消息传来，来信说起她在美国的学业成绩。“……这次考试，考得比较好，心情就很好，生物课平均分是75分，我得了98分，化学测验满分是4.0分，平均分是2.6分，我这个班平均分是2.8分，是由于我拿了4.5分（做对了附加题）。我的生物实验报告得了28分（满分是30分），是所有学生中最高的，特别高兴……”在那些日子里，每当信箱中有我女儿的来信，瞬间总是忐忑不安着，回旋着一个念头，是喜讯还是苦涩的叙述，其实女儿很懂事，总是报喜不报忧，然而一些情况总要透露一下吧！

我对美国误解了，总以为女儿成绩好能拿奖学金。后来才了解，美国公立大学奖学金只给那些美国公民的孩子，他们的父母是纳税人，一位中国孩子，父母没向美国政府交税，有什么资格拿奖学金呢？大学毕业后读硕士、博士的中国留学生拿资助，是他必须做TA（助教）是他的劳动所得而已。怎么办？那些日子里似乎天要垮下来了，书生气十足的我，笑看人生，一向看不起钱，终于体验了“金钱万能”有钱好办事的道理了。心中一片失落和愤懑。上了一学期课之后的女儿因为没钱交下学期学费，只能“下课”另辟新路了。在我十分担心之际接到女儿的一封信：“……教授听说我要转学很不高兴的样子，他说我如果要离开，他将非常难过，我告诉他，我的经济状况很不好，这是不得已的事，他就很热心地帮我，他说他会尽力帮我摆脱困境……他把我推荐到一位有名的生化教授的实验室里去工作，并且也催促化学部的指导教授帮我想办法……我已经得到了实验室那份工作，给教授和研究生们做助手，……一周工作20小时，暑假还可以打全工……明年的开销也就够了……”后来才知道，这份工作来得十分不易，大学生进实验室是要付学费的，女儿却可以挣钱了。可以挣钱付学费了！多不易。

总体说留学之路充满着坎坷艰辛，也有着美好的时候，却没有十分糟糕的时候，人生可能就是这样，总是困难与希望交织着。想起一位音乐家说：“我打开钢琴，看见两种颜色。一半白一半黑；我敲击键盘，听到两种声音：一个低沉，一个高亢；我一会儿弹白键，一会儿弹黑键，有时阴暗，有时明亮。”我想象，人生也有两种滋味：有些快乐，有些悲伤。女儿一次又一次的柳暗花明，经历了时间的考验。看来，女儿的花样年华在留学美国时渡过，不是美丽，而是奋斗，是另一概念的芬芳。女儿三年读完大学学分，进入美国西部斯坦福大学读硕士、博士，戴上了博士帽，又至加州大学旧金山分校做博士后，终于成为一名加州理工学院的教授。伴随着她的是一枚枚奖牌，新生荣誉奖，斯坦福大学学院奖，新教授奖，青年成就奖……可谓一路春风得意了。书此，我文思泉涌，有时嫌手没脑子快，而且越写越觉得牛逼，自己也被自己叙述女儿成长的文字感动了。总有人问，你怎么培养了这么一位优秀女儿，满意之际，思索许久终于有所体会：“要给孩子一个家花的温馨，更要给她一个野花的自由”。鲁迅儿子写他父亲教育他是“顺其自然，绝不愿牍害性格”。生化专业是她从小的选择，优秀成绩是她的份份努力，成长是时代所予。我们没有花钱为她请家教，我们没有让她参与奥数竞赛之类的纷争，对知识的渴求是她的动力，更是她的追求。为什么要努力？因为它是赢得自尊的最可贵的途径，并且可能是唯一的途径。为什么要奋斗？因为它可以激发我们最大的潜能。千山她独行，至今，她的人生可以说画上了完美顿号，却不是什么句号，她还要奋斗，一个个科研课题相随相依，她仿佛嫁给了实验室，实验室不息的灯光照亮着她，她如此潇洒，她的精彩在于她忠于自己，忠于她奋斗的目标，尽情地做她想要做的事，写她想要写的一篇篇论文。其实每个人都曾经历过这样懵懂青涩的年少时光，在这段时光里我们都曾害怕过、无知过、不懂人情世故过。但是同样是在这段时间里逐渐懂了，慢慢与这个世界建立了联系。女人就像葡萄酒那样，从青涩的葡萄到慢慢变得甘甜，慢慢地酿成一杯好酒，这需要成长，需要酝酿。我渐渐懂得了一些十分哲理的话：不经历风雨怎能见彩虹；永不放弃就意味着成功；成功的背后是付出，是艰辛。

男大当婚，女大当嫁，女儿成婚了，随之吃尽了妊娠的苦头，一位龙宝宝诞生了，几年后猪宝宝诞生了。女儿的成长，也改变了我的生活。兴奋之情赴美参加了女儿的博士毕业典礼，我在激动之际，强迫自己在兴奋与冷静之间寻找着平衡。随着龙宝宝、猪宝宝的诞生，我与妻被提拔升级了，成了外公外婆。成为母亲的女儿太忙了，一个人的能量似乎也符合那个能量守恒定律，当你在某些方面很强的时候，你一定在某些方面很弱，可谓国人所说，事业与家庭如鱼与熊掌不能兼得那般，于是我与妻一次又一次从上海飞赴美国女儿家，伸出援手，我成了人们所说的空中飞人，我和妻子成为一对老海鸥，成为女儿家的后勤部长，成为女儿家的园丁。

美国对我来说是一个看不懂、听不懂的陌生世界。宁静伴随着寂寞，真向往那上海的繁华热闹，“独在异乡为异客”，感受着两种文明的强烈反差。真可谓家家有本难念的经，只是相对而言吧！

女儿是为了一个理想赴美留学，我与妻呢？只是为了向女儿伸出援手，开始了一种新的晚年生活吧！我们放弃了在上海好不容易拥有的一切，背井离乡远涉重洋来到了美国，女儿家在美国洛杉矶的一个小城，没有熙攘的热闹人群，没有了灯红酒绿的沸腾夜晚，没有了亲朋好友的你来我往……一种孤独之感油然而生。我是一位平凡的人，却有幸生活在不平凡的时代，大半生都处在跌宕起伏、激荡颠簸之中，现在这段动静交替的晚年生活，旁人看来似乎也有滋有味。

女儿工作顺利，家庭幸福，最“困难”的时期过去了。正值晚秋时节，阴冷寒风袭来，然树丫直入云霄，岿然不动仿佛一派岁月遗风，仿若铮铮铁骨，我与妻很想出去走走，走在这美国小城树荫道上，听听树叶在脚下被踩的声响，那是一声声叹息啊！感受着满心孤寂。我与妻这一代人经历了那么多的岁月，从“五七干校”盐碱地到如今日散步在美国洛杉矶圣玛里诺小城，老了，但也更有智慧了，了解了很多生活的欢乐、痛苦、秘密和奇迹。回顾和审视自己“丰富”历程，女儿诞生最初的时代，中国处于物资十分匮乏年代，计划经济分配给我与妻的有限几只鸡蛋，全数奉献给了女儿作为基本营养品，每到中百公司，女儿看到橱窗里的玩具，那布娃娃可爱的笑脸总吸引着女儿停止了脚步，实在舍不得买啊！现在不同了，今天的女儿，陪着她的小宝宝，一次次出去玩，一次次购回那带着笑脸的绒布娃，玩具车充满一房，时代不同了。中国人也富了，今天中国赴美留学热大大超过当年，那富二代的日子真叫人“羡慕”，留学生不再有女儿当初的拮据生活，且出手大方，真叫人唏嘘不已……随着笔尖的流动，一些感悟，依稀记忆似一股清澈泉水从心底涌出，旁观世界，旁观人生。记得托马斯·曼说过：“一个人不仅仅过着他个人的生活，并且不管意识到与否，也是去过着他时代和他同代人的生活”，这是一段精彩的话。人的生活不能脱离他的同时代，我把这一段段人生的日子回忆着，咀嚼着，献给这个值得纪念的时代，献给在和平舒适的环境下长大的孩子们，我有权利说我的人生经历也应该是历史的一部分。不仅是我，人人身上都是一个时代的缩影。让我们追寻那遗落在过去的点点滴滴。

我们熟悉的历史，记录的多是一堆皇帝和权臣你上我下，相当于一个官僚掌故的集成。然而，人人都是他自身的历史学家，个人历史是汇入正史河流的涓涓细流。哪怕只是一个少年的只言片语，也是历史的一砖一瓦。时间是个奇怪的东西，过去可能很平凡琐碎的事物，仅仅经历时间的变迁，就可能变得神奇且诱人。

美国生活是孤寂的，孤寂的生活容易使人有很多的回忆。就这样，我开始了写作，试着在字里行间找到出口。我将自己的情感经历以及身边的人和事写进了文章，自认为"淋漓尽致，如灌如诉"，写成后，未感动别人，却先感动了自己。这些日子，我犹如小学生般的起步，字字认真斟酌，句句用心思考，有时间就坐下来写上几笔。"写得不好，是因为写得不够"，只是吐真言罢了，于是多写了。拙作付梓之际，心情却是惶惶的惴惴的……

2012年于圣马力诺小城

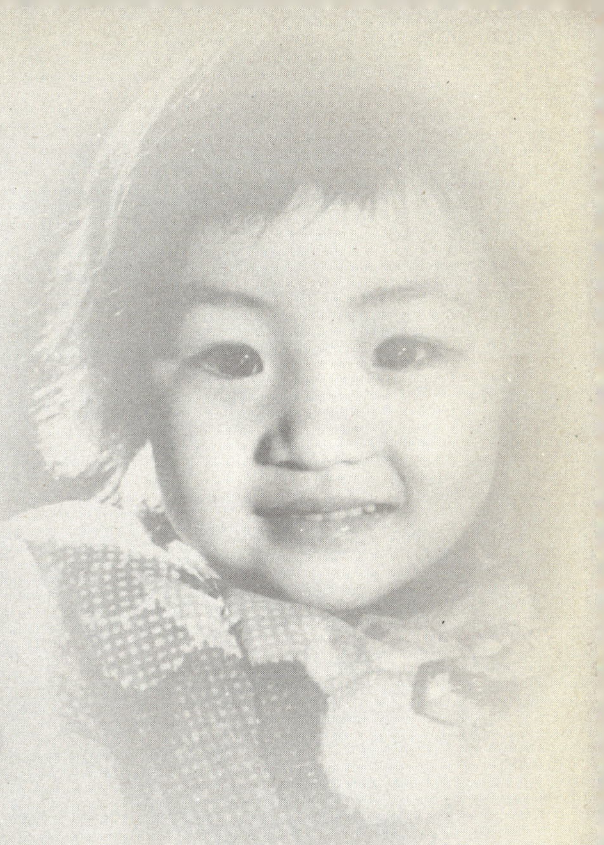

园内篇

上海中山公园(幼儿园时)

一、引子：恭喜你了，是个女孩！

一九七三年二月十日晨，我荣任父亲，女儿舒瓯诞生了，我马上感到这是我生命的又一个起点，父亲这个荣衔，是喜悦更是责任，初为人父，怎样才能成为合格的父亲呢？我时时在思考着。

人说十月怀胎，一朝分娩，女儿却是十一月怀胎，过期产，还是医生用了整整一天的催产剂才降临人世的。当时"文革"尚未结束，处在黎明前的黑暗，可能女儿在娘胎里就怕动乱的社会，所以希望晚一些来到人世吧！只是苦了她的娘。

整整过了一个多月的过期产，使我们都焦急不安。中国民间老话说，胎儿在母亲肚子里多待一天，胜过在外面待一月。虽说这是完全没有科学道理的，但好歹也是一种心理安慰吧了。当时我与妻正在"五七干校"，接受那无止境的劳动改造生活。每天下工，我总要跑到妻的宿舍，了解一下"胎儿的新动向"，每当妻子挤着车，坐上三个小时的颠簸路程从奉贤"五七干校"至上海市区去产前检查，我劳动生活也显得无精打采的，糊里糊涂地插着秧，打发那长长的时间，但每次妻回来，也总说不出什么情况，是正常，是不正常？大男子的我显得那么无能为力。有一次，妻竟一个人昏倒在医院里……我在心里想：多对不起了，妻，我没法替代你，我真该死的！

终于临产了，"恭喜你了，是个女孩！"我以为婴儿诞生的过程，总是会让产妇狂呼猛喊尖叫挣扎，总以为妻子会筋疲力尽之后的憔悴。然而当我见到我妻时，却不然，那面孔虽然少了些血色，却泛着一丝特殊光辉。那真是光辉，一种温馨而崇高的光辉。这光辉依然留在有泪痕的脸上，实实在在地放射出来。那是难产之后以自己半条生命换得的小生命啊！看着妻紧紧地搂着女儿，我深知她内心的感动。嗅着孩子粉嫩的气息，看着孩子红润的小脸，内心残存的担心一丝怯懦也随之烟消云散了。

一次又一次来到产房，女儿在母亲的怀里长得非常好，会哭、也会笑，她笑得特别可爱，虽然当时我仍在"劳动改造"，但那一刻却成了我一生中明媚、阳光的日子。

我轻轻地喊着女儿的乳名"小芬"，有时她竟然条件反射地睁开了她的双眼，大大的，眼珠黑黑的，人说可能她母亲在孕期多吃了皮蛋的缘故，她的迷人的双眼有时会随着我的话语声音而转动，而我这时的神经随之全被调动起来了。迎接新生命来临的日子是紧张的也是幸福的。一声啼哭，女儿来到了这个世界，我记着女儿第一次笑、第一次对自己眨眼、第一次对自己说话，至于每次女儿病了身体不适，对我来说便是一场战斗，那种做父亲的感觉真美好。

随着女儿的诞生，生活开始忙碌起来了，当然幸福之下，所有劳累也都无所谓。三天三夜不睡也满是精神，尿也不骚，粪也不臭，那时没有一次性的尿布，尿片轮着洗也都心甘情愿。对我们来说最可怕的是她的啼哭，虽然医生一再强调啼哭不是坏事，但听到啼哭声总是又烦又乱的。父母对孩子的感情是最深刻、最浓郁、最不可分割的。然而父母对孩子的付出也绝对不是一种负担，而是一种甜蜜和幸福。

该给她取个名字了，有人说给孩子取名字要有时代感，按当时的社会环境，什么"军""东""红"……最为流行，有人说要讲些金、木、水、火、土，以示吉利，有人说名字只要顺口点就行。各种说法都有，起名难避其迂，孩子未出生时，我和妻子躺在床上就想过、讨论过、争执过，到底是诗意点好，还是实一点为好，土一点好，还是洋一点好，总是定不下来。当时，我正接受着没完没了的劳动生涯，希望女儿这一辈子过得舒服一些，便先取其"舒"字，我在浙江瓯江河畔度过少年时光，为了纪念故乡，于是取其"瓯"字。于是"舒瓯"便成了女儿的大名。一致通过，没有提出异议，真是顺利。

人类就是这样繁衍生息着，一代又一代传递着。

我向进驻的工宣队提出暂离开"五七干校"一段时间，真是上帝保佑，我被批准回上海，开始了在上海深挖洞的“厚待”，可以回家了，挖防空洞，再累也能承受，孩子哭声的鼓励，那是莫大的动力，这段“战斗”生活使人感到希望，能使人永葆青春，没有希望再年轻也是衰老，看着女儿的成长，我感到自己身上正复苏着一股新鲜旺盛的活力。

有个孩子在家，你绝对不会感到无聊，回到家孩子会睁着圆圆的眼睛对你咯咯发笑，上班时的烦恼顿时消逝了。有个孩子在家，让你有了机会可以重新回忆自己童年乐趣。在女儿的心目中，你大概就是仅次于神的英雄了。你用期待的眼光看孩子踏出第一步，你焦虑地猜测着孩子说出的第一个字究竟是“爸”或是“妈”。当你看着孩了一天天长人，心中会不由得赞叹造世主的奇妙巧思。你祈祷孩子能健康快乐，孩子让你变成为一个有责任心、有爱心的更好的人。

女儿出生十个月时，我便把女儿寄养在上海市区的一户人家，这户人家姓柴，我们称这家女主人为柴家阿婆，我们把自己家每个月定量供给的鸡蛋票、肉食票全盘托出，送至柴家，以供养女儿每月的营养所需，我与妻一有空，总是急匆匆奔赴这户柴家，以睹女儿一眼。后来，随着女儿的长大，又把她送里弄幼儿园，当时上幼儿园的孩子，很多是脖子上套着家里的钥匙，时间到了，回到家，取下脖子上的钥匙，开了门自己可以进去，天下还是好人多，有的孩子回到家后，靠的是邻居的爷爷奶奶们帮着开门，他们毕竟是幼儿园的孩子啊！ 我的女儿，因为幼儿园离家的路比较远，时间到了她只能在幼儿园门口待着，等待着家里人来接了。有时我来迟了，让女儿苦等在弄堂了，真无奈呀！见到女儿的人都说，我女儿是个好孩子，很懂事。许多人非常喜欢她，我的生活中也似乎不能没有她了！

由于孩子的降临，领导开恩使我们暂时回到了上海那简陋的家，只要能晚上回到家照顾好女儿也就满足了。我们开始有了一个完整的小家庭，女儿聪明活泼，会唱会跳，给我们的生活带来了快乐。

在女儿三岁时，“四人帮”打倒了。我意识到中国可能会有所转机，不出所料，在女儿上学之后，中国出现了惊人的变化，她在改革开放的春风下成长，女儿本性好学，还不到学习的年纪就有着强烈的求知欲望，从幼儿园接回家的路上，每次总要问路牌、店名的字和词，我无意告诉她，这是“群力草药店”五个字，这是

"广东路"三个字，这是"南京路"三个字，不料，不知不觉中，她都记住了。上小学时，一次发烧，我抱她上医院，并告诉她："明天在家休息，不要上学了"，她竟顿时又哭又闹，坚持发烧也要去上课，我看着她满脸眼泪、痛苦乞求的神态，当时真不忍心拒绝她，同时心里忍不住嘀咕，哪有这样的孩子？不是为了要吃巧克力哭，却是为了要去上学而乞求……

小学毕业之后，女儿被保送上全国重点中学华东师大二附中，初中毕业后，她又直升华东师大二附中的高中重点班。高中三年级时她去参加托福考试，获得了近满分成绩……

于是女儿横跨太平洋，来到美国，她选择攻读生化专业，在马里兰大学三年学完了全部课程，以优异的成绩毕业，哈佛大学、斯坦福大学等美国名牌大学录取她攻读硕士、博士，整个过程真可以用"一路春风"来形容。她在斯坦福大学临近毕业时，她在斯坦福大学附近山景城租了房子，邀请我们夫妻参加她的博士毕业典礼。

我们很快得到了美国大使馆的赴美签证。飞越太平洋，来到女儿的山景城新居。这是一幢木结构的公寓住房，草地上不时有小松鼠和我们捣乱，与大上海闹市好像两个世界，大上海摩肩接踵的情景很快只能在脑海记忆中回味了。世界是五彩缤纷的，有繁荣的都市，也有宁静的山庄，各有其味道吧！

博士毕业后，女儿在UCSF（美国加州大学旧金山分校）做博士后。

人类跨入了21世纪，女儿在走过整整30年的人生路程前夕，她又应邀赴瑞士参加诺贝尔总部召开的一次学术会议，这也是作为学者的一种特殊荣誉。命运似乎总是那么厚爱她，博士后结束之际她收到了包括加州理工学院、哈佛大学在内9所美国一流大学的教授邀请函，她谢绝了哈佛大学的邀请，并最终成为加州理工学院的一名教授，建立了自己的实验室。一年之后，美国授予了她新教授奖，随着一篇篇论文的问世，女儿又被授予美国青年成就奖，随后又获得了诺贝尔得主签名奖。

女儿的成长，也改变了我生活的轨迹。我一次又一次前往美国，看女儿，看美国……

我感慨万千，感叹中国改革开放的新时代，时代造就了女儿的成功，造就了我的今天。

二、女儿童年岁月的记忆(一)

三口之家,生活虽然并不富裕,甚至有些捉襟见肘,但却是和睦的。女儿的欢声笑语,也使我辈从“五七”牢狱之后的日子感到来之不易。

从武宁路小学到上海华东师大二附中,女儿在国内接受了整整12个年头的基础教育。

我们感谢中国的良好教育,美国大学上的有些课程,女儿在中学时代已经读过了,在去美后的来信中她多次说起:“真要感谢中国的教育了。”这是女儿发自内心的肺腑之言,在与美国学生竞争中,女儿靠的是成绩,这良好的成绩,靠的是在中、小学时代打下的扎实基础。

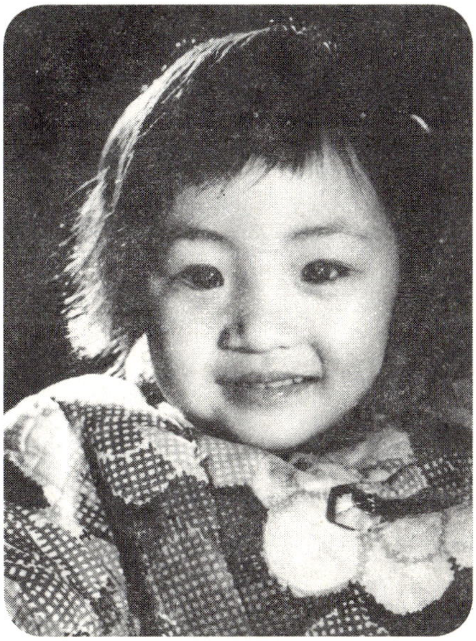

童年时

女儿留学了,我似乎在旁人眼里有着一道光环,不时总有人问:“你是怎样教育孩子的?”我不知怎样回答好,因为路在她的脚下,世界在她的眼里。

回想起女儿的成长过程,真是千姿百态,我摄下那一张张成长的瞬间,拉小提琴的,读书的,喝汽水的,逆光下的身影，高调处理的素描人像，稚趣、童真……翻开一本本照相册，那是一幕幕生活的写真。

记得在女儿降临人世不久，总是围着她玩啊！要啊！想起《红楼梦》第二回中有这样的描写：“那年周岁时，贾政老爹要试他将来的志向，便将那世上所有之物摆了无数，让他抓取。谁知他一概不取，伸手只把脂粉钗环抓来。政老爹便大怒说：‘酒色之徒耳！’因此便不大喜悦。独那史老太君还是命根子一样。”这指的是对贾宝玉的测试。于是我也受到启发，也算无为的作乐吧！我们在女儿周岁的那一天，也在桌子上放了各种物件，有玩具、杂物、文具等，还有一本不起眼的小书，也想看看女儿抓哪样？结果是女儿伸出小手去抓了那本小书。当时，我们心中一喜，但又觉得可能是她误打误撞吧！随即我们把桌子的物品挪动位置，把小书放在桌子最远端的边角，对女儿进行第二次“测试”。谁知，她竟爬过桌面，再次去抓取那本小书。政老爹看到宝玉“伸手只把脂粉钗环抓来”是大怒，我与妻看到女儿喜抓图书的可爱劲真是满心欢喜，妻说：“女儿那么喜欢书，将来肯定是个做学问的人。”

红楼梦的故事也许是虚构的吧！画家丰子恺的长子丰宛音的回忆却是真实的。

> 祖母说：你父亲周岁时，家人把各种花花绿绿的玩物和文房四宝，放在一个竹匾里，我抱着他去抓。你父亲小手单拿起一支笔来！人群立刻发出哄笑声。有的说：“这孩子将来一定喜欢写字读书的，很有出息！”也有人说：“他大起来一定会中举，做官。”

丰子恺长大后，科举早已废除，但他果然与笔有缘，成了画家。看到如今女儿成了博士、博士后的现实，总使人想起当年那场给女儿的测试游戏，说给长大了的女儿听，女儿也笑了，女儿竟也说：“我真的喜欢书，书里有个精彩的世界。”

还是牙牙学语的幼童时，女儿总是拿着一本又一本小人书，让我们讲了一遍又一遍，还在幼儿园时代，见到标语、广告、招牌上的字，总是要问这是什么字，那是什么字，上小学低年级的时候，有一次发烧，我抱着她去医院，说“明天不用上学了，休息一天，”她就大哭大闹着“我要上学，我要上学”，后来，她能看书了，总是拿着一本又一本书，爱不释手地看着。

常看到很多儿童画画，笔触虽然稚嫩，但它能使我们看到世界的另一面，儿童的想象力是令人惊服的，孩子们常常想到星月上的境界，想到地下的情形，想到花卉的用处，想到昆虫的语言。由此可以看出孩子们在那个岁月渴望着一个神奇的世界，想飞上天空，想潜入蚁巢……我们到了中年以至暮年，一旦和孩子接近，也便会踏进久经忘却的孩子世界的境地去了，月亮怎么会跟着人走，星星究竟是怎么嵌在天空……和孩子们在一起总使自己感到年轻了许多。进入晚年的我们，经常回忆着女儿孩童时代的点点滴滴。她五岁了，有一次我们与她去上海中山公园玩，在“四人帮”横行的岁月，可供孩子们的去处少得可怜，大上海也只有几座公园吧！这绿荫下留下了孩子最初的呼吸，公园里虽然有“痛击右倾翻案风”之类的标语，但她当时还读不懂，不可能接受。在她的视野里只有树木、花草。

小时候的女儿，成绩一直很好，好到作为家长的我们不能接受，看到她的成绩往往会想，这是真的吗？她常常满分，而且往往是班级或年级第一名，有一次某门课没有满分，老师扣了几分，回到家里就哭了，她说：“我是能做出来的，粗心了，太可惜了。”我们总是安慰她说：“懂了就行，不在乎这几分。”不料她反而“教训”我们说：“哪有你们这样的父母，应该教育我今后不要粗心才对”，她好像比我们更懂得教育似的。

女儿在小学一年级，第一次得到第一名的时候，我与妻商量着要奖励一下女儿，我想大人在工作单位当时也以表现好坏、成绩优劣拿奖金，怎能不奖励女儿呢？于是我们问女儿，想得到什么奖品，不料女儿却说：“得第一名是应该的。”后来她考虑了许久才说：“要奖励就买本辞典吧！”于是一本辞典，父母本该买给孩子的学习用品就成了女儿的奖品。从那以后，女儿也一直没有得到过我们的奖品。

当时，我们经常是开玩笑地对她说：“什么时候你不是总分第一名了，我们就奖励你。”一次，她的同学们来家玩，说她有个绰号叫“老母鸡”，乍一听我们很生气，小小的女儿，怎能被人称老母鸡呢？后来知道了缘由，心里才有所释然。女儿的日记中是这样记载的：“从小学起我就一直考满分，一个又一个100分，遥遥领先，害得同学们都叫我是一个会生0(蛋)的老母鸡了，那时我学得很轻松也很自信，几乎没有什么难到我的，就这样，一帆风顺地进了全国最好的中学。”

每当女儿得到好成绩，总是想起她的老师们，尤其是那位武宁路小学的班主任陈银凤老师。当时她给我的印象是已值中年、短发、嗓音发哑，一副疲惫的神色。

与母亲在一起

陈老师对我女儿说:“你不仅要看你这一次考试得了几分，更要看你这次考试是班级第几名，是年级第几名，这一次考试比上次考试排名提前了多少。”正是在这样的气氛下，学生们都铆足了劲，暗暗地在较劲，使女儿从小就有了竞争的意识。

四季轮回，四季有花，花香会渐渐淡去，唯有书香永留。翻读一本好书，细阅一篇佳文，其实就是一种寻求与自己内心对话的方式，它的快乐和欣悦是轻启书扉的那一瞬间就开始了的……小时候的女儿就很爱看书，若想解“馋”的话，就进书店、图书馆，泡上半天，“饕餮”一番了。

蜂以采花，故能酿蜜；蚕以食桑，故能成丝；人以读书，故能养气。气者，成功者之源也。读书，使女儿走上了一条成长之路。而且文理科齐头并进，在小学的时候，她的一篇作文《爸妈眼睛中的我》，就发表在《全国优秀小学作文选》上。说起爱好，她爱好可多了，她喜欢游泳、喜欢旅游、喜欢养花种草，特别喜欢文学。

我喜欢书，曾经拥有不少的书，是那场“史无前例的大革命”革去了我那么多书，心疼得像割肉似的，面对空空四壁，一阵阵恍惚。时隔三十多年后的今天，我竟然又有了一个像样的书斋，搬了几次家之后，家居的面积一次比一次大，每次搬家，所要搬走的书是一次比一次的多，书画名家钱君匋为我的书房题了斋名“独有斋”，因为我的书有的在别处已很少见了，唯我独有也，称孤本不为过。那些书有的是我啃着冷馒头从几十元的工资中硬挤出零用钱买的，有的是我花了很多时间从各处收集而来，属于我独有的藏书了，我是如获至宝。后来，那些被“革命”毁掉的书有的陆续回来了，那线装的《红楼梦》，那光绪年版的《芥子园画谱》，那吴大澂先生的《客斋集古录》，《赵子谦印集》，等等，在我众多的文化人朋友中也是仅有的了。有了这些书、有了书斋里顶天立地的七斗书柜，好书赖书凑合在一起，用来冒充一下文化人还是足够的了，在书房里，我仿佛看到了庄子、孔子、林语堂、徐志摩、张恨水、雨果、但丁……正慢慢向我走来，真是一卷在手其乐无穷啊！书能滋养精神、陶冶情操，也陶冶出一个爱读书的女儿，使她走上了一条读书求学问的道路，她经常在书房里一待就是几个小时，她说：“书本里的世界更精彩”。她读《红楼梦》后，写下了读后感：

> 一本《红楼梦》使多少人拍案叫绝，令多少人辛酸泪下，正所谓：“满纸荒唐言，一把辛酸泪”。从小到大道听途说的也知道了不少，自以为其中大概皆知了，说起来也头头是道，然而到现在年已十五岁了，才第一次认认真真地捧起书来拜读，只觉得余香满口，回味无穷，只恨自己为何早不拜读呢？……读着《红楼梦》，令人最深刻的感觉就是美，然而最终令人心酸的是美的毁灭。……

每当我重新翻开那线装的《红楼梦》时，读到那精彩的章节，读到栩栩如生的人物命运的描绘时，我也会勾起女儿对红楼梦读后感同样的感叹！《红楼梦》的深刻在于美的毁灭。俗话说“少男不看‘水浒’，少女不看‘红楼’。”女儿从小性格内向，不善言辞，但想得挺多。我们担心她早早地看了《红楼梦》后，会受儿女私情等片面影响，所以直至初三才允许她详读《红楼梦》。看来女儿也理解了《红楼梦》精神所在。

一本书是一个天地，让你遨游……读名著、读散文，渐渐地女儿读的书就多了。还在小学时代，就在她的床头安了一个简陋的只能放四层书的小书架，书架上放着她爱读的童话、小说、英文原著、参考书……那本《全国优秀小学生作文选》也安放在这小书架上，作文选中有她的那篇《爸爸妈妈眼中的我》作文。今天，每当我再次读这文中的字字句句时，仍然有些兴奋，她在作文中说："世上的爸爸妈妈都爱操心，而我的爸爸妈妈可以说是最爱操心的了，在他们的心目中，我永远是个三岁的孩子。"真是的，在她已经是博士后已是一位教授的今天，有时候我们仍把她当孩子一样为她操心着。作文中又说："去年暑假，我参加了学校夏令营，第一次摆脱了父母的唠叨，感到特别快活，可当天晚上爱操心的爸爸妈妈又来了。"记得，那一天突然冷空气来了，我们担心女儿晚上着凉，就送一条毛巾被去，想不到女儿的感受是唠叨。她还在作文中说："你看，这就是我爱操心的父母，在他们的眼里，我永远是只还未出壳的小鸡仔。他们必须永远保护着我，为我奔忙，为我操心。"在这篇作文中，字里行间反映出一个少女在成长过程中要求独立生活，独立思考的强烈欲望。女儿的作文提醒了我们，不能只有爱的愿望，更要有爱的方法，尊重孩子，才是真正的爱，那以后，我们就尽量多与她交流、谈心，使自己成为她的朋友。我们总是跟她说："我们不但是你的父母，也是你的朋友，我们之间要成为无话不谈的好朋友。"

女儿小时候也有一段学习小提琴的历史，妻的工作单位是电影乐团，乐团职工的孩子，学一样乐器是近水楼台先得月，可以请到优秀的演奏员当老师，当时社会上，学一门乐器是很时髦的，让女儿学小提琴是我们的初衷，于是，在女儿六岁的时候，就开始了小提琴的学习，每周我妻陪着她去张老师那里去上课，回家后就监督她练琴。但是女儿对拉琴并不感兴趣，开始时每次练琴总是这里挠挠、那里抓抓，不是一会儿要小便，便是不停地揉眼睛，规定的一小时练琴时间倒浪费了不少。后来想这样不行，她这是在磨时间，就要求她每天每个练习曲必须拉几遍，打这以后她练琴的时候再也没有出现上述的那些坏毛病了，每天把练琴的任务完成后，再去做自己感兴趣的事了，直至她升六年级时对我们说“我不喜欢拉琴”，这才中止了她的学琴“生涯”。由此可见让孩子去学习自己不感兴趣的东西，对孩子来讲是一种“折磨”，最后也不可能有所收获，在她的相册里她的那张拉着小提琴的照片，只能留下当年那段时间生活的回忆了。记得在她上中学时，我曾问她：“你觉得什么最难学？”她回答说：“小提琴。”也许是她不感兴趣的东西最难学，也许小提琴的学习难度真是那么高，所以她对于学校里的功课能那么轻松地应付，却没能练就一手好琴。可见能拉一手好琴是多么难呀！ 听音乐是一种享受，拉琴是一种劳动、一种创作，没有哪一种成功是不需要付出艰苦努力的。也有人说，虽然没能拉一手好琴，却培养了她的音乐修养，开发了她的智力，是焉，非焉，谁说得清呢？每每谈起张老师，女儿总是说：“张老师可严格了，音准、节奏、姿势不能错一点，也练就了我学生时代认真的习性。”

光阴荏苒，过去了三十多年的往事，好像还历历在目，张老师至今仍与我们来来往往，每当忆及当年为我女儿教琴识谱的日子，她就会说：“想不到我教的小琴手，是一位今天的生化博士。”还开玩笑地说：“也许没有那段学琴的日子，今天也不一定能成为博士了。”是焉，非焉，更是谁也说不清了。

三、朗朗学英语

翻开今天的报纸，顿时感到时代不同了，学外语的广告铺天盖地，“日本留学的成功起点”、“高中生赴英大学直通车”、“新西兰留学从这里开始”、“赴澳留学新途径”。打开你的信箱，家教小广告也是经常收到，“静安××，圆您高分梦”“百分之百记单词”“××助你轻松过关!”“使你金榜题名”……

回忆着孩子的成长，当时也没有为孩子请家教的风气，我们的收入也不容许我们为女儿请家教去帮助辅导，女儿的成绩也使我们感到放心，不需要去花费这笔费用，但曾有过一位英语课外老师，实在值得好好写上一笔。

说起请英语课外老师，这里还有一个小小插曲，女儿在升小学五年级的时候，我们接到学校开会通知，说是女儿的这个班，被安排为学习俄语的班，学校讲了一大通学习俄语必要性的道理，不过我们至今也没有弄清楚什么原因，总之还是“长官意志”吧！ 我从小就学俄语，由于众所周知的原因，我学的俄语长期得不到应用，现在几乎已全部忘掉。为了避免“旧事重演”我们把女儿转学到江苏路第五小学的英语班。江苏路第五小学从三年级就开始学习英语，于是妻就成了女儿英语的启蒙老师，临时抱佛脚地教女儿ABCD，好在小孩子记忆力好，很快就跟上了。为了让女儿英语水平更超前一步，于是我们想给女儿请个英语课外老师。

妻一个同事的丈夫，是一位英语教师，姓闵，我们总尊称他闵老师，他家当时就住在我家附近，这是一位自学成才的英语老师，非常有个性，对学生的教育自有一套办法，是一位学风非常严谨的老师，对学生的要求相当严格，学习进度也很快。记得有一天，闵老师突然到我家来，我以为是来串门的，但让我们大吃一惊的竟是告状，这可是破天荒的纪录，因为竟有老师上门告女儿的状了。他说："现在小芬（女儿的小名）来背书，她背得不够熟，有的地方打'夹伦'（注：上海话不流利，疙疙瘩瘩），我的要求是要背得滚瓜烂熟，不可以打'夹伦'。"事后，我从女儿那里了解到闵老师的教育方法。女儿说："闵老师每次上课结束后，就叫你预习下一课的课文，包括查生字，做课后练习，并且背熟课文，到下一次上课时，先汇报背课文，然后就把自己在预习过程中那些不懂的地方提出来，他进行讲解，再提问，看你是否理解。"我对女儿说："闵老师说你课文没有背得滚瓜烂熟，上门告状来了。"女儿说："我不知道他的要求，我以后努力背得滚瓜烂熟就是了"。从那以后闵老师再也没有找上门，我当时心里想，闵老师的这种教育方法应该是对成人的，对像女儿这样的小学生是否适宜，女儿是否能跟上闵老师这种教育方法，在我心里实在还有些疑问。

但女儿最欣赏闵老师上课了，她说："闵老师上课的时候，从来不说一句废话，也很少说重复的话，不像学校里上课，总是反复又反复地讲。""在他家里上课，从来没有什么事或什么人来干扰影响我们上课的，不像有的老师经常讲些课外的事情，浪费我们的时间"，"闵老师教的英语很有趣，很多内容都是学校没有的。"

在闵老师这位严师的教育下，女儿三个月的时间就学完了全部初中英语，接着就开始学习《新概念英语》第二册，上初中时，又开始学习《新概念英语》第三册，到了初中二年级，闵老师对我妻说："《新概念英语》第四册的内容，全是政治、经济、哲学方面的知识，她（女儿）的中文基础和思想还不能领会、理解，所以第三册教完后就结束了，以后，就让她多看些英文原著吧！"至此才结束了女儿四年有"家教"的历史。

早在小学六年级开始，闵老师就布置女儿看英文原著，书本从薄的到厚的，到中学时，女儿就可以以两周一本的速度，阅读一本本英文原著了。女儿从此打下了对英语学习的浓厚兴趣，也从此打下了良好的英语基础。

女儿在初中一年级的随笔中，曾写了学习英语的欢乐：

我自学英语二年了，二年来，我自觉进度很快，收效甚大，开始初步尝到了这门学科的甜头。

记得开始学时，我是那样的新奇，有空嘴里就念叨着刚学来的单词和短文，……渐渐地，我开始有些厌倦了，每天不得不挤掉玩和看小人书的时间，……直到去年夏天，开始学《新概念英语》第二册，我才被其中有趣的故事所吸引。

闵老师的要求是很严的，每学一课要查生字、背课文，预习后面的语法，自己先做练习之后，他才给我讲解一下，然后，下一次，预习下一课，我每天要花一个多小时的时间，学习英语，而且功课越来越多，开始是一课，后来就二课、三课……还要做不少英语的练习。我越学越有兴趣，英语成了我最喜欢的一门课。

从去年冬天开始我先后阅读了几本英文版的小说。《鲁宾逊漂流记》《金银岛》《雾都孤儿》《圣经》……我都一一看了。我被书中的曲折情节所吸引，开始尝到了学英语的甜头。我为鲁宾逊着急，和他一起盼望有一艘船到孤岛上来……我为Jim担心……我为Oliver · Twist的命运哭泣……我这才感到，以前为学英语所花的时间和精力，值得！

……我又翻出一本狄更斯的《远大前程》缩写本看了起来，但我十分失望，因为其中的描写都被删去，只剩下一个情节，我现在产生了一个愿望，看看原版的《远大前程》。我知道，我现有的英语水平和文学水平都无法达到能看懂《远大前程》的程度，这就促使我下决心更加努力学习。

记得女儿在上初二时，闵老师为了考验女儿的英语水平，让她参加上海外国语学院成人自学英语大学考试，当时她仅14岁，连参加考试的资格还是我这位做父亲亲临学校，讲了不知多少好话，我说：你们的报名简章没有年龄的限制要求，凭什么年龄小就不同意参加考试呢？出于好奇，出于同情，以破格为由放一码，才被允许报名参考。那一天，天上下着蒙蒙细雨，女儿披着雨披，骑着自行车，我也披着雨披，骑着自行车，一路送她去上海外国语学院，只见参考的人都是成年人，有30多岁的，也有40多岁的，更有50多岁的考生，看得出他们都是有了下一代的人，是当年上山下乡的人，一群被“文革”耽搁了青春岁月的人。我望着考场，散着步，女儿正在其中，小小的个儿，显得是那么不协调。校园雨中的我，感到很孤单，这与现在高考时，考场外、校门口守候的成群家长的景象截然不同。

几天之后，上海外国语学院发来了女儿考试及格的证书，这张虽然只是及格，成绩并不怎么优秀的证书，但与她参加其他考试获得优异成绩的证书相比，同样光彩夺目，因为这是身处少年时代的她，参与成年人竞赛的见证啊！

至今，这张成绩单经历了二十多个年头的风雨沧桑，已经变黄了，几经搬家仍保留着，每当看到这张成绩单，那雨天送女儿的景象，总像在脑子里放电影似的，深刻而又具体地印记在我的记忆里。

高中二年级的时候，她参加了上海的托福考试。那是一个冬天的早晨，这一天也正是她期终考试的日子，早上吃了自己准备的早餐后，像往常那样兴冲冲地去上海交通大学参加应试。考试结束已近中午时分，匆匆忙忙填了一点饥，又匆匆忙忙地赶到二附中，刚到学校门口就被老师抓住了，老师为她单独安排了补考，那时其他同学正在午休，女儿则被关在一间屋子里，为上午二门功课的考试进行“补考”，结束之后再回到教室里，参加下午一门功课的考试。这真是够紧张的一天。

事后，她才告诉我们这一天的考试安排，使我感到疚意：那天早晨应该为她准备好早餐，中午饭应该为她加点营养才行，那天我们应该主动去学校向老师打个招呼才对……对于那个从早考到晚的一天，这么多年过去了，我们仍想真诚地说一句：女儿，你辛苦了。

几个月之后的一天，女儿回家显得是那么的兴奋，她依偎在母亲怀里说；

“妈妈，托福考试成绩今天下来了，你猜我考了几分？”

“100分。”妻猜。

“不对，托福哪有100分的，满分是670分。”女儿说。

"那么,你考了550分?"妻再猜。

"不对,再高点。"女儿说。

"那么是600分?"妻又猜。

"不对,还要高。"女儿说。

"是650分?"妻犹豫地猜。

"不对,是657分,"女儿终于略带点自豪与得意的神情透了底。

以前妻经常得到她考试成绩异常优秀的消息,都是那样的平常心,这一天她却激动了,眼睛里好像湿润了很多。一阵喜悦过后,于是妻在厨房里忙开了,准备好好庆祝一番,烧一个女儿爱吃的红烧鱼头鱼尾,犒劳犒劳她。消息传到闵老师那里,他比自己考了高分还要高兴。他相信一句话,学生是老师的影子,学生的成绩就是老师的成绩,他相信青出于蓝胜于蓝,闵老师说:"如果让我去参加这个考试我可得不了这个成绩。"

良好的英语基础使她到美国后,在马里兰大学的成绩,不仅专业课优秀,连英美文学、美国历史、美国地理、经济、宗教、哲学等学科也鹤立鸡群。一般来说,中国留学生在国外求学,由于英语基础差,文科类总是学得很累,但女儿却也学得津津有味。

女儿去了美国后不久,闵老师也去了澳大利亚,虽然远隔重洋,但女儿对闵老师的敬佩和感激之情,永远也不会忘怀的。女儿在美国的来信中多次提到闵老师。

……只是这几天常常想起闵老师,小学里的陈老师,中学里的老师……我想我身上很多价值观、人生观,都是受了他们的很大

与小学陈老师(左)金老师(右)

影响，几乎可以说是他们造就的……。

感谢闵老师，他不仅教会了女儿的英语知识，更教会了女儿自学的能力，培育了女儿对英语学习的兴趣，女儿从他那里学到的学习方法和学习态度，使她终身受益。

感谢闵老师，他辅导我女儿学习，不曾收过我们一分一厘，在物欲横流的今天，更是难能可贵。

想当年，中学时代女儿的每一天：黎明前伴随着启明星璀璨，小鸟鸣唱着晨曦的小调之际，女儿总是早起，那一阵跑步声是女儿每天的第一节课。至今，同住宿舍的朋友回忆着昔日女儿的勤奋，向我说："那时候每当听到你女儿早锻炼的脚步声，总要夸一番。希望同住一楼的孩子们也都能早起，养成勤奋努力的好习惯。" 人说天道酬勤，真是不假，女儿的第一名只能归功于她自己的努力。

四、对蛋白质“一见钟情”

从小学起女儿的成绩总是遥遥领先，学得很轻松也很自信，并一帆风顺地直升到全国重点中学上海华东师大二附中，进中学前，我们跟她说：“你现在读的中学是全国最好的中学，它的学生来源也是最优秀的，所以你只要争取班级前10名就可以了”。进中学后，她发现许多同学聪明极了，许多同学都是才气逼人的，所以并没有要求自己仍然要争取第一名。然而第一次期终考试下来，她的成绩却又是年级第一，而且之后连续几次又都是第一，这使她背上了沉重的思想包袱。她在随笔中写道：

要考好一次是不难的，难的是要保持前列。我尤其害怕自己下一次，再下一次……考得不好而落得个“骄傲”“退步”的批评，攀爬得越是高，从上面跌下跟头来就越是惨。何况我始终觉得自己实在是不如许多其他同学，只不过是考试时运气比较好罢了。就是怀着这种心情，初一、初二，……直到高中，我经历了一场又一场考试，也许一半是靠我的努力，一半是凭我的好运气，我终于没有考砸过，似乎大都是总分第一。然而，每次的成功，都在我心上增添了又一层压力，因为我更怕下一次，再下一次的“考砸了”。

那时我们也总是担心她，如果考不了第一，心理上是否能承受这种打击，因此我们平时总是劝导她：“在小学时，只有语、英、算三门课，所以保持第一还容易，中学的课程有很多，一个人的精力又是有限的，一直保持第一名并不现实，也不可能，第一名毕竟只有一个，它不可能永远属于一个人。”“分数并不能完全代表学习的好坏，对于知识只要理解就可以了，学习只要尽力就对得起自己了”；“现在学习分数高，并不代表将来工作一定有好成绩，很多学习成绩高分的人，他们在踏上工作岗位后表现并不出色，所以学以致用是最重要的。”还有一次，她与妻边上楼梯边说：“妈妈，我现在觉得很危险，我在学习上就像踩在钢丝上一样，一不留神考试成绩就会掉下来，就要粉身碎骨了。”妻立刻劝慰她说：“你这个比喻不对，在学习上的竞争，是一种你追我赶的现象，就像我们现在在爬楼梯一样，今天你爬在最前面，明天可能别人比你爬得快，后天你再努力一下，又赶上别人了。所以这绝对不是走钢丝，也不存在落得个粉身碎骨的危险。”对于这个问题，我们在平时也经常半开玩笑半认真地说：“什么时候你不拿第一了，我们奖励你。”总而言之我们希望通过各种方式使她在精神上、心理上能得到健康的成长。

女儿一次又一次考试成绩获得第一，一次又一次的满分，在旁人看来，大概是一个“三更灯火五更鸡”，定然是如苏秦刺股般的苦读，其实不然，从她读小学、初中一直到高中毕业，在我们身边生活的日子里，她晚上睡觉的时间总是在九点左右，在华东师大二附中时，由于要赶到学校里去上必须的早自修，早上起得比较早，她通常六点前就起床，起床后到小区附近跑步一圈，然后吃了早餐骑自行车去学校，下午回家后先做功课，六点至七点是晚饭休息时间，那段时间是我们一家最快乐的时候了—— 一家子围坐在饭桌旁，边吃晚饭边聊天，我们兴趣盎然地倾听着她一天的快乐和烦恼：她担任了中队长，又担任课代表，春游准备到绍兴杭州……，她常常也对妻烧的菜评头论足一番，有时还会在放学回家路上，买回来一大袋廉价的苹果，让她母亲做苹果酱，给她早餐时涂在面包上吃，一般七点后就回到写字台前，或做作业，或看参考书，或看小说、散文，九点以后就上床睡觉了，很多功课的作业，都是在学校里完成的。每到考试前，她会系统地复习一遍，考试的前几天，一般都是比较轻松的，放学后回家总是看看小说或者看电视与我们说说话聊聊天；如果正好碰上星期天，她总是建议我们一起到公园去散散心放松一下。记得有一次，周一是大考，周日她则安排着去了松江的佘山玩了一天。这种考试前彻底放松的习惯，一直保持到现在。

也许是受了“读万卷书，行万里路”思潮的影响。为了开拓她的眼界，为了多多接触社会，旅游是我们小家庭的特别节目，到北京、到杭州，去她表哥表姐家，去温州、去雁荡山，是我们小家庭的长假“大餐”特意安排。记得马可·波罗曾说过的一句话：“为了知识，到中国去。”生长在中国的女儿更应该多看中国啊！中学时代，已是花季少女，在朋友帮助下，去大连、去哈尔滨、去太阳岛……壮一下胆子，有时是她一个人背包独行，居然，她也能一人胜利回归了。短暂别离后的相见，看到她黑乎乎的脸庞，风尘勃勃的身姿，煞是可爱。

一次，回到家中，问及她旅途花费时，口袋里只剩下5角钱，计算得够精确了，稍有不慎，便回不了家了，成了“流浪者”了，也真胆大了，比起小时候，那胆小怕事的样子，也算是收获不小。

她常常向你讲述很多很多的旅途见闻，有的见闻竟是我们也未曾遇到的趣事，记得她在旅途的小拖轮上，看到卖唱的小女孩，她向我们叙述着描绘着，曾使她感叹，她在日记上记载：

“使我感动最深的是一次发生在轮渡船上的事，在船甲板上，一对母女俩拉着胡琴卖唱，母亲的琴声实在不敢恭维，女儿的歌声也绝非悦耳，那才五、六岁的女儿，尽管打扮得花枝招展，但看着她唱歌、收钱，仍叫人想起电影里旧社会的卖唱艺人。这件事让我好不惊讶，也为那个小女孩难过……”

在她的随笔中留下了不少旅途的印记：

浓绿的万寿山，耸立在碧波涟漪的昆明湖之上，山上朱墙黄瓦的精美建筑，金光灿灿，点缀在湖光山色之间，特别是山前的长廊，蜿蜒曲折，穿花佛柳，宛如一条彩带飘荡在青山绿水之间。若以万寿山为近景，西提、玉泉山就是中景，而园外数十里的西山群峰便是远景，山外有山，景外有景，水阔天空，层次分明，融成一片壮丽的景色，面对此情此景，我犹如置身画卷之中，真有“人在画卷游”之感。

× × ×　　　　　　　× × ×

出外已经十多天，我身处最北边的哈尔滨，心却在千里之外的南方大上海，一封已被激动揉皱了的信，紧紧地攥在微湿的手中，郑重地投进了邮筒，哦，信啊！你寄得快些，再快些吧，早点儿把我的一片思念之情，带到妈妈身边。

× × ×　　　　× × ×　　　　× × ×

……直奔主峰——鬼见愁，或许是猜想，或许是因为它特别陡峭，这鬼见愁让人望而生畏。今日一试，果然地势险峻，攀登极为不易，山上并无公路，只有那些在密林丛中，"走的人多了，便成了路"的土径、石道，又窄又陡，一路上我只好四肢并用，扒着树根、草石向上爬，道旁带刺的树木一个劲儿地扎着我的手脚，稍不留神，踩在松动的石块上，还差点儿滑下山去，虽然山风在林间沙沙作响，骄阳也躲进了云层，可我们还是汗流浃背，满脸通红，在气喘吁吁，挥汗如雨的攀登中。唯一的奢望便是那仅有的一次在林间泉畔的小憩，吹吹清风，消消暑气，咬一口冰棍，换一口清凉，随后，还是一股劲儿地攀登，攀登！一路上，还碰到三三两两的下山游人，我们可是"反其道而行之啊！"我边喘边兴奋地向后嚷着："这才是乐之所在呢！"

日子过得飞快，似乎瞬间，女儿中学毕业了！

回顾从浙江中路小学到武宁路小学，到华师大二附中，是我们父母所为，那是被动的，并不是她自己主动所选择。女儿成绩名列前茅，得到了一次次的荣誉，中学时代结束了，女儿要选择一个自己从此开始从事追求的专业，当时中国国门对外开放了，外语很吃香，女儿外语成绩一直很好，作为父母的我心动了，劝她报考上海外语学院，华师大二附中校方也有意推荐女儿进上海外语学院，不必参加竞争激烈的高考，这样的好事，女儿拒绝了。当时计算机专业社会上很热门，我们也极力对女儿鼓励之，女儿也拒绝了。女儿说，外语、计算机我都要掌握好，它是工具，我要利用这两门工具，去学生化，去研究生命科学，不能跟着所谓的潮流走，潮流有涨也会有落，谁知道当你现在认为是很好的专业，毕业时又会是怎样的现实呢？选择生化专业，选择去美国学习生化专业，是女儿自己人生的一次大抉择，我们只不过是在她选择路上的后勤服务员，为她创造一些条件而已。

人一生中面临着诸多选择，选择的标准取决于一个人的价值观，更关系一个人的生活态度，你希望过得像小鸟一样，无拘无束地自由飞翔，还是选择不断鞭策自己，不断对自己提出新的追求目标，以期获得生命的升华，心灵的安顿。面对生活中的种种抉择，不管选择的是什么，都能够无悔于选择的结果吗？以女儿的话说：你有选择的权利，又必须对你自己的选择负责。

中学时代，花季年龄，充满着梦幻，女儿开始思考自己的人生。女儿怎么会恋上蛋白质的研究，成为一位"蛋白质女孩"呢？今天女儿在回答记者时说："我在华师大二附中高中将毕业的时候，选择了生化专业，那是在一次有机化学课快要结束的时候，课上讲了一些生物方面的化学，讲了蛋白质和氨基酸的结构，讲了蛋白质是由核糖核酸组成的，DNA是由氨基酸的单位组成的，当时我有一种非常震撼的感觉，没想到这么复杂的生命现象，可以在纸上画出一个很简单的公式，这公式可以解释那么多的生命现象……"

这震惊使女儿与蛋白质研究终生结缘，二十一年前在华师大二附中上的这堂有机化学课，决定了女儿终生的追求。我总在想着，有些事物一旦攫住了你的心，再也无法忘却，这也叫"一见钟情"吧！

留学篇

作者摄于圣玛里诺

一、签证的日子

上海的淮海路乌鲁木齐路口，绿树遮掩下的一幢洋楼，是美国驻上海领事馆，八十年代末、九十年代初的一段日子里，原来安静幽雅的地块，忽然变得热闹起来了，成了当时想出国的上海人关注议论的焦点。国门打开后的上海人把追求的希望放在了跨越太平洋的行动上，希望能看一看外面的精彩世界。

上海人，其实从来就不是纯粹的上海人，在年代的变迁中，他们从东西南北中涌向上海，利用不同的机遇，带着不平等的身份与条件，一路闯来，各显神通，成功者留在了上海，未成功者也不曾离开上海，都说上海没什么了不起，但都留下来成为“阿拉”上海人的一分子。他们来到上海经受了这海纳百川的搏击之后，有所作为，大都练就了一副强悍的性格，生活的磨炼，时代的机遇，使得上海人当时又蠢蠢欲动了，出国去、到美国去，留学成了当代上海大学生的首选。

少年时

上海的美国领事馆不再宁静，从淮海路乌鲁木齐路南面拐弯，可以看到熙熙攘攘的人群，有排着长队在领事馆边门等待签证的，更多的人则游离在长长的队伍外，探访各种各样的消息："不知道托福要考多少分才能签出？""据说现在签证对托福考分的要求越来越高了。""托福考分的要求比物价涨得还快。""听说读××专业容易签证。""读××专业签证比较难。""如你有美国学校给的奖学金签证就方便了。""为了搞经济担保，我花了不少钱。"……在这里，你耳边听到的都是有关出国签证的点点滴滴，为了得到签证，人们汇聚在这里，好比如今上了一次网、查询了一次资料，可靠的、小道的，让你也分不清弄不明白，但想出国的人们还是自觉地不自觉地来到这里，也许，这里的消息是那么具体那么实际，使人受益。每一位签证后出来的人，都会被人围上一圈问这问那："你签出来了吗？你是什么条件？考的什么学校？什么专业？""为什么没有签出来？""他们问你哪些问题？"被问的人如果是获得了签证，会很高兴地回答来自四周的各种各样问题，如果被问的人没有获得签证，就会一边回答，一面发牢骚："美国佬爱签就签，碰运气的。""我倒霉了，担保人不过硬。""说我有移民倾向。""我各种条件都符合，他就是不签。"……

当时的签证率不高，记得一位朋友，两个女儿都在美国，申请探亲签证，一连几次签证都没有签出来，气得她至今也不再去签证了，说："每次签证都要白白地送给美国佬几百元钱，再去签证就是再去送钱，他们这钱也太好赚了……"一位准备去探亲的中年人被拒签后出来，气呼呼地说："在美国的亲人病了，要去探亲也没被签出，美国人还讲什么人道主义……"

面对美国大使馆门前的人气景观，聪明的上海人商机触觉直接伸向了熙攘的人群，有人会问你"同志，你们排着队等签证累不累？我这里有小凳子出租，每只5元。"如果每天有10个人要租，20个人要租，在当时不是发一笔小财了吗？"同志，申请单填好了没有，不要填错，一点点的疏忽，将成大错，要不要代为填写，我填签证申请单有经验，要不要核对一下……收一点劳务费。""我这里是咨询机构，没被签出的可以来我们这里咨询后再去签证，签不出不收钱，签出后收点费。"希望被签出的欲望，燃烧着这里的每一个人，于是热闹的美国大使馆门前更加拥挤了。

人们在互相交流着："你的托福考了多少分？""我的GRE在申请学校时起了

什么作用?”看得出大多数的人去是攻读研究生或更高学位的，对自己到美国开创新生活也都成竹在胸。

女儿托福虽然是高分，然而她是去上大学的，而不是攻读研究生或更高学位，在排队签证的队伍中似乎个别。当时我们的心情非常矛盾，一方面希望女儿能出国深造，她是那么爱读书，在国外可以学到更多更新的知识，求知欲望能得到更大程度的满足，但我们实在不舍得让她去，更不放心让她一个人去闯世界，她是那么的娇小，那么的单纯无瑕，她还是一个尚未涉世的孩子呀！她能一个人独立面对异国他乡的一切，面对纷至沓来的一切吗？她稚嫩的肩膀上能担负起这沉重的精神和生活压力吗？她能面对种种艰辛、孤独、恐惧、无助，在美国这样一个完全陌生的环境中生存下去吗？我们反反复复考虑了很久。让女儿去展翅吧！我们终于做出了艰难的选择，而且找到了自我安慰的理论：“在父母羽翼呵护下的孩子是永远长不大的”，“只有经过磨砺的孩子才能真正长大成人”，“经历艰苦岁月的锻炼未必是件坏事”，“这一段人生经历也许会成为她的一笔财富”……尽管这理论是公认的真理，但也只能是抚平心灵的伤痛的麻醉剂而已。

女儿对留学一事，是既兴奋又有一点害怕，她说：“自从李川和小敏表哥出国后，我就有一种预感，将来的某一天，我们会在国外相见，小敏哥哥临走的时候我就跟他说过，到了美国我再来看你。”我又问：“你一个人去美国害怕吗？”她说：“有一点儿，尽管我做好了准备，还是有点怕。”

当时，女儿的两位表哥，李川、小敏已去美国、加拿大留学，女儿在机场送走表哥，表哥的远洋来信，向女儿谈及美国、加拿大留学的点点滴滴。谈到在国外艰苦和锻炼成长的奇闻轶事，似乎也在点燃着女儿的出国热情。

在去领事馆签证的那一天，一早，妻和女儿就排在那长长的等候队伍里了，一边等待一边聊着，妻问她：“你希望签出吗？”她说：“我希望能签出，毕竟美国的科学在全世界是领先的。”她反问：“妈，你希望我签出吗？”妻答：“听天由命吧，我们既希望你能签证出来，又不希望你签出来，因为我们毕竟只有你这样一个孩子，这一次签不出来，你可以在国内读大学，毕业之后再去留学，这样我们可以与你多待一些日子，到那时，你长大了成熟一点了，我们会比现在放心一点的。一切听上帝的安排吧！"

轮到女儿进大使馆签证了。她进去后不久就出来了，远远看去，她脸上挂着一丝微笑，好像是在告诉我们签证已顺利通过，路上拥挤着等待签证的人、打听消息的人，他们也好像知道我女儿已得到签证似的，一下子拥上把她团团包围，七嘴八舌地打听："美国人问了你一些什么问题？""经济担保要多少美金？""你托福考了多少分？""不知道到语言学校能签出来吗？""你到什么学校去读书？什么专业？"……女儿被簇拥着，好像她是一位胜利者。人的命运的改变往往就是一刹那间，感叹历史奇特，感叹命运吧！

事后女儿为我们讲述了那天签证的情况，签证处的官员看了看她的托福成绩，又看着一脸稚气的她，不信任似地用流利的英语开始了盘问，看到对答如流的女儿，似乎自己做不了主似的，再从里面请出了大使馆的另一位"高官"，这位"高官"又进行了一番盘问之后，最后一个问题是："你为什么想学生物化学专业？"女儿回答："我从小就喜欢小花、小草，它们充满了生命的气息，上化学实验课之后，我又喜欢上了实验，那些奇妙无穷的变化深深地吸引了我，我从小就梦想当个科学家，我想要……"还没等我女儿结束她的娓娓之谈，这位"高官"的图章就敲下去了，女儿也就结束了尚未结束的回答。用一句"Thank you"结束了整个签证的全过程。如此顺利的签证过程，在那一天签证人群中，实属个例，这似乎是个好兆头。

二十一个年头过去了，去签证的日子，是去美国留学经历中的一个小插曲而已，之后那艰辛坎坷的留学路上的一串串故事，定格在我们的记忆中。美国大使馆前，现在似乎没有了当年热闹的景象，排着长队去签证的，更多的是当年陪着孩子前去签证的家长，现在要去探亲了，去看望在美国生活的孩子了，他们成了去签证的主流人群，其中就有我与妻，孩子成了我们经济的担保人，平时一家人情系在太平洋两岸，到时就去美国聚聚。这样的家庭，在上海有不少。

二、最长情的离别

回眸历史，1979年中国正式恢复了向海外派遣留学人员。一年之后，教育部、国务院科级干部局联合召开了第一次“全国出国留学人员工作会议”，会议确定了“以培养高等院校师资为主，以自然科学为主，以自然科学中的技术科学为主”的方针。同年11月，另一次“出国留学人员工作会议”举行，会议提出了“保证质量，力争多派”的新留学方针。一个月后，1981年1月14日，国务院批转了教育部七个部门的《关于自费出国留学的暂行规定》……于是，在国内掀起了一股留学热潮，这规定真是具有划时代意义的国内大开发。无数“生在红旗下，长在红旗下”的中国青年有了选择西方“自费留学”的可能。尽管当时外国观察家也曾对此预言中国留学政策的连续性。作为中国当代政治的晴雨表，留学政策的变化预示着中国政治的变幻，许多渴望出国留学的人一直生活在害怕留学政策在一夜之间改变而自己还赶不上“末班车”的恐惧中。

大上海，它自开埠以来，经历了一次又一次的移民热，成了地地道道的移民城市。今天，它又开始了大洋彼岸的移民，对美国的追求犹如罗密欧对朱丽叶的热恋，女儿成了其中的一位。还有几个星期女儿就要离开生她养她的家，离开父母、离开上海了。她将要开始崭新的独立的生活了，对于她的学习能力我们是不担心的，但除了学习之外的事，我们几乎每样都不放心，在家里的她，不时地还要在母亲怀里撒撒娇，还要玩一下那长毛绒的小狗、小兔子，现在要她独立面对一切、面对漫长的人生道路，她能自己安排好自己的生活吗？她会去找工作？自己挣钱养活自己吗？还要支付巨大的学费开支，她碰到困难自己会克服解决吗？有事情没人商量、有烦恼没处诉苦怎么办？……我与她的母亲心里像打翻了五味瓶似的不是滋味。

女儿出国，是我们小家庭经历的一场巨大变化。面对现实，那段时间我和妻之间的话题永远是女儿。从女儿的前程理想到日常生活上的鸡毛蒜皮，因为我们在单位分配的房子里，即使是那般的窃窃私语，女儿也能轻易地听到我与妻的热烈对话。女儿将要经历一段时间的孤零零的人生阶段了，一想到这，我与妻便沉默寡言了。临近女儿出发前的日子，夜晚显得那么漫长，我辗转反侧，有时做着噩梦，直到在惊吓中醒来。

得让女儿学着烧烧家常菜了，得让女儿学会一些缝缝补补了，还得给她买这买那，记得那些日子，从这家商店跑到那家商场，买了帽子、衣服还要买鞋，买了夏天的还要买冬天的，买了里面的衣服还要买外套，买了平时穿的还要买正式场合下的着装，还有生活必需的各种各样的日用品……太多太多的东西要准备的，最好别落下一样，好像到了美国就买不到似的，好像只有这样才能弥补我们心中的不安……

分离的日子终于来临了，机场上的我们与女儿都强忍着抑制不住的泪水，经受着这即将久久远离的感情煎熬。虽然我与妻彼此并没有明显感觉到对方在一天天变老，但我们生命中共同的宝——女儿舒瓯已经在不知不觉中告别了童年，长成了少年，步入了青春岁月……女儿出国前一天，那天一大早，太阳磅礴而出。由于女儿将要离开我们，连日来的忙忙碌碌终于告一段落，我们一家到上海龙华公园去玩了一次，拍一些照片，作临别纪念，女儿和她母亲甜甜地微笑，我摄下这一甜美瞬间。直到今天，我们仍回忆着这一天的美好。

记得起程的前一晚下了整整一夜的暴雨，雨声本来声声催人入睡，这一夜我却怎么也睡不着。现在回想起来，我不知道那一夜是怎么熬过来的，脑海里浮现的是女儿的身影，女儿一路上将要发生的际遇，如刀割般的疼痛，眼前一阵发黑，似乎掉进了深渊。朦胧中看着熟睡中的女儿，脸上带着稚嫩的浅笑，我从心中默默地祝她有好梦吧！前面的路还很长呢！第二天雨终于停了，但是天空仍是乌云密布，去虹桥机场的路上尽是积水，我与妻子及亲朋好友，一路上浩浩荡荡地送她启程。对孩子来说，去美国是使她能够早日自立、学习奋斗创业的好机会，然而在这分手之际，她意识到将要离开上海、离开父母、离开她所熟悉的一切，从来没长时间离开家门的她，突然要远离这个生她养她的家，离开爱她、关心她、呵护她的父母，好像一下子变懂事了。在她进关后，她回转身隔着大玻璃望着我们，由于鼻子和嘴巴紧贴着玻璃，变形了的漫画似的脸上，泪水沿着玻璃不自主地流了下来，逐渐地如雨般淅沥而下……这是一种锥心之痛，看着女儿远去时，心底残留的难受的感觉，成了永久的记忆。望着空中的一架一架飞机，不知哪架是女儿的航班……女儿离开了上海，离开了我们，带着不知能否实现的梦想，远赴了美国，那里是另一个世界，不知女儿能否适应。也许是由于这次分离过于酸楚，这张临别之前的照片也成了我们小家庭值得纪念的档案。人的经历许许多多，点点滴滴，有的行将消失，有的却总是挥之不去。这平平常常的一天，女儿走进了入关稽查站，似乎这一眨眼的瞬间，什么都还来不及发生，那时的我并没有意识到一切已经发生了。我忐忑着，有一丝忧郁，我安慰着自己没事的，一切都会顺利的，然而多少年来挂念的焦虑始终伴随着我和妻。

“黯然销魂者，唯别而已矣”。早在六朝江淹写下这千古绝句之前，离别就已是人生中最令人伤神的无奈。古今中外，许多文学作品便是以此为题写下荡气回肠的不朽之作，许多脍炙人口的电影也因当中令人难忘的离别场面成为经典。与女儿最初次的别离，最难忘的别离久久盘旋在我的记忆中。

亲朋好友们先于我们离开机场，我与妻子在机场上继续待着，目送着一架架飞机驶向天空远去，消失在浩瀚的天空。震耳的起飞声，像是在撕裂我俩的心，我们的意识也随着飞机而远去。美国那是一个多么遥远的地方啊！伸手抓不住她了，我俩与女儿将各在一方，在太平洋的这一端与那一端，从此，女儿在西方我们在东方，西方晚上的时候东方是白天，这就是说，我们睡了女儿却要起床，这很简单的时差知识，也成了我们思念女儿的日常话题。

回到家里已是下午，才发觉午饭也没有吃，说实话也吃不下饭，二个人呆呆地坐着，还是想着女儿，妻说现在女儿的飞机已在太平洋的上空了，我说不可能，飞机是从上海起飞的,经日本向白令海峡飞去的,妻说白令海峡要靠近北极圈了,很冷吧! 我说飞机上有暖气不会冷的,以此来安慰妻,其实女人的承受能力比男人强,妻看着发呆的我,很快反应过来,妻安慰我说女儿这次去美国会成功的,当年多少人留洋,回国时不是有很多人戴上了博士帽了嘛? 还有人成了有名的学者了嘛? 我当时听到了只一味苦笑,心说:妻啊! 谈何容易啊!

晚上把昨天剩下的饭菜吃完了,明天得去买菜了,于是妻才算算家里还剩余多少钱,一算之下,不禁相视苦笑。为了女儿的出国,一家的积蓄用了精光,所剩只有十多元人民币了,这十多元人民币得计划用到下个月发工资的日子。一夜辗转难眠,望着逐渐放亮的窗外,摸着没有积蓄的钱包,满腹的无奈之情。在“文革”时期曾经有过的囊中羞涩的处境,今天再次遭遇了。

我们这一对草根父母,泪别女儿,没有嘱托,没有婗语,女儿,从你的泪花中,我已寻觅到了期冀……别后的初夜,我寻着闪烁的启明星,从窗口里射进的一缕月光,这月光也许就是远方飘来的思念吧。儿行千里母担忧,这一夜,是我与妻的不眠之夜,也许亦是女儿的不眠之夜,激动、兴奋、担忧……无法言表的憧憬。什么叫五味杂陈,真的体会到了。

目送女儿远去的身影,心像被掏空了似的,空空荡荡。

女儿就这样走了,何时再能相见,谁知道呢? 但是,我们相信相见有期,信仰的力量支持着我们渡过了漫长岁月。十八岁的女儿放弃了安逸与自足,选择了风险与自由,不再靠父母给钱养活。

多年来我养成了独自思考和发呆的习惯,当年与妻携女儿走在小路上,身心好舒坦,月明星稀的夜晚外滩,天地间暖暖的都是爱。想当年女儿在身边的日子,女儿总会跑过来要碰碰我的胳膊、闲聊几句,喊声爸,意味着我又回到了现实生活的世界。女儿不在身边了,过多的闲暇,让人烦恼了不少,更是担心多多。

三、初到美利坚

（一）

家庭，人生旅途中最初的驿站，女儿要离开这个驿站了，这是成长的标志，也许就是人生又一里程的开始，父母目睹着女儿在更远更高的天空飞翔，是祝福，更是惦记，再遥远的距离却不断那一线缘牵。女儿应该第二天就有电话来，以报平安，可直至第三天才盼来了电话，原来她到华盛顿转机时，正遇上大暴雨，没有当天去诺福克的飞机，第二天才到达在诺福克的表哥家，为此她表哥李川也急出了一身汗。

女儿的表哥李川，在20世纪80年代中期，完成交大研究生学业后，去美国留学了，由于他在美国的打拼，立稳了脚跟，女儿蠢蠢欲动，在1991年步他表哥的后尘，高中毕业后就去美国马里兰大学留学了，成了一名当时颇鲜见的小留学生。于是，李川自然成了女儿踏上美利坚国土之后的“保护者”，是他在机场迎接他的表妹我的女儿的到来。

到美国后她不可能经常来个电话问候、聊天，因为没有钱，只能经常写信联系，这样倒也把当初的情况转变成了文字“档案”材料，今天读来，字字句句更值得细细品味。（为了叙述不至于单调，除第一封信外，以后凡是女儿和我们的通信，前后称呼都省略。）

——亲爱的爸爸妈妈：

这是我刚到表哥这里的第二天，这会儿大概早上七点多，在上海家里，早上七点多，已热闹了，大楼住宅的邻居都是爸妈单位的同事，买菜去的、捡菜的、剥毛豆子的经常还会闲聊着天，比较着谁家买的菜又便宜又好……这儿，却很安静，好像除了我没有别人似的。

飞机上不太舒服，隆鸣声震得头晕，所以就一直半睡半醒地歪着，我想坐船都不晕，怎么会晕机，好在下了飞机就好了，到华盛顿前一路都顺利，在芝加哥进关，比我想象的要好一些，没有遇到麻烦，反正懵懵懂懂跟着大家走就是了，也总有好心人帮我把箱子搬上搬下，因为他们见我是个小孩子，过安全门时解下的腰包忘了拿，还是人家追上来把它还给我的。

在华盛顿机场遇到了麻烦，由于暴雨，原定的航班取消了，安排了第二天的一个航班去诺福克，可也并不很令人沮丧，服务台的小姐替我安排住宿，开了账单，还问我一个人行不行，英语好不好，我对他说："我会读、会写，可就是听力不太好，你们说的英语跟我书上读的不一样。"于是，她就一直陪着我乘车去旅馆办手续，而且睡在我隔壁的房间，早上叫我去吃早餐，有人跟我说话时，她一直在旁边慢慢地重复给我讲一遍，这让我有点不好意思。我问她："你陪着我不回家，家里人会不会担心?"她说她有一位善解人意的丈夫。第二天，上机场时，她丈夫推着她十六个月的孩子来接她回家，那孩子是典型的美国人，淡黄色头发、很圆很圆的蓝眼睛，刚会走路，很好玩……

表哥和他的一个同学住在一起，把我照顾得很好，昨天休息了一天，傍晚到海滩上抓螃蟹，可惜风浪太大，后来又下起了大雨，螃蟹没抓到，白白浪费了两个大鸡腿。

……

在华盛顿转机时，当地正下着大雨，两件托运的行李受了潮，箱子里除了雨衣、胶鞋，不该湿的都湿了，到了表哥这里天气还干燥，我把衣服一件件地挂在衣橱上、椅子上、桌子上、床肩上、把手上，一时间衣山衣海，一进门就眼花缭乱。这两天干了收回箱子里，不过浴衣受潮染上了杂色，一件粉红色黑底套装也染上了一块块黄色，不知怎么办?

表哥常开汽车带我去玩，这里的大海很漂亮，朋友也不少，他常带我去串门……

女儿已到达美国了，到达她表哥的家了，“家书抵万金”，我双手颤抖地捧着那封女儿的来信，一封简单的报平安信，价值千金啊！久久地紧紧地将那封信搂在怀里。女儿到美国后最初的两封信，使我们安心了不少，可怜天下父母心！十几年生活在一起的女儿，一下子飞走了，我们曾把女儿到达彼岸的情况，想象得太悬太悬：怕她走丢了；找不到换乘的飞机；她听不懂美国人说的话；她表哥没有接到她；她在机场对天大哭……我终于明白了什么叫牵肠挂肚，这些像噩梦一样缠心，接到信后总算松了一口气。

女儿终于平安到达了美国，开始了新的生活，开始了人生新的旅途。世上还是好人多，谢谢这些没见过面的热心人，你们主动帮我女儿，把她的行李搬上搬下，又把我女儿丢失的腰包送还给她，后来我才知道，女儿在华盛顿转机时，当时住的是一家五星级宾馆，费用是航空公司付的。陪同的小姐，你叫什么名字，你陪伴照顾我女儿一夜，我将铭记在心。八年后的一天，当我踏上华盛顿机场的时候，当我看到这些黄头发、蓝眼睛的年轻空姐时，在心里向她们致敬。有人说，在美国也有活雷锋，这是真的。

女儿虽然远离了父母，书来信往，女儿还是备受亲情和爱的浇灌与滋润。女儿从幼时到长大的一张张照片，在我的居室、在我的心中，仿佛女儿还在家中，因而心安，也就能入睡。放在枕边的照片，好像成了安眠药。梦中惊醒能让我心里有一点儿踏实的甜蜜，然而，想着想着，女儿远去异国他乡，有时竟失眠了。

（二）

美国对于国人来说，有着耀眼的光环，但是天上不会掉下馅饼，葡萄也不会自己掉进你的嘴巴，要生存还需要自己的努力。

位于美国东海岸马里兰州的马里兰州立大学，与美国首府华盛顿相邻，马里兰大学是中国留学生的大本营，那儿容纳了自改革开放后大陆去的很多留学生，但一般都是大学毕业后，申请了奖学金之后去攻读硕士的，像我女儿那样高中毕

在马里兰大学

业去读大学的小留学生极少。女儿要在马里兰大学生化系度过她的大学生涯。一封封信似乎是她大学生活的最初扫描,可谓楚歌曲曲。

因为要尽早办理入学手续、找工作、开银行账户等事宜,17日一早表哥开车送我到马里兰大学,住房已租好,那是一幢很大的六层楼大楼,每个单元住四个人,二间卧室,二间洗手间,合用一个客厅、一个厨房,没有家具,这样的房子,每人每月要付美金212元,还不包括煤气、电费,真是够贵的。我捡了一些或买了一些廉价的沙发、桌、椅、床垫等家具,房间打扫一番之后,就不时去大楼的过道和贮藏室里看看,这里往往堆着一些已经搬走的学生的废弃不用的家具,每次去要看每次的运气了。表哥一直陪着我,看来他是有经验的,几年前,他也是这样开始他的留学生活的。我们又去买了一个星期的食品,表哥再送我到公寓。今晚,我就要住在这儿了,妈妈,我将要开始新的生活……

又:

房间好几年没扫了，真脏，什么都没法用，要一件件洗过来。因为明天要换客厅的地毯，所以家具都搬到卧室里，堆得一塌糊涂。我洗了半天，好不容易洗澡间、餐桌和衣橱才可以用了，现在我就在餐桌旁边，在自己装起来的台灯下面给你们写信，我缺个桌子和柜子，这几天要抓紧去捡一个回来，这又得看我的运气了……

又：

当然屋里到底还是简陋些，那些拣来的家具有时又不太争气，比如那个新拣的台灯就是没有灯泡，上星期日刚去买了个新灯泡，刚安上才亮了一下就再也没有亮过，到现在它还是扔在角落里做个装饰品。另一个可以自由伸缩，随处安装的台灯，灯座又不知怎么回事，哪里都不能固定住，衣柜上、书桌上都试过，最后没办法只好让它靠在椅子背上。更嫌我这里只有买的一百瓦的灯泡，一开起来亮得满屋通明，我们坐在它下面都直出汗！ 戏称之为“小太阳”。其他诸如五斗柜的一个柜子无法开合，用被子当枕头之类……两个星期忙忙碌碌之后，终于一切都落实了。

读了女儿信中这一段段，不禁想起电视剧《北京人在纽约》的片头语(大意)：“如果你爱她，把她送到纽约，那是人间天堂；如果你恨她，把她送到纽约去，那儿是地狱。”说出了美国生活的真谛。

艰辛的生活开始了，离开父母伴随的日子里，她显示了处理生活的能力，每读这些信时，心里总是酸酸的，我们应该在她身边才是。女儿，你辛苦了。你被逼上了梁山，一切只靠你自己了，只有读到信中那句“终于一切都落实了”的话才宽慰了许多！

马里兰大学确实很大，但我在华东师大二附中待惯了，所以不觉得什么，只是路不熟，常走错了路。这儿真是大杂烩，什么国家的人都有，特别是黄种人和印度人的势力很强。我们大楼里住着的外国人比美国人多，台湾人比大陆来的学生多，大家彼此都很友善，都很愿意帮助人的，我的五斗橱是从前大楼里的学生用过的，已经转送了二、三个学生，现在这个“老古董”又安放在了我的床角。书桌是室友的同学捡来的，没有抽屉，但还很适用。……室友是三个研究生，从中国台湾来的，对我都很照顾。

女儿生长在祖传信仰基督教家庭，女儿留洋，惊动了年逾古稀的祖母，为她每日祈祷，用祷告来与神灵沟通，以诚心的态度表达心愿。人在担当重任时往往祈求得到神的力量，祈求指引。女儿到了美国后，信中说美国教会的教友找过她，信仰基督的人之间互称弟兄姐妹，问她需要得到什么帮助，我们真是感到安慰，帮我们减除焦虑，内心得到平静，圣经所言，能赐给我雅量，去接受不能改变的事实；赐予我勇气，去改变能够改变的事实。也许人类有限的智能无法了解无边的神力，也许神明就是浩瀚的大我，也许祷告就是沟通心灵与大我的桥梁。虔诚的祷告可以让我们听见来自心灵的召唤，获得来自大我的智慧与力量，可以天地神合一，无惧无畏。

在美国交通成了大问题，我住的公寓离学校算是近的，但到学校，走是走不到的，有时候求室友带我，有时候请同学送我，有时候连走带奔

玛里兰大学

地赶去上课，这日子真是过不下去了，人家有人家的上课时间、工作安排，我有我的日程表，很难凑到一起，有时我在人家教室门口等，有时人家等我……今天走到大路上乘公共汽车，到学校已十二点半了，想着天天要求人接送我太麻烦了，下午向一位住在附近骑自行车上学的同学问了路，步行到离家不远的超市里，买了一辆自行车，马上悠哉悠哉地骑回了家，以后我可以自由自在了，再不用等车赶车，到处打电话求人搭车了。妈妈，我有腿了……

随着对美国社会的了解，或者只要你到美国实地一走，你就会深深感到汽车在美国社会生活中的极端重要性。究竟怎样来贴切表达那从早到晚充斥视野的车流和飞速旋转的车轮呢？那交叉纵横的公路、高架、立交、高速公路联结起美国国土的各个角落，渗透到了美国社会的每个细胞，把美国整个社会网络，连成了一个高速运转的完整的动态系统。有人说美国是由车轮支撑的社会。在美国生活的你必定要有车，才能真正融入美国社会。后来，我到美国探亲度假，住在女儿家，一些老朋友纷纷来电问候，我也很想去拜访他们，另外我也想去超市买点东西，去附近胜地走走，但是寸步难行，从家里出发走是走不到这些地方的。即使你居住在大城市里，医院、公园、商场、上班地点与住地的距离，也非得自己驾车才行。在美国衣、食、住、行等各项需求中，对已丰衣足食的美国人来说，汽车已成为居于其他之上的最为迫切的第一需要，在这种私人汽车数量占绝对优势的结构中，公共汽车已没有市场，线路、车次都很少，几十分钟不见一辆是正常的，有的城市干脆没有公交车。在美国没有汽车就像人没了腿。同美国人和留美的中国留学生交谈，我得出这样一个结论：买汽车、购房子、养家这三大花销中，房子可以暂时不买，孩子可以暂时不要，汽车则一定要买。中国人去了美国省吃俭用，必定先去买车，才能生存下去。

今天，在重新看了女儿的这封关于交通问题的信时，心中总有一种凄凉感。她同住的室友因为是台湾人，有经济能力，父母亲有条件，专程乘飞机送子女到美国求学，就像今天国内的父母亲，坐着出租车送孩子去大学注册一样。而且，台湾的室友到了学校之后，父母亲首先为孩子买一辆汽车，使孩子在美国有“腿”。而我的女儿呢？经过一番奔波之后，买了一辆自行车，把有着自行车王国之称的中国风俗带到了美国。这辆自行车伴随着女儿度过了三年马里兰的大学生涯，在斯坦福大学读硕士博士的五年中，也曾相依相伴，后来，我到美国探亲，看到她家中阳台上的这辆自行车，感慨万千：它曾是我女儿的"腿"啊。

八年中，女儿曾多次拆洗过这辆自行车，为它加过油、补过胎，真想象不出，我这位纤纤文弱的女儿，为了省钱，在美国不仅读了博士学位，还学会了修理自行车的本领。这本领是被逼出来的。后来这辆自行车终于卖了，在斯坦福校园中，贴了一张出售广告，第二天就卖了，卖了十美元，真可惜啊！ 不是卖的价格太低而可惜，而是这辆自行车多值得我们留作纪念啊！

没有汽车就像一个人没有"腿"，固然困难重重，然而，更大的考验还是女儿离家之后，失去了父母的关爱，经受难熬的寂寞……

女儿想家，我们想女儿，只有在这远离家的日子里，才能体会得情真意切。想起以前，一个小家庭，日子过得平淡如水，女儿上学，我们上班，每晚总是妻子准备好饭菜，大家一起享用；虽然女儿有时也发点小脾气，一些琐事也使我与妻发生口角，但却是那么让人感到温馨。在上海，这样的小家庭，太多太多。如今随着女儿的远离，我与妻时常躺在松软的席梦思上却辗转难眠，没有半点倦意，思绪在袭击着我与妻，想着想着，当年梦呓中的女儿仿佛又回到了身边，她小时候一翻身，会把小脚踹到我的脸上，我把它拿下，并用手轻抚着……一幕幕的回忆，横竖睡不着的日子经常发生。

女儿独自赴美，无惧色，并不是勇敢，也不是能干，原因在于她知道，不管发生什么事情，虽然大洋相隔却可以马上回到家里，我们会毫不犹豫地接纳她。她浪迹天涯，即使在最艰苦的环境中，她也没有胆怯，因为父母的心灵与她紧紧相邻。生活的实质就是克服困难挫折和成功喜悦的交响曲。

四、少年已识愁滋味

随着对美国不断了解，我们逐渐知道在美国读大学，费用实在高得可怕，以加州理工学院为例，当时每一位大学生缴三万美元一学年，食宿一万二千美元一学年，每个新生入学时就要交四万二千美元一学年。斯坦福大学医学院学费竟高达五万美元一学年，国人听了之后，可能吓一跳，虽然公立大学收费要低一些，然而也是家庭一笔巨额的开支，使人望而却步。

我们也曾经认为托福考试是每一个赴美留学人员的必经之路，考好托福，有可能获得奖学金，只有获得奖学金你才能稳操胜券，美国大学大门才会向你敞开。虽然美国大学大门向女儿敞开了，然而却没有获得奖学金。大学毕业后去美国留学，可以比较容易申请到奖学金，其实这奖学金也是自己的劳动所得，因为他必须当TA（助教）。我女儿高中毕业去读大学，现在想起来冒失了一些，因为得到奖学金的机会微乎其微，因为公立大学奖学金只供美国纳税人子女。认为女儿成绩优秀，有把握申请到奖学金的梦幻破灭了，于是，艰难的岁月开始了。

为了减轻家庭负担，打工成了在美留学大学生的"必修课"，特别是中国留学生，在假期去餐馆端盘子是家常便饭，为了下学期的学费，留学生一天打两份工不是个别的，在美国这样一个竞争激烈的社会里，中国留学生能为自己争得一席之地，几乎全是凭着个人的聪明才智，凭着自己的勤奋和努力。

曾记得辛弃疾有句"少年不识愁滋味"，然而女儿在美国留学，过早地承担了生存的重负，过早地品尝了"愁"的滋味。

……办了一上午的事，2点多才到家，电话机又坏了，打了几个电话想同老板联系都打不出去，偏偏同我联系工作的实验室在这会儿打电话过来，在一片混乱的杂音中，我听到自己没有被录用，虽然本来没抱什么希望，但心里总是别扭得很。晚上××打电话来问，我说：“这一天灰蒙蒙的。”他就急坏了，劝了我很长时间，一会儿，李川表哥又打长途电话过来，早就知道了我“蒙蒙的”，又劝了我很长时间。我并没有灰心丧气或想不通或受不了，但我很感动，上星期一，我记得自己去见大楼的管理员签约拿钥匙时都心跳得厉害，现在见人都不大怕了。

又

这个星期一直忙着注册和找工作，前者还好，后者的滋味就不太好受了，新生找工作真不容易，因为好一些的工作都希望录用有工作经验、有大学学历的人，找工作的人又那么多，特别是大陆来的学生，虽然成绩优秀，家里都比较穷，找不到工作就没法生活了。我是到处瞎撞、到处碰壁，今天总算找着了一个，是在学校的餐厅卖菜收钱之类，一星期工作14小时，星期三下午4:30—8:30，星期六、日、10:30—3:30，每小时5元钱，可以忙里偷闲在餐馆里吃饭，大约生活费够了，不算理想但最难的第一步跨过来了。

这学期修16学分相当紧。

女儿的信让我不忍卒读。女儿远离后的最初日子，我经常彻夜未眠，等待窗口透出晨光，于是睡眼惺忪，烦躁地坐起来，尽力想整理一下思绪，可怎么也安静不下来。女儿昔日的笑脸，当今苦楚无奈的脸额，怎么都挥之不去，女儿那纯洁青春的脸，不知能不能承受这压力，更不知道为父的我能坚持多长时间。一阵冷风，我不禁打了个寒颤，不知为什么，眼前突然出现了安徒生笔下的卖火柴的小女孩。

在人生岁月旅途行走了数十年，回想起来，有些岁月匆匆划过了无痕迹，有些岁月却永远记着，女儿初去美国时的奋斗日子，我至今仍铭记着，她当时一天当三天用，游走在学校教室、餐厅、宿舍，她是亲历者，我是知情者，总让人伤心着。因为穷，初到国外的留学生就得省，别的地方省不了什么，便一个劲地从嘴里抠，于是就在葱姜上做文章。在美国，相对其他费用（房租、汽车……）农产品便宜，一个人每月在吃上的花费一般在一百美元左右，紧一紧，五六十元也过得去。听友人说一个在美国迈哈密读书的女孩子，创下了每月只用二十美元就生存下来的记录，她的方法很简单：只吃鸡腿。因为肉类与蔬菜相比，相对便宜，而肉类中，又以鸡腿最为便宜，一美元就能买上一大盘，至于蔬菜与水果，她则尽量到各种聚餐会上吃一点，真是绝招。

读着女儿的信，我感到女儿长大了，她要边学习、边打工来维持自己的生活了，还要靠打工挣钱来支付下一年昂贵的学费。为了女儿的出国，在当时的中国，一个月只有一百多元人民币收入的我，拼命“扒分”（上海方言，即挣钱）、四处借钱，得到亲朋好友的支持，在银行门口、黑市外汇市场，四处打听换取美金，我倾其全力集足了只能维持女儿一年的生计。

十八岁的女儿，她言语不多，她心里明白要靠自己，她开始了边读书边打工的生涯，然而打工的经历是辛酸的。老子《道德经》说“将欲取之，必先予之”。读之，安慰了些。

今天在餐厅里从早上十点做到晚上八点多，腿站得好酸好酸，因为即使闲着也不能坐下，回到公寓看到你们寄来的信和包裹，真是好兴奋好开心，郁闷疲乏的感觉一扫而光。

这里的功课其实还是简单的，特别是数学课，我几乎是一边休息一边听，化学课讲的还是高一的内容，环境课要做笔记的东西比较多一些，但还是比较浅显，星期三小测验，几乎大家都是满分，生物课相比之下有些深度，但大多还是我已经学过的，我慢慢觉得美国人好笨，尤其是当我发现我修读的微积分、化学、生物课很多都是二、三年级的学生在学，由此也感叹中国学生的聪明智慧，在这里无用武之地，可惜可恨了！但实验课要难得多，化学课上好多仪器连名字也叫不出来，天平是电子显示的可以精确到0.001g，实验室里用的是相差显微镜，清晰度要高得多，仪器每人一套坏了要赔，所以每次实验都很紧张很小心，计算机用得已很普遍，国内是不能比的，写报告、作业、画图，都要用它的软件，理论课是不敢怠慢的，务必都要满分，在这里与美国佬竞争，对我来说只能靠成绩。

原定每周工作14小时，周末餐厅常常很缺人，所以留下来多干一会儿，争取多拿几个美元，这对我来说也很重要，譬如昨天就多干了5个小时，都在甜点柜工作，各种面包、蛋糕、冰淇淋，好香啊！诱惑力好大，做5个小时工可以吃一顿饭，8个小时可以吃两顿，但是会扣去半个小时的工资，实在是很吝啬，所以每顿都吃得饱饱的，在餐厅有时听不懂顾客要什么，常常要请人帮忙，觉得很尴尬，这星期好多了，特别是教授的语言，讲课时不难听懂……

又

在餐厅里工作总的感觉还是好的，各种工作都被派去做了几次，现在基本上固定在冰淇淋或甜点柜台上……餐厅里似乎我最小，中国人又非常多，很多人非常照顾我，有一次派我去理刀叉的时候，经理似乎在安排上出了些问题，平时三个人干的活，只有我一个人在做，忙得前脚不接后脚的，有好些人偷偷地帮我做，应付一下，为了这还有人被老板骂了。有好些阿姨和大姐姐很喜欢我，每次吃饭时，我随便说了声：“怎么找不到鸡蛋？”她们就去厨房拿来一大盒鸡蛋，足够二个人吃的；我喜欢吃鱼，她们就急急忙忙去拿鱼片；我对餐厅不熟，拿的食品经常很单调，她们有好吃的都分给我一些，有时候空下来，还不时有人到柜上来跟我说说话，说是：“听说甜点柜新来了一个很漂亮的小女孩，要来看看”，弄得我很不好意思。我还是摆脱不了女孩子的虚荣心，听别人说我漂亮就高兴，不为什么就是有点高兴。可漂亮有什么用，要成绩好才行。在这里我似乎在别人眼里比实际年龄还要小一些，人家都拿我当孩子一样照顾着。奶奶经常为我祷告，让上帝保佑我吧！

爸爸在拍什么片子，我不在家里冷清不冷清，妈妈做那么多菜谁来吃？我真想吃活杀的鱼头鱼尾，这里所有的菜都是冰冻的，我在这里只能吃最便宜的东西，我也真有点可怜了。你们有照片寄几张过来，我想你们……

……

女儿想家了，我对女儿说“幸福是什么？幸福，是能体现想家的滋味”。虽然父母远在大洋彼岸，想父母的味儿有点苦涩，然而心里应该甜蜜。无论是身在故土，还是远离了家乡，就某个方面来说，我们都是世上的旅客。一生中，每个人或多或少都在流浪中长大。也许是自我安慰，也许是安慰女儿吧！

女儿寻寻觅觅，追求着梦想，汲汲营营。她背起行囊，迈向那可知或不可知的未来时，她心中知道，无论在哪，总有人去挂念着她，为她祷告，替她祈福，不管到那儿，不会寂寞，女儿可以想家。思念是我与女儿的纽带和桥梁。在异国他乡，家园永远是女儿漂泊生活的精神港湾。

今天我回想着当年的女儿，一位小留学生，过早的独立生活给了她很多的磨炼，很多事情必须自己去解决，这样也锻炼了她独自思索能力、生活能力，性格也显得倔强了一些。人说父母是孩子的天，女儿远离了父母，似乎天要塌了，然而这天并没有塌下来。

以前我以为，人是一点点长大，一点点成熟的，这时，我知道女儿似乎一瞬间长大了。

又

……在这里拍了一些照片，为了你们早些看到，所以还是统统地寄去了，分量肯定超重了，为了这，也许我还得为它在柜台上多站一个小时。

在工作时忙里偷闲，还可以背一些单词，生物课的生字很多，为了方便我把生词都记在卡片上，没有顾客时，可以拿出来看一看，当然不能让老板看见。

这里的衣服很贵，一件长袖T恤30多元，汗衫拍卖时也需10元，秋天刚到，衣服以后不能在美国买，中国的宽松T恤套装买一点寄来，合算得多了，留在家里的旧衣服也一并寄来，只要有穿就行。……

女儿留学生活开始的点点滴滴，似乎让我感受着她的成长，我每每写信寄语。寄了一首托尔斯泰诗鼓励她：“我，更多的是喜悦”；“别气馁，纵使目前冰封大地，春天仍将到来，一切都会解冻，融化。……我，更多的是喜悦，而不是气馁，但愿你也跟我一样。"精神鼓励也许比物质更重要。

女儿感受着我们的爱，一个有爱关怀的人才能有力量去面对一切，面对一个漂泊的留学生涯，面对一个又一个她心中的梦！

回想起来，女儿在马里兰大学的第一学期是十分艰辛的，要上课修学分，要打工挣钱，为了生活费，为了下学期的学费，她承受着从未有过的巨大压力……

她到底只有十八岁，每当我看到在暑假结束，大学新生入学时，校门口停着的一辆辆轿车，父母送穿着名牌服装的孩子入学，人们投以羡慕的目光，望着这些天之骄子，望着这些父母脸上骄傲的微笑时，我就想起一位小女孩，在餐厅里任人使唤着，为了赚取那可怜的几美元，这就是我的女儿。我常常做着无数这样的梦，醒来时告诉我妻，妻说她也做着同样的梦，也梦见女儿了，梦醒后心似刀绞似的，好痛好难受！女儿离开我们的最初这段日子，是我们最失落最难熬的日子，女儿又何尝不是这样呢？

大学的生活真紧张，现在每天是教室、实验室、公寓三点一线地跑，整天来去匆匆的，说起来好笑，别人说我总是在赶路的样子，常常有人在路上喊住我，说："不认识我了？"我才回过神来打声招呼，实在是课排得太紧，这学期尤其是这样，数学课后面是音乐课，化学课后面是经济课，又正好在学校的两头，当中只有十分钟时间，一路小跑都来不及，每次常常迟到几分钟，也怪不好意思，可这也是不得已的事。……

又

时间过得真快，学期已过了三分之一，我在你们身边最后两个月的情景，至今还历历在目，就好像昨日做梦一样，好像昨天还无论如何想象不出，在美国是怎样的一种感觉，现在感到也不过如此。开学的最初紧张阶段过去之后，现在似乎也不那么紧得利害了，一般也能应付自如，作业比较简单，预习（尤其是生化课）花的时间最多，比较麻烦的是小测验、中考特别多，几乎每门课都有三、四次中考，每周碰上二、三次小测验，一、两个中考，但问题都不大，美国的孩子实在不用心，甚至在做实验的时候，他们只是按着实验手册上的步骤去做，至于做什么、目的是什么、会得到怎么样的结果都糊里糊涂的。这里有些TA(教授助理)很势利，譬如数学讨论课上，我以前常说自己的想法，他都不大理睬，第一次中考，只有我是满分，接下去连85分以上都没有，从那以后，我说什么他就满面含笑停下来听，那时我觉得真开心。

女儿赴美之后的岁月里，她的身影依然经常在我的脑海里徘徊闪现，她正在专心听讲，她正在实验室苦苦钻研，她正在深夜苦读，她又获得了满分……那真切隽永的感情永远不断。

现在是每天上课，回家后热饭做菜，吃饱了看书，看完了睡觉，似乎又是从前那种平平淡淡的生活，当然也不是没有一点乐趣，譬如每天吃饭的时候看看拍卖广告，剪到几张合意的折价票，周末到商店去买东西，是唯一的轻松，有了折价票，花的钱不超过十元，再买一大盒冰淇淋或者奶油卷就非常开心。有时还会突然有一些意想不到的怪事，来点缀一下我的生活，譬如上星期，我买的一罐做饼干用的面团，没有放在冰箱里，前天晚上夜深人静的时候，突然一声“砰”的巨响，把我和室友们都骇了一跳，找了半天，原来是面团发酵得太厉害，把罐头的封盖都顶开了，里面的面团像炸弹一样，喷到房顶上、书桌上、几米远的地毯上，一片狼藉，我虽然听说过汽水罐头爆开的事，也知道其中原理，可这事发生在我平平常常的生活里，也实在太夸张了，笑得坐在地毯上喘不过气来，那一晚上大家都笑个不停，肚子都笑痛了。

这似乎是一封带点喜剧成分的信，直到今天，女儿回家团聚或我们去美国探亲，一有响声，我总是说：“会不会是做饼干的面团又炸了”，大家都会笑个不停，女婿新进门不解其意，说了原由也笑成一团，当时女儿的笑是苦中作乐吧！不过可以看出，她还是乐观面对艰苦岁月的，把生活的苦卤当作调料，烹饪出佳肴，享受最终的甜味。在那些日子里，我也总怀抱着希望，每天千方百计把自己精神世界填满充实，要求自己不去想，可控制不了，女儿的影子定格在脑子里，擦不掉，盖不住，抹不去，思念是一种很玄的东西，如影随形，无声又无息出没在心底，转眼又吞没我在寂寞里……思念是一种很苦的东西，锥心刺骨，这时候似乎思念就是我生活的主旋律了。

美国，对东方中国人来说，曾经是梦幻般的崇拜，从清末洋务运动到辛亥革命，多少能人志士留洋求读。改革开放后的今天，一批又一批学生去美国深造，在哈佛、在马里兰、在麻省、在斯坦福等高等学府里，多少黑头发黑眼睛的中国学生，他们以优异的考分，勤奋的自立精神，博得了教授们的赞许，这也许是他们的立足之本，于是他们对美国的认识深刻了一些，美国不是梦中的天堂，几乎每个留学生都经历过生存的艰辛。为了一笔学费，他们到处打工，受尽了数不清的白眼和呵斥，几乎人人都经历过受委屈的日子。餐馆、超市……都曾经是留学生的栖身之所，他们互相支持、互相帮助、互相同情，他们喜欢着同一首诗："还记得少年时的梦想吗？像朵永不凋零的花……" 为了这梦，他们付出了高于几倍美国学生的努力，我的女儿就是其中的一位。

女儿出国时高中毕业，仅十八岁，虽然说是大学生了，应该是成年了，然而她单纯、寡言、胆小，不善于与人交往，又是长得小小的个子，特别是在父母的眼中总还是个孩子，总还应该得到父母的呵护，我们曾经后悔当时的决定，过早地让她离开父母，使她失去了本应得到的关爱。每次，我和妻读着她的来信时，总禁不住要流下眼泪，这也许是旁人所不能理解的。朋友、同事碰到我们时，总是投以羡慕的目光，好像在说："你的孩子真有出息，高中毕业就留学了。"他们说的不对吗？否！ 然而，他们又怎能理解我俩当时的心情呢？

过了一些日子，女儿的信更使我不安了。

前几天这里有一些新闻，说是一个中国留学生，因为自己的论文没有获奖，就把获奖的另一个中国留学生、教授、系主任都杀了……大家很生气，说这是丢了中国人的脸，让外国人笑话中国人自相残杀、一盘散沙……

我打工的这个餐厅是学校的，跟中国吃大锅饭的单位差不多样子，管理一塌糊涂，账目相当混乱，平时也常常看到有人偷偷带了东西回去的，老板只当不看见就是了。上次那人也太过分，把老板给惹火了，气的是老板对偷肉的人不抓，盯着我们的提包查，更气的是只欺负中国人，盯得特别紧。那些洋人还不是照样偷懒不干活，那些胆子大的人照样一包一包的拿回去，小小一个餐厅有十个经理，整天没有事像猫头鹰似的走来走去，做起事来倒是糊里糊涂的，弄得我们打工的日子不好过。要不是中国人彼此抱成团，互相照顾，这个餐厅里的气氛就难以忍受了。……

妈妈有件事我需要知道，我在国内有没有打过破伤风预防针？两星期前，我在餐厅里，手被烤炉烫了一个大泡，然后泡又破了，学校卫生中心的医生说我需要打预防破伤风的针，可我记不得自己有没有打过，现在伤口已基本长好了，想来也是不需要打针的了，不过医生说我如果没有打过，早晚总需要打一针的，收费8美元，所以我想问问清楚。说到这里，我倒庆幸当时我手里拿着刚出炉的两大盘蛋糕，总算没有松手闯什么祸，想起以前手上溅到了一点油星，就连锅铲也扔了的情形，真有些好笑……

餐厅也在削减预算，经理看得很紧，弄得大家都闷头做活一声不发，以前，有空时说说笑笑现在也不能了，几天前冷库里一块25磅的牛肉被偷走了，这几天气氛总是很紧张，一个个互相之间总是横眉竖眼地盯着，大家的包都被查过，以前总觉得周围的人，尤其是面包房的老太太们很友善也很热情，现在才慢慢觉出其中的“冷”来，一起吃饭时，阿姨们警告我，要当心那几个老太太，是笑面虎，当面“Honey”“Sugar”地叫你，背后尽告人的状，前几天就告过好几个人，说起来都恨得咬牙切齿的样子，不由我不去信，现在才慢慢体会出做工的艰辛来，也觉得有些怕。……

美国，一个商业化的社会，似乎可怕，它似乎是一个无所不能的怪物。首先掏空人的心灵，用物质生活的满足感取而代之，是社会的残酷，是人生必经的历程，也是成长的需要吧！……不忍思之。一封封艰苦岁月中的叙述家书，充满苦涩和无奈之感，感谢伟大的鲁迅先生塑造了不朽的阿Q，让我忍耐且焦虑地等待着，自我安慰着。人说：“生活是一面镜子，你对它笑，它对你笑；你对它哭，它也对你哭。”说得真好，笑对人生，有时充满苦涩，是副傻模样，没谁为你喝彩。然而它并不辜负你，它给你一份经历，一份体味，一份生活得有意义有价值的最好证明。生活在一起的美好记忆伴随着我，美好的童年记忆伴随着女儿，虽然记忆里的欢笑值得思念，然而却显得无奈，我相信万事开头难，这是一场艰苦的悲壮，我一直认为，孩子的幸福不是父母所能给予的，应该由孩子自己去努力创造，我相信知识决定命运，教育产生着文明。我总是鼓励着孩子，一封封写给女儿越洋的家信，是我们对她最富有的关爱，经常是为了一封信写到深夜，把一点一滴的爱写进字里行间，与她同挑重担。忽然，我悟到了一点：原来爱是有力量的。爱能让一颗坠入深谷的心灵重见光明，能让一个走入恍惚的躯体重走光明，能令一个覆盖着尖塔的灵魂得到洗涤……

后来我到美国探亲时发现虽然她当时的收入也不算太少，是博士了，是教授了，但还保持着学生时代的简朴生活。打开衣橱，没有一件名牌衣服，当年，国内带去的旧衣服还在穿着，在超市，买东西总是计划着，晚上自己做着三明治，那是她明天的午餐。经历塑造了人。

五、依然第一名

女儿这一代留学生，凭着智慧和勤奋，成了新一代去美国的挑战者。然而东方与西方，仍然有着较大的差异。由于经济发展的不平衡，国人踏上美国时，虽然进入了美国的高等学府，但个个是个穷学生，他们要生存，首先要在学习成绩上与美国学生来一番较量竞争。女儿是一位争气的孩子。她在美国马里兰大学留学时，几次期末考试前夕，她来信说：

自己都已准备好了，晚上就看看小说，早早就睡了，同室的室友都感到很奇怪，怎么临考前也不温习功课，也不开夜车，面对着室友们的紧张刻苦的攻读，自己也觉得不好意思似的……，现在回想起来也真有意思。

……

又：

这几天考试我反而很轻松，因为自己觉得要考的东西都很熟了，平时抓的比较紧，这次考试只要及格我也能得 A，当然我也绝不能考得不好。又加上数学老师让我不用参加期末考，更是轻松了，结果这几天晃来晃去的，上完课就到实验室去了。有时自己也觉得有些好笑，怎么别人最紧张的时候，我却是最轻松的时候，别人玩的时候，我却在那里忙。

……

又：

我的积分一直很高，每门课差不多可以丢失100多分，也能拿A的成绩，而我只丢了十几分，所以我知道，期末考砸了也没什么关系，只要差不多及格就行，而我知道我是绝不会期末考不好的，只是，这样心理上没有什么压力，不像别人那么紧张就是了，想起来也有些好笑、好玩，奇怪，从小到大我似乎从来没有真正感觉到大考的气氛过，总是与别人相反，同学说我考试前几天，晚上尽在看小说，把他们都惊奇得瞪大眼睛，反正考试这一周，我是绝对保证休息，早睡晚起就是了，考试时头脑清醒比别的什么都重要。

……

又：

几门考试考得都不错，数学满分、化学97分、生物99分，英语第一篇作文得A，因为平均分都在50、60分，所以自己也就比较满意了。这学期，课重了一些，花在实验室的精力又比较多，花在功课上的时间也就少了，心里似乎不大踏实，这次考试下来放心了些。

……

一封封女儿的来信，记载着她的艰辛，也记载着她的拼搏与成长。读着每一封信，在今天，犹如喝着五味子酒，心中的酸、甜、苦、辣的滋味齐齐地袭上心头，欣慰的是她没有虚度年华，总是在默默地耕耘着。

对付了两门考试，数学100分，生物96分，也算整个大课中的最高分，因为平均分太低，教授重新修整了分数，修整的方案是0,64×原分数+36，反正就是得的分数越高越不合算，我只多加了一分，考最低分的是8分，倒加了33分，不过也不管它了，我并不看重分数，其实，在这里A占10%，我要是拿全A，也是轻轻松松的事，只是从小习惯了要学的东西一定要看懂看透，不弄懂，只是蜻蜓点水一样学过，是件很浪费的事，学到的东西总是自己的，将来总有用得着的时候。

想象得出，女儿是在与美国学生不平等竞争条件下取得的第一名的成绩。

美国学生不用打工，可以全身心投入学习，而我女儿却要去打工，争取得到那生活费，还有那高昂的学费，无疑要挤出很多学习时间，这多不公平啊！美国学生一直生活在美国，学习在美国，美国的历史、美国的社会早就了如指掌，而我女儿刚去那儿，要学西方的历史、地理，文学，这些完全陌生的内容，无疑又是与美国学生竞争的一道坎。功夫不负有心人，女儿仍然获得了第一名，遥遥领先于美国学生。

女儿爱读书，这好读的习惯是她成功的关键。高尔基曾说："我扑在书上，就像饥饿的人扑在面包上。"女儿读书的岁月不就像是一个饥饿者在兴奋地吞食面包的经历一样吗？就是凭着那扑在书上，就像饥饿的人扑在面包上的勤奋，使女儿获得了好成绩。

读着女儿一封又一封来信，她是那么勤奋，那么优秀，令人感到莫大的安慰，想当年，亲戚朋友看到我们送那么纤纤弱小的女儿，"孤苦伶仃"出国闯世界的时候，总为她担心，觉得她是那么单纯、善良，她还是一个需要更多呵护的孩子。谁能想到她竟是一个这么能吃苦，有毅力有拼劲的孩子。

人应该像流水那样，流啊流！人应该像流水那样，唱啊唱！人应该经得起坎坷，在充满荆棘的路上，走啊走！读着女儿从美国寄来的信，她告诉我们许多，许多。本应在父母呵护下无忧无虑生活的她，却经历着餐厅打工的生活，受人白眼、呵斥。原本对于出国的艰辛，只是理性上的认识，现在却显得那么的具体，而与此同时，父母却又显得是那么无能为力。我们回忆着女儿在我们身边生活的十八个暑去冬来的日子，在那贫瘠的年月，我们没能在物质上为女儿创造什么，却培养了一个爱读书的女儿，至今我仍引为自信的，看来这是女儿出国的唯一资本了。

回想当年为女儿拍的照片，才发现少年、青年时女儿的美，深深感叹女儿当时为什么不懂欣赏自己的美，反而让最该欢乐的岁月"荒废"在拼搏之中，没有将那美好捕获，其实不然。

记得你们还有学校里的老师，从小就教育我"艰苦朴素"，不要讲究打扮，所以我的衣服每年夏天收拾冬天衣服，换来换去总是那么一小包，……到了这里我还是和从前一样，早上随便穿上衣服就走，也没有什么时间打扮，化妆盒放在那里蒙上了一层灰。

东方大都市的上海，街头巷尾，时装是个永恒的主题，马路大街上，那是一个自然的T型舞台，流动着飘逸的时尚服饰，俊男俏女们，个个展现着自己的风采。而我的女儿，当她的衣服破了，裤子短了时，总是同妈妈说：“把破了的地方补一下，把裤子再接一段，放长些，还可以再穿……”真是一个不爱红装爱读书的孩子。《圣经》言：凡是抬高自己的，必然降为卑微，凡是自甘卑微的，必然升为高贵。她说：“书本里的世界更精彩。”虽然这是当年中学时代的事了，但留学在美国的女儿仍然过着简朴的生活。也许就是这简朴的背后才迎来了学习成绩的优异吧！ 我想起了作家王蒙的话：“学习是一个人的真正看家本领，是人的第一特点，第一长处，第一智慧，第一本源，其他一切都是学习的结果，学习的恩泽。”

六、山重水复的艰辛

虽然女儿在学习上还是一如既往的优秀，依然名列前茅，但是在经济上依然出现了窘迫感。因此，日子还是有点艰难。

度过了初到美利坚的艰难岁月，总盼着那柳暗花明的那一天，然而却事与愿违。

接到女儿的几封来信；

这两个星期有点晕头转向的，一个星期里接二连三地，五门功课要考试，考得我们都不认识了，以前考试也很多，但总是平均一些，每星期一门二门的慢慢考下来，总还有足够时间应付，这一回却是车轮大战，闹得我不得不开了几个夜车，好在这一段考试总算过去了，明天上午还有最后一门，今天刚考完最重要的一门化学课，浑身轻松了许多，明天数学考试是我比较拿手的（感谢中国的中学教育），今晚总复习了一遍，也就想轻松一下，给你们写信了。

又：

昨天终于把最后一门课考完了，走出考场又去交了作文，然后去书店看了一看，回到家已是中午12点多，倒头就睡，这一觉连梦都没有，一直睡到6点多才起。晚上还怕睡不着，可是到了12点又沉沉睡去，一觉醒来时，已是天大亮了，一看钟已经八点半，吓了一大跳，赶紧跳起来去上班，连我也没想到自己这么能睡，大概是这学期神经绷得太紧的缘故吧！

一个学期熬到现在，终于所有的课都考完了，好像一下子没有了负担，下周末想到表哥那里去。晚上连续做了几天工，因为寒假里即使不住在这儿，房租还是要交的，想尽量把下个月的房租打工落实下来……至少还有这一晚上的时间，给你们写写信说说话，在这里，大家教我一种思维方法，就是不要想以后的事情，连明天的事也不要想，只想现在干的事……只想现在干的事。记得有一次在中国餐馆吃饭，最后拆幸运卡的时候，我那张卡上写的是："Do not trouble trouble untile trouble trouble you。(不要自寻烦恼，直到麻烦找上你)"

女儿真是太辛苦了，真为她担心，也许天将降大任于斯人也，必先苦其心志，劳其筋骨，饿其体肤，空乏其身……我自勉。功夫不负有心人，我相信这句话，果然喜讯来了。

今年，我拿到了化学系的荣誉奖，授奖仪式在下星期二举行。我最希望的是能得到一笔奖金，如果只是一份奖状、奖品，也就只好这样，信上写着我家人也被邀请参加仪式的邀请书，想想有点难过，因为你们是不能来参加我的授奖仪式的。

又：

星期二举行我的授奖仪式，当天室友帮我梳起了公主头，穿着长裙、皮鞋去了，我领的是一年一度的新生荣誉奖，只有我一名，另外几个奖是设给二、三、四年级学生的，希望我明年又能出现在领奖台上。领了奖马上回实验室，只是我这身打扮，在实验室真的很不相称，那双皮鞋顶得我脚跟痛，回到家脱下袜子一看，脚上磨起了两个大泡。

读了这封信，高兴的是一位纤纤东方弱女子，登上美国高等学府的领奖台，那是我的女儿，她向来是不要第二名的，这次得了学校的新生荣誉奖。梳起了公主头，是什么样子的呢？学校是发了邀请信，邀请父母去参加领奖仪式，但我们是没有经济能力飞越太平洋的，这邀请信只能留作纪念了。有人说："女儿得了荣誉奖是千金买不到的"，"这荣誉奖比什么都重要"。他们说得都不错，然而，面对这荣誉奖,女儿却在担心着下一学期的庞大的学费开支。

奖学金的事,希望仍旧很小,我的Advisor(指导老师)同经济部的人谈话的结果,我的情况现在是处在很尴尬的境地:因为我的经济担保书上写着的,是伯父将每年提供我12 000美金的资助,按明文规定,我是不需要奖学金的;而实际上,我却是拿不到这笔钱。这事说起来也真好笑,没有经济担保,我不能被录取,也不能拿护照签证;有了经济担保,我申请奖学金又不够资格了。Advisor说,从个人来说,他和别人都知道其中的实际情况,只是他们只能按规定执行;当然最主要的原因,还是学校经济困难,钱不够,否则执行规定时可以灵活得多了,弄一个额外的特别名目也不难。我能理解美国公立学校的规定,那是用纳税人的钱办的学校,你们中国人千里迢迢来美国读书,你们的父母向美国政府纳过税了吗?凭什么要给你奖学金呢?

又:

在美国读大学,本来能拿奖学金的就寥寥无几,马里兰大学又是这样一个又大又穷的公立学校,既没有给外籍学生的基金,规章又严,学校咬准了我是F1签证,早就有伯父的担保,更拿不到奖学金,若是私立学校环境可能自由一些,教授的影响力大一些,可能情况会好一些;但是,在马大公立学校,所有的外国大学生中,没有一个是向校方拿奖学金的,这也是事实。

留学生活是艰难的,女儿倒不是英语不过关难,更不是学习跟不上难,而是经济上的拮据陷入了困境,九十年代初,中国经过一场政治风波之后,当年的我们,廉价的工资,是不可能供女儿在美国读大学的,于是她去学校餐厅打工,由于赚钱不容易,每一文钱都花得很小心。买几根葱吧!如果在国内,有葱姜不分家的习惯,因为葱太不值钱了,而在美国几根葱要25美分,拿人民币一比,一比八,相当两元多,使人感到贵得出奇,省下来吧,不买了。十多年后,我到美国探亲,一次碰到一位移民到美国的友人,她回忆当初到美国的日子,对我谈起自己初到美国的生活,也有买鱼不买葱的经历,觉得这里的葱太贵,省下了……啊!大家都有如此相似的经历!

这两个星期,学校里学生闹得厉害,学校削减预算,我是最直接的受害者,不但学费飞涨,奖学金渺茫,而且下学期最多只能修16个学分,对我是一个很大的打击,这几天课堂里经常是空空荡荡的,学生们都去游行抗议去了,连TA和教授们也都愤愤地说:"为什么每次削减经费总是先削减教育呢?削减经费难道会加强'教育'吗?"其实答案很简单,刚来美国时表哥曾告诉我,这是个金钱社会,只是当时还没有意识到,现在隐隐感到了,不免觉得有些凄凉……

女儿的艰辛令我日日不安,读书、看报、工作均无头绪,心灰意冷之余,愤然之下,领略"何枝可依"的悲悲切切,信心软弱忧心如焚的我,不断地抱怨神见死不救,却又一筹莫展,内心恸哭多回,回想起那段日子,我们真有点撑不下去的感觉。幸好我有一位朋友在美国,住在离我女儿学校不远的地方,她能照顾我女儿,假日约我女儿去她家吃饭、散心,并写信安慰我。

以前在你家里,我从未仔细看过你女儿,因为她总是躲在自己的房间里看书,这次我看清楚了,她外貌大部分像她母亲,孩子漂亮、聪明、有能力,较成熟懂事。身体非常健康,饮食起居很正常,恭喜你们有这样一位优秀的女儿。你们一点不要为她担心任何事情,留学生在外艰苦奋斗,几乎都是这样,经过艰苦奋斗阶段反而有利于他们的成长,为以后大半辈子的人生道路打下了根基,像我女儿那样,依在父母身上生活、学习,看起来现在生活轻松、舒服一些,但以后不一定是好事,因此你们不要去羡慕。在美国只要自己管好自己,不去乱交朋友是很安全的,你女儿一门心思读书,你们不用担心。毕业后,她想选一门较好的专业读博士,然后能到某公司实验室做研究工作。从她现在读生化专业来说,以后能选分子生物学方面工作是很理想的,……等到你女儿读研究生有经济能力时,你们就可以来探亲了,你们也就盼出头了。

也许是她的安慰，让我俩总是充满着信心，期待着女儿的未来。

女儿的优异成绩，使我感慨万千，不过我们也陷入了经济窘境，为了支持她下一学期的所需，赚钱、借款成了我的一大任务，再一次托人为女儿捎去了些在美国是微乎其微，在中国的当时是一大笔的款子。

女儿表哥李川回国探亲之际，托其捎去在美国是微乎其微，但在当时的中国是一笔“巨款”后，女儿来信说：

你们托表哥带美金给我，让我心里真不知是什么滋味，感激？内疚？自责？难过？我实在想象不出你们在国内怎么能挣这些钱，有时又觉得挺伤心的，怕你们会太累太苦了，我在这里读书，对你们真是太大的一个负担，真难以想象家里的情况究竟怎样？希望我二年级的时候拿奖学金容易些。

又：

上个月曾有一个奖学金的机会，我是初选之后剩下的六个与Committee（管理财金的人）面谈的学生之一，可是面谈之后奖学金还是被另一个学生领去了。我上星期接到学校的通知时，真想哭一场，不知为什么似乎我在其他方面还顺利，可财运就永远不好，有奖学金的机会永远轮不到我头上，眼看着其他学生只要GPA在2.5以上就可以拿资助，不用付学费，也不用工作，最让我难过的是出来这么久，我其实还没有独立，总是你们寄钱给我，在美国只有从这里寄钱回家的，真难以想象你们怎样从那里给我筹款，我从前也从没关心过家里的经济，现在也真无法想象你们是怎样挣来这些钱的，这一笔奖学金又飞了，也不知又将给你们增加多大的负担。

曾经误会，以为成绩好，留学生在美国可以拿到奖学金，以支持庞大的学费开支，那是大学毕业生到美国读硕士、博士，可以做TA（助教）拿到奖学金，在美国公立大学本科生不在此例。现在算是领悟了。

星期二生物课的教授找我（是从NIH来的），说他的一个同事需要一个Under（低年级）学生，在他的实验室工作，从夏天开始一直持续到年底，问我有没有兴趣，我当时还有些不敢相信，问了两声"Can I？"（我可以吗？）头一声是不知道行不行，因为我生物课到底上得不多，周围又都是生物系的四年级学生和研究生，怎么还偏偏挑到我头上了，第二声是因为我听詹阿姨（我在美国的一位朋友）说，在NIH（国家健康中心）工作都需要有绿卡，或者是像她那样的访问学者，我现在的身份行吗？他说只要我感兴趣他会帮忙去办，那天回到家里都还觉得在做梦一样，这样的一个机会，去接触又一个新的实验室、新的课题、新的环境，真的平时都不敢想。星期四又去的时候，他挺Sad（懊丧）地告诉我这事吹了，我符合所有条件，除了一项，我需要有绿卡，因为这个实验室的项目是有关人体神经的，居然进实验室还有国籍的要求，所有西方国家、东南亚甚至南韩、中国台湾都可以，可自从八九风波之后，中国人就被排除在外了。

又：

新学期杂七杂八的事比较多，如注册、交学费，每门课的书要去书店买，周末到系里的复印机上一本本复下来，再装订好，又一本本去书店退掉，这么一来省下将近200美元，不过人也搞得够累的。……

女儿在美国读书，居然连教科书也买不起，在今天旁人看来似乎不可信，但这是真的。女儿穷急了，想出来的办法，也是急中生智，也是逼出来的"智慧"，也使我悟出"清贫出人才"的道理来。不过，我还是期待着她能得到奖学金，但是这个愿望却总是落空。

在一次中秋佳节倍思亲的日子，女儿写了一首打油诗：

寻寻觅觅在异国，
一样中秋月，
那比得故乡，朗空残星、人影交错，
灯火阑珊处，
似曾相识，
再凝眸，
却是异乡景、异乡人。

亲情尽在这一封封信中。

这是女儿有感而发写的打油诗，她还在信中说；

今天是中秋节，白天打了五个小时的工，走回公寓，心里就空落落的，晚上几个台湾地区的女孩子有舞会，因为我不想花钱，于是大家都留在家里了。可是好想动，想轻松，自己放了自己二个小时的假，吃月饼，跟着音乐随意地乱跳，疯狂地跳，满头大汗为止，伏在窗口看月亮，突然录音机里的磁带又换了音乐，是一首很凄凉很美的歌，一直随着凉凉的夜风飘到空荡荡的夜空，月色很苍白又不太园，孤零零地悬在那里，没有一颗颗星星的陪伴。我好想出去，随便去那儿，痛痛快快地发一阵狂，让心灵解脱一切烦恼，让灵魂溶入那一片无声无息、无际无涯的空旷的宇宙中去。我感到应该有一个人，把我们几个发疯的女孩带出去，开车转一转，可是没有一个天使会突然降临到我们面前，来满足我们荒诞的奢望。于是。大家埋着头嘤嘤地哭了起来，哭得好伤心，哭到最后又都觉得好傻，可还是忍不住地哭，她们哭着给家里人打电话，听到亲人的声音得到了安慰，可是我连这也不可能。因为我付不起越洋电话费。我早就想过，到了这里，既然走出了这一步，就只能一直向前走，不能往回看，直到我能够受得了为止，可是，还是常常忍不住地往回看，往回看时就好难过好伤心，我离开了国内的那么多的爱，到这里来做一个不知能否成功的梦，真是那么值得吗？我扪心自问。现在想起来，家里的一切都是那么珍贵，甚至晚上妈妈叮嘱我不要再吃零食的情景，现在都只能是梦中的一种奢侈，因为在这里除了边做作业边吃饭之外，根本没有时间想到再吃什么，告诉尚留在国内的表哥表姐，好好珍惜在父母身边的这一切；早上催你起床，每天为你做那么多好吃的，围在餐桌旁听你诉说出一天想说的话，晚上，当你心情轻松地在灯下看书时，会不时地进来看看你，催你早点上床睡觉；在阴森森的雨天，夜半人静时，爸妈会起来给你盖上被子、关上窗户……享受这样美好的生活时光，在一生中对我来说，实在是太短了，现在更显示出了多么的宝贵……不多说了，说不完，说不完的。

这里的天气很干燥，有可能寄一点中国的防冻霜，嘴唇边已经裂开了，冬天也要用的……

女儿在美国度过的这一个中秋节的这封信，读后叫人揪心痛楚，我又何尝不思念呢？每年中秋夜相聚吃月饼的情景又浮现在脑海，如今我们在这里，她却到了地球的另一端，我们望着皎洁的月色之时，她那里却是白天。我到邮局拨通了美国的电话，给女儿一个惊喜，在电话里，她听到我的声音，叫了起来，是那么的激动，女儿啊！我们的心是在一起的，远方的我们无时无刻在关爱、挂念着你，不是吗？爸爸妈妈给你打电话了！

80年代，一波学人赴美的浪潮推动下，女儿蠢蠢欲动向往着彼岸的留学生生涯，一旦成功赴美之后，冥冥中思念着祖国的亲人。梦中寻觅着家人，那人却在灯火阑珊处……也许这是所有留学生的心路历程。在孤独的岁月里燃烧的是一段金黄色的火焰。离开家，在每个人心里有不同的分量。有时候你离开的不只是一个吃饭、睡觉的地方，也是舍弃你生命的一部分。你离开那个空间，等于把你自己的一部分也永远留在那里了。它会催你思念啊！当时，台湾地区的经济走在我们前面，与她同住的室友，付得起国际长途电话费，可以不加考虑地给家人通电话、聊天，我的女儿多羡慕她们啊！ 当时中国打到美国的长途电话每分钟要17元人民币，而我们的工资每月仅一百多元，所以，打一次几分钟的国际长途，听听女儿的声音，对我们来说只能是难得享受的一种奢望。女儿几次回忆说：这位台湾地区的女孩来美留学时由父母、舅舅、阿姨等一起从台湾地区飞抵美国，陪她到学校一起报到注册，为她准备了一切，为她买了汽车，亲自为她交了学费……然后依依惜别，相比之下，在这些台湾地区的女孩眼里，女儿是一位来自"穷乡僻壤"的大上海，是一位经济拮据的同学，在她面前，大陆中国人，大上海也许失去了光辉，为此我们想得很多很多。

在今天，当女儿戴上博士帽，以优异的成绩毕业于美国一流大学——斯坦福大学之时，成为博士后，成为一名教授之后，她不是也经常打越洋电话了吗？是曾经的挫折，打击，孤独与寂寞，造就了今天的女儿。

当年，一个越洋电话常常付掉我们一个月工资的时代过去了。

随着经济发展，中国人富了，在今天，一群赴美读大学的小留学生父母亲自掏腰包，成了一道美丽的风景线，他们的经济支撑能力已经不比台湾地区的学生差了。

我听说，在自然界中，鹰也有一个重生的经历。鹰是世界上寿命最长的鸟类，它一生的年龄可达70岁。可是要活那么长的寿命，它在40岁时必须做出艰难却重要的决定。因为，这时它的喙已变得又长又弯，几乎碰到胸脯；它的爪子也开始老化，无法有效地捕捉猎物；它的羽毛长得又浓又厚，翅膀变得十分沉重从而使得飞翔十分吃力。此时的鹰只有两种选择：要么等死，要么经过一个十分痛苦的更新过程：150天漫长的蜕变。它必须很努力地飞到山顶，在悬崖上筑巢，并停留在那里，不得飞翔。接下来，鹰要用它的喙击打岩石，直到其完全脱落，然后静静地等待新的喙长出来。再用新长出的喙把爪子上老化的趾甲一根一根拔掉，忍受住此时滴滴雳落鲜血的疼痛。当新的趾甲长出来后，鹰再用新的趾甲把身上的羽毛一根一根拔掉。5个月以后，等全新的羽毛长出来时，鹰便可以重新开始飞翔，重新开始30年的翱翔岁月：它在天空中获得了一次新生！

鹰如此，人亦如此吧！我盼着女儿的新生！我想，以后我们的女儿也会柳暗花明，也会有足够的能力，想什么时候打电话给我们，就什么时候打电话给我们，想聊多久就聊多久。

七、柳暗花明

我们从小生长在一个社会里，很自然地会将这个社会的一切，社会制度、政治理念、价值观念、宗教观念、生活方式、风格习惯，一切的一切视为天经地义。当你一旦踏入另一片天地，会发觉，这社会有你喜欢的也有你不喜欢的，会进行另一番思考。这是中国留学生到美国后的最深刻也是最复杂的感受之一。

我们抨击那拜金主义者，然而经济上的入不敷出困扰着女儿，也使我们深深不安。我们虽然不再清高但也无颜向人乞讨，深感尴尬。真是上天无路，入地无门了。人说穷在闹市无人问，富在深山有远亲，真看清了人情冷暖、世态炎凉。我在心中祈祷着，愿神施大能。读女儿来信：

我现在虽然到了这里，可经济上还是在依靠你们，依靠别人，想起来心里就不是滋味，与表哥商量换个学校的事，他说好的学校经费比较多，奖学金也给得慷慨一些，趁我现在第一学期的成绩已经出来的时候，重新申请有奖学金的学校，也许是一条路，这个学期我的成绩一直很高，隐隐还听说教授在期末画曲线确定 A 级人数的时候，要把我的成绩先去掉，不然的话，得 A 的学生将寥寥无几了。

女儿因为在马里兰大学拿不到奖学金，想争取到有奖学金的私立学校去，在办转学校的过程中，没想到时来运转了。

柳暗花明，否极泰来，峰回路转……这些我们常说的话，今天，有点领略它的真正含意了。

人生的转折、有时要靠机遇，机遇来了，一切难题会迎刃而解。女儿等待机遇，这机遇终于来了

这个星期终于还有些结果，也算是没有白忙，可也真有些出乎意料，或者命运总是爱跟人开玩笑！ 转学的申请信是寄了，教授的推荐信也写了，不过教授听说我想转学很不高兴的样子，他说我如果离开，他将非常难过。我告诉他，我的经济状况很不好，这是不得已的一个办法，他就很热心地帮我，他说他会尽力帮我摆脱困境；还说，马里兰大学虽然不是很好的学校，学生素质相差很大，但一旦有好学生引起了教授的注意，他将会受到特殊的重视，得到或许比一流大学更好的教育，而这在哈佛、麻省等这样的学校是办不到的。因此，他把我推荐给一个有名的生化教授的实验室里去工作，并且也催促化学部的指导教授帮我想办法。知道吗，这两天我几乎没干别的，就一直打电话找这两位教授预约，今天总算是把他们给找到了，并谈了话。现在我已经得到了实验室那份工作，给教授和研究生们做助手，完成一项研究课题。指导教授今天的态度也出奇地好，他说虽然经费不多，但他会尽力催促经济部的人扣去一些其他开支，给我一些奖学金，想起以前寄了那么多信，填了那么多申请表，也找过这位指导教授，都连个回音都没有，这一次却这样顺利，真是有点出乎意料了。

下学期大致是一周工作20小时，每小时6美元，暑假里还可以打全工，每星期大约300美元，明年的开销也就够了。一桩心事总算放下一大半，你们不知道我现在多高兴！

更重要的是我觉得这是再好不过的一个学习的好机会，可以直接接触真正的研究工作。现在当助手，以后也许就可以独立工作，积累的经验也会多得多，以后无论考研究生、找工作都是很好的基础。知道吗？我一直盼着能有这样的机会，现在这机会突然来临，又令我恍惑不安起来，有如在梦中之感，几乎不敢相信这是真的。

这真是个好消息，上帝总是开恩的，进实验室工作不仅有收入，也是一段很重要的经历，她能行吗？她还是一个大学一年级的学生啊！ 要与研究生、教授一起工作，是不是太抬举她了？对当时处于困境下的女儿来说这真是绝处逢生，柳暗花明，可以让女儿度过大学生涯了。至今我们仍记得这位推荐女儿去实验室工作的教授，古人云：师恩重于山。是他出于爱才之心或是乐于助人的美德？人性的光辉在这时似乎跨越了地域、种族和意识形态的障碍。

我先找我的指导教授商量了一下情况，然后把进实验室工作的手续办完，根据课题，在图书馆找到资料看论文，总算弄通了一些，也不过百分之四、五十而已，3号去找生化教授，与带我的研究生见了面，5号开始正式工作。头两天像打小工一样，整理实验室，把上学期留下的几百个试管、烧瓶、烧杯洗净烘干，又帮着研究生整理资料、买东西、配溶液，那几天真有些累得腰酸背痛的，但人人都是这样开始的，连研究生们也这样，我自然也不能例外。星期四教授亲自过来，教研究生使用新仪器来分析测定，我就跟在旁边听着。后来，教授提了几个问题，研究生们大概没有反应过来，我看教授问了几遍，就在一边回答了。后来教授指导实验时也让我参加进来；昨天一整天，我俩就一起去做了实验，但总没有结果。我抽空借实验笔记来看，也就基本上把目前这个实验搞懂了。今天研究生打电话来请了假，教授过来问我愿不愿意把实验做下去，我想这是个好机会，就答应了。今天一整天，我就一直在调试仪器，大概做了十几次，连吃午饭也坐在电脑前，下午，终于有了比较令人满意的结果出来，高兴得直笑，临走时，教授对我说"Good Work"……我不知道其中真的夸赞的成分有多少，但心里总是挺高兴的，虽然还是很基本的积累性工作，但毕竟是个好开端。

女儿就这样赶鸭子上架似的上阵了，踏进实验室的大门，这是新的起点，开始了新的里程。似乎让我感受着生命会在某个时刻召唤我们，或者是透过梦境，或者是一本书、一部电影、一句箴言、一首歌，甚至是一次意外。是否聆听，选择在我们。

女儿在信中还告诉我们:

知道吗? 妈妈,到实验室来,几个研究生都说我太幸运了,带我的研究生是生化系的博士生,从福建来的,今年就要毕业了,她说做了这么多年,我还是第一个到那里去的大学生。以前,虽然有几个大四的学生来做事,但他们是实习性质的,付了学费来实验室的,教授试着让他们做了几个实验全失败了,从头到尾的数据全是错的,所以,后来大四的学生来都只是帮帮忙、洗洗仪器、买买东西而已。我在这里做下去一定会大有好处,更兼这个教授也是很强的,而且对我也很好,记得第一天他对我说,他不在乎我什么时候去工作,只要我空的时候,来实验室做他们的帮手就是了。这几天在教我们的时候也非常耐心,还对我说,我的运气不算太好也不算太坏,这方面的运气好了,别的方面运气就差些,上帝总是公平的。谢谢家里很多人都为我祷告,每逢我遇到高兴的事时,我总想谢谢他们。

又:

暑假可以继续跟着教授在实验室里做全工,一个假期有14周,可以够我赚一学期的学费。其实这几天早出晚归的,还不是和打全工一样,这星期工作了42个小时(寒假),算来也有250美元了。

如阴转多云,融冰化雪,涓水积沦冥,随着她处境的好转,她的心情也好多了。她给我们寄了几张照片,那是她在美国校园里拍的纪念照,亭亭玉立的女儿,在那样艰苦的拼搏中,仍笑得那么甜美! 那么可爱! 身边的那些花啊、草啊好像都逊色了,因为她在憧憬着未来,又像在沉思着迎接风雨袭击,是那样的倔强,那是与生俱来的倔强。

书信是寂寞生活中稀少的欢乐和光明。每次收到久盼的书信时,那种激动与喜悦是难以言喻的,一遍一遍地细读其词句,咀嚼其内容,回味其含意。信中的每一个字都被我贪婪地嚼碎,小心地咽下,然后一字不漏地“输入”记忆珍藏。

从每一封信里或潦草或整齐或有些污迹的每一笔每一划间,都可以感受着气息,特诗意,特浪漫! 曾几何时,电话、电子邮件代替了书信,那种写信、读信的快感就再没有了。

春天到了，白天一天比一天长了，让人觉得生命还很长很长，时间还有的是。春天最早开的迎春花开得真盛，一丛一簇地点缀在枯草香木的旁边，叫人觉得美好的东西总还是有的。每天天气都很晴，早上穿着羽绒服出门，还冻得头皮发麻，中午太阳又暖烘烘的，晒得我们脱了羽绒衣还觉得热，那种暖洋洋的感觉，好像整个人都快融化了似的。每次去健身房锻炼，出了一身汗，洗个热水澡，迎着凉凉的夜风回公寓，那种感觉真好，如果妈妈爸爸在美国，与我在一起就好了，我真希望着。

春风墙角有梅花，女儿似乎是绽放在校园的一朵梅花了！时隔八年后，我与妻去美国，女儿陪同我们去她当年马里兰大学逛了一圈，这个学校也是很美的，当初，她踏进这幢学校的时候，承受着经济重担的压力，前程未卜，自然没有好心情，从来没有把这学校的好景色，对我们描绘一番。事过境迁，她有了好心情，就有了好感觉。

美国学校的这种做法，对我们来说是一个惊喜，然而在实验室工作是艰辛的，与餐厅打工来说是另一种艰辛。

实验室里去年买了很多新仪器，教授又收了很多学生，一下子钱就紧了，结果这几个新的研究生都没法做教授的 RA，只能到系里去做TA，因为教授付不起他们的工资，这一来，使我很紧张，因为论学历、论资格，他们应比我优先的，要选择的话，也是应先选择他们的，老板现在还雇用我的原因，大概我的那个实验还没有做完的关系，以后呢？那几个研究生不可能永远做TA，总要回来做RA 的，那时不知又会怎么样？我是忧心忡忡的，老实说老板雇我可不便宜到哪里去，我查了一下我的账户，去年老板一共付了我 8 600 多美元，比带我的研究生第一年所挣的还多呢！

在实验室工作人员中女儿资历最低，录用她在实验室工作真是抬举了她，教授是出自于爱才之心，也为了解决她的经济困境，而对女儿来说是一种机遇，为了生计，更是为了要实现那儿时就有的梦想。

在美国读研究生当RA之后，每个研究生都有自己的老板(教授)，上他的课，帮他做研究，由老板付他的学费，每个月领工资，按工作好坏分一定的级别。我虽然不是研究生，但进了实验室工作情况也差不多，老板是不会轻易去“解雇”自己的学生的，我是纯粹替他打工，不是他的学生，情况有些不一样。老板缺的不是钱，而是好学生，他在系里钱最多，可就是招不到好学生。那么多美好的设想，却没有人替他去做，这对我更有利。如果到一个“饱和”的实验室去工作，虽然也能挣到钱，但绝对不会有机会学到这么多的东西，不会这样放手让我做。

又：

我一直担心这个夏天能否继续留在实验室，两个星期前找教授，问他还有没有别的课题给我做，他说要想一想，想了一个周末，终于决定两个新的变种的课题要我做，我说我最近很忙，要过一段时间才可以开始做实验，他说没关系，这个学期，甚至于整个夏天的时间，我都可以在这个课题上做试验。本来，我问教授的目的也就是探探他的口气，看他有没有这个暑假继续用我的打算，这样一来，我也就放心了，至少，暑假何去何从有了落实，下学期的学费也就有了保证。

又：

教授最近又拿到一笔新拨下来的经费，这对大家来说是个喜讯，最近实验室的钱是很紧了，这笔款子下来，总算可以松一口气了，连着两个星期都加了班，我的Project已经快要结束，教授打算写一篇小文章在这上面，这一篇论文很快就能发表了。

又：

跟带我的研究生××谈老板的事，有时想起来挺矛盾的，看上去他不Care钱，要不那时候怎么会雇我；可是他请我暑假做Full Time却是觉得我有利可图，因为我做的实验的速度，比那两个美国研究生快，而他只需要付我一半的钱，照理说来，美国的教授没有不Care钱的，那些Grant(资助金)都是他到处设法搞来的，怎么会不Care钱呢？按××说，他这样雇我真是太赚了。

在美国大学里，看起来留学生拿了资助，但你必须当TA（在教室里给教授当助教）或RA（在实验室里给教授当助手），这就是工作，所以资助款也是你的劳动所得。我欣赏这种做法，在完成学业的过程中，你得到了收入，也锻炼了你的能力。女儿说，雇用她真是太赚了，赚就让赚一点吧！ 世上没有绝对的付出与收入的平衡点。初涉大学校门的她，能在实验室站住脚，对我们来说是莫大的安慰了，人还是有点自知之明好。

我们平时每星期一都有Group Meeting，或是学生讲，或是老师讲，讲他在干些什么，下一步有什么打算。这星期一，教授要我讲，把我完成的那个课题讲一讲。到讲的时候，我着实地紧张起来，中午吃饭时就开始发抖，结果是一边讲，一边忘了词，准备好的讲稿写些什么都记不清了，只好顺着自己的思路，一步步地讲下来。讲完了，教授问了我几个问题的时候，这时候我才镇静下来，所以回答教授问题时才自如一些。我很失望，因为下决心要讲好才是，这是我第一次有机会来显示一下，自己不仅有一双做实验的手，也有一个头脑，希望以后能得到更多的实验机会，独立工作的机会。可我觉得讲得不如准备的那么好，多遗憾！ 后来，听同学们说，教授在听我讲的时候，一边点头一边笑，这是别人上去讲的时候所没有过的（可惜我太紧张了，一直盯着黑板上的数据看，背对着教授讲，什么也没有看见），怎么还不满足呢？问题不是在这儿，而是我表现的自己总比真正的自己要差些，虽然说路遥知马力，待久了，教授总会发现我的价值的，但恐怕我因此会失去很多好的机会，我想以后要多多的实践才是最重要的。

又：

实验室新来了一个研究生，实验做得不顺利，我抢先了一步，把老板后来新提出来的三个Mutant（突变异种）也做出来了，这两天工作正在接近尾声，开始测试新的Enzyme（酵素）的性质。说实在的，在这里站稳脚跟也不容易，新来的一位女生因为实验不顺利，她刚结了婚，又遇上搬家之类的家务忙，实验室去得不太勤，前几天就被老板下了最后通牒，请她下学期自己去做TA，不再提供资助了，令我有一种兔死狐悲之感，我不能不卖力地干了，倒是那两个美国学生，干得再糟也没有被怎么样过，这世道真有些不公正了。

女儿的来信，不是文学，没有经过编撰，展现的都是她十分向往的留美生涯的复杂人生，娓娓道出了一个个生动感人的真实故事。女儿信中有些文字的描写，如果比喻成是在地底溶洞里静静流淌的净水更为贴切，它即使不会很快地渗入江海，却总会在某一天被掘井人开掘成一个令后来饮者所需的甜泉。我似乎是尝试这饮泉的第一人。

不同的人，不同的人生，不同的空间，不同的阶段，都有自己不一样的梦想。人的一生其实是建立在不断实现不同的梦想的过程中。梦想是动力，让你坚强、攀登，一旦梦想变成了现实，新的梦想又会产生，总是不断延续着。女儿远在大洋彼岸苦苦求读着，看起来，她一个人在那儿拳打脚踢着，然而我们一直在与她“贴身而行”，毕竟，中国的伦理与传统，有如一条脐带般的关系在两端，不管是咫尺或天涯，亲情的呼唤永远萦绕在彼此的心中。我们彼此回味着“鸿雁传书”的故事，我欣赏宋人的诗句：“西风吹过雁，千万寄平安”。

这学期是第一次上四字头（四年级）的生物课，所有其他人都是四年级的学生，还有十几个研究生，上课都是用原始论文来讲，期末还有一篇10页的论文要交。头一堂课确实把我吓坏了，不过第二堂课基本上也都听懂了，觉得教授讲的不那么深，我相信我能坚持下来，后来才知道，头一堂课被吓掉魂的还不止我一个，一半的学生被吓走了，原先拥挤不堪的教室，一下子变得空空荡荡起来，真好笑！我觉得虽说自己基础学历上比别人差一些，但有一个得天独厚的优势，就是在实验室里干过“真活”，已一年多了，对这方面的思路、手法、推理手段已经比较熟悉了。这门课学的内容，与我在实验室里做的竟是那么相近！再说上了这门课，让我做实验时也就有了“理论上的指导”，也不至于总是傻乎乎地蒙着头“瞎撞”了。听说这位老师是从NIH（国家健康中心）请来的，研究成果特别突出，一定能学到不少有用的东西。老实说在实验室里做到基因方面的东西，老板是从有机化学转过来的，也不太熟悉这方面的内容，所以出了问题也不能帮很多忙，只能自己在那里瞎摸，这样一来，不仅实验室里的工作帮着功课的忙，功课也帮着实验室的忙，所以现在我还是很高兴这门课选对了，而且头一堂课没被他吓倒。

实验室里充满神圣感，揭示着一个个未知。人类社会发展至今，体能上的拼搏几乎已到了极限，但在知识领域里，人类似乎仍有很大的潜能。因此这里充满着竞争，女儿希望教授能发现她的价值，争取更多的机会，在二年级的时候，争取上四年级程度的课，与四年级的学生站在同一起跑线上，这需要毅力，更是由于实验室工作的积累，使我这个做父亲的也更懂得这样一句话；“只有拼才能赢”。

八、柳暗花明的日子

——找到在实验室的工作（下）

在马里兰大学实验室

自从女儿踏进了马里兰大学实验室的大门，每封来信，谈论的总是念念不忘她那实验室生活的方方面面，那是她对每一个实验的执着和热爱，每一封信都是她拼搏的纪实，是成长的过程，看后总让我久久思索。

希腊哲人说：“人诞生之日就有一种与生俱来的学习潜能。”然而，玉不琢不成器，再好的天才也是需要仔细打磨的，人的潜能又是无限的，只有“逼迫”才能达到发挥的目的。

这些日子每天早上八点多到实验室，就没有停下来的时候，有时一直到晚上八点多才回公寓；再看看书，复习功课（下星期有二门课要考试），不知不觉已是一点左右了，第二天八点还得上班，现在实验室工作，每星期算20小时，假期算40小时，可是实际上干的时间要多得多。

又

每次看到实验室里那两个美国男孩整天说说笑笑，打电话聊天，而我和带我的研究生，赶得连话也没有多一句的，这几天X X站在实验室里，累得腿都软了，我就怪老美怎么能这么轻松，不过他们俩干了快两年了，还没有一篇文章出来，就感到一点也不委屈他们了。

又

我的第一套实验数据已经做完，现在刚刚开始做动力学的，老板急着要月底发论文，催得紧，弄得我白天黑夜脑子里全是这些实验，琢磨来琢磨去的，没有停的时候。

好消息当然也有：我正想等两个月做熟之后和他商量做全天上班的事，争取多一些收入，以应付各项开支。前天，他却自己先来找我谈，希望我暑假能留在实验室做Full Time（全工），另外，就是这篇论文也有我的一份，他来问我，名字是怎么写的。只是这些日子太欠睡，昨天，买了一星期的菜回公寓，闷头就睡，一直睡到第二天十点多，感觉才好些。

实验室工作旁人看来枯燥无味，然而那是揭示未知，求证自己的认知推理的场所。当找到要表达的那个主题，那时是很兴奋的，睡不着觉的，这么多年的积累，终于有了一个答案。有一个出口了，自然会特别兴奋。哪怕每天工作10小时，12小时，都不觉得累，那是一种很幸福的感觉，也许别人不理解吧！有付出必有收获，大学一年级的女儿发表论文了，论文排列的名次虽然不是第一作者，可那是跨出去的第一步了，当读到“这篇论文也有我的一份，他来问我，名字是怎么写的”的时候，我也高兴极了，那两个美国男孩，你们总是在打电话聊天，说说笑笑，那到实验室来干什么？他俩是花了钱进实验室的，白花了钱，美国佬真是钱太多了。

一直没有空，因为要拼命赶着给老板做事，每次虽然日程上安排是五点多下班，可总是要待到七、八点钟。老板的计划是：我已经完成了一种单酶的光化学产物分析，接下去要做一种变种酶的分析；这两种数据完成后，如果有比较意义的话，再测定变种酶的动力学常数，希望这学期能把这几套数据做定，老天保佑一切顺利。

又：

星期二放射性硫运到之后，就开始做DNA Sequencing（DNA顺序），我自己有四个样品要做，另外××也有三个要做，因为她现在无法确定自己是否怀孕了，又不好意思告诉老板，于是我就悄悄地替她做了。结果七个反应一起做，真是累得够呛，头一次胶片洗出来，我的倒还有影像，只是很淡，××的上面却压根就空空如也。于是调整了一下，又重新再做，结果第二次胶片出了问题，又作废了。这两天在做第三次，平时这实验做一次要三天，这星期不到六天就做了三次，真是火大得很。

又：

上学期修门职业问题课，除了介绍化学专业的就业、前景、各公司的特征情况之外，很多内容就是对学生作为科学家的道德教育。正直和诚实是做人的最基本品质，对于搞科学的人更是如此，不然，引起的后果是不可想象的。说起这些，我真的很感激你们当初下决心把我送出来，在这里做人究竟要比在国内舒畅得多，痛快得多了，现在看起来，也许我这样的人，在中国是不大站得住的，而在这里，特别在大学生里，鼓励的就是这样一种气氛。

又：

记得我一年级新生时，一点工作经验也没有，而被教授允许进实验室工作的情况吗？当时并不仅仅是我的分数特别高，更重要的是，在课堂上我会与教授辩论，甚至于顶撞起来，有时还是我对的，教授认为像我这样的人值得给予一个机会。最近我又去拜访了他，才知道当初让我进实验室的真正原因。要是在中国和教授顶撞起来，也许会被踢一脚的。……

我那两次顶撞他（教授），居然让他特别满意，后来他告诉我说：当他听到我说，我不想按他说的那样做，我想用我的办法做时，他特别高兴，这说明我在自己用脑子想办法解决问题，而不是听什么做什么，这是最重要的。

读着女儿的信，回味着她的人生和性格，让人思索着。人的一生，际遇终不相同，有的人得天时地利之便，一路畅通，一帆风顺；有的人却遭遇崎岖坎坷，历尽艰难困苦，尚且一无所获。但是，人生总有很多机遇，机遇来时，立刻抓住就会有转机。女儿的人生处于何种状态，她确实得益于天时地利之便。她确实抓住了人生关键的机会，然而更是由于她的时时刻刻勤奋进取，机会才会属于她。机会是永远不会空降在那些毫无准备的人的上空。我赞赏美国教育环境和理念，让那些有潜力与能力的人，靠他自己的努力，拥有一片蓝天。

初来美国时的艰难岁月，让它随风去吧！成功与否，如果只是机遇的决定，看来只是瞬间的了。机遇总是留给那些有准备的人。这一切是你积累的人生资本。

这学期一共有两篇大的Paper（论文），一篇是生物课的，自己选择一个Biological system（生物学系统），挑选一个Gene（遗传因子），Paper的第一部分介绍这个system和gene，以及为什么要做这个实验等等，就像标准的Research Proposal（研究计划）一样；第二部分是实验过程，我选的是我们实验室所研究的这个系统。春假里反复看了几篇老板的Paper，把第一部分写成了，前几天就先给教授看，因为实在吃不准，搞生物的对酶化学的内容是否感兴趣，也不知道自己是否把这个课题写清楚了，结果教授看了当时就说“Great（很好）”，给了我一个A。教授说这是我的第一部分，问我是不是真打算做？我回答是的，他就说我要是真的做成了第二部分，根本就不用写他就一定给我个满分，然后我们就一起讨论了怎么做。我把我初步的打算告诉他，教授觉得可以，然后就是一些Detail（细节）的东西，教授修改了我一些设计错误。

又：

……这学期当然还有其他方面的收获，主要的就是实验上，当初我选生化时，主要担心的也是自己实验不知能不能做得好，你们知道我从小其实是很粗心的，做起事也毛手毛脚的，这个学期不但在实验室，也在我修的分析化学课上训练了很多，自己感觉收获很大，记得这学期的第一个实验我只拿了一个D，那时非常丧气，可是不断做以后就越做越好，后来的实验就都能拿A。最后还剩一些时间，又回过头去重新做了第一个实验，现在做起来就比较有把握了，基本上都能准确到3‰以内，最好的一次误差只有0.004‰。在实验室里也是这样，第一次做动力学的时候，误差大约有16%（动力学时间，误差在10%之内是允许的，误差3%左右算是好数据），第二次做就只有3%误差，最后一次误差只有1%。现在回想起来，人真的是有很大潜力的，只要能用心好好练习，没有什么事是做不成的。

又：

星期四要在西海岸开酶催化学术会议，正好是我的教授讲课，讲的又正好是我的课题，于是拼命地赶实验数据，会议前两天连着赶了二个通宵，总算皆大欢喜，教授拿到了初步数据，充实了讲课内容，因此会议很成功，反应也很强烈，讲完后很多人上来问问题，那会儿感觉真是好开心。

又：

这半个月就一直泡在实验室里，实验做了一遍又一遍，说起来也是一直到现在才尝到一点不顺利的滋味，想起来从前的那些又算得了什么。这个学期一直做的是分析化学方面的东西，不管做得好不好总是有东西，有结果，不过是提高准确度的问题，现在自己要做Mutant（特变异种）实验了，才感到真难，真的。原理上很简单的过程，做起实验来却有很多实际的问题要考虑，又没有书可查，没有现成的步骤让你跟着做，只好一边摸一边做，又是一个环节都错不得；到最后没有做成又只好一步一步地查下来，也不知是哪一步有问题，少说也做了五、六次了，这几天才刚有点面目。最后的产品还没有拿到，所以现在也不敢说一定做对了，万一还是Native（天生的），不是Mutant（特变异种）还得重新再来，不过现在也愁不到这些了，知道吗？有时候会有很多根本料想不到的事发生，真让人哭笑不得，也只能说自己运气不好了。比如，谁知道冰箱里我用的那一并抗生素Amphicilin是失效的呢？那几天真是被它搞得摸不着头脑，做什么没有什么，出来的现象都怪怪的，把我弄得信心都没有了。后来其他人做的东西也都出了事，种种迹象推断过来，才想到是这一并药有问题，当时直感叹被它骗得好苦，又好气又好笑的，又心疼一个多星期被耽误了。又有一次，我做了一整天好不容易提取出来一点DNA，谁知最后提纯时用Phenol一洗，竟全溶解在那里没有了，当时已经八点多，实验室一个人都不剩了，我本来还高高兴兴的看到今天DNA得率很高，结果一下子全给毁了，又不知道为什么，查书也查不到，只得垂头丧气地回家。第二天一问，才知道那一并根本不是Phenol，是那两个学生把Phenol用完了又装了别的东西，没把我气疯闷了，再想想又大笑，谁知道会出这种事呢？

学海无涯，对事业的追求除兴趣天赋之外，持之以恒的后天磨砺不可或缺。正所谓"十年磨一剑"也。其中酸甜苦辣滋味自知，女儿学海之涯是名师出高徒，是自学出头天，你是羡慕，你是敬佩……在当今拜金主义当道时代，值得人们思索了，需要寻找答案了，让我们回到书本里，在字里行间发现一路生活中所失去的，找回一些过去所忽略的。阅读自己新的命运，读出生命的逆缘。使我想到了一个"悟"字，它似乎跟童话和宗教都有关，比如《西游记》里的人都跟"悟"字有关系：悟空、悟能、悟净；所以这个悟，可能说半天也未必能讲清楚吧。一个科研题在目，万物不见哪！这就是大彻大悟吧。"悟"并不是顺利，而是坚持不懈。于是女儿完成了很多人想都不敢想的事，我有时想，她是奋力进取，还是野心勃勃？不得而解也！

女儿为自己能够养活自己而自豪一番，马里兰大学的生活，从她此刻仍旧神往的语气中，看得出那仿佛是她独立自主的艰难岁月的青春时光，第一次找到了自己人生的理想。

我自己这辈子一直追随着文化生活，一直在电影制片厂电视台工作，也可谓"见多识广"，但对实验室，总是那么陌生，实验室生活对我来说是稀奇，那儿似乎有戏剧性的神秘。女儿的来信给我补上了这一课，虽然DNA、动力学、酶催化、变种等新名词，逐步地认识了、熟悉了，只是不知其然，更不知其所以然。感谢女儿的授课了！

实验室，科学的殿堂，揭示着人类和自然界的一个又一个秘密，在我们眼里，那里是居里夫人、杨振宁、爱因斯坦……工作的地方。他们把自己整个生命投入了科学的探索中，提升了人类认知的一个又一个台阶。女儿踏进了大学实验室的大门，是打工人生，是谋生，更是科学的耕耘。

对于科学乃至科学家们而言，最好的熏陶是不断地学习，不断地学习科学前沿文化。科学史本身就是人类不断认识客观规律，不断将未知变为已知的过程，也是不断探索真理的过程。对科学未来前沿的学习，这对于思想方法、哲学理念都是很有帮助的，女儿至今怀念着这实验室。在女儿人生中那是一些辛苦并快乐着、追求着的日子，能进实验室，也许是初生牛犊不怕虎吧！

雄鹰能飞翔在金字塔上空，蜗牛也能爬行在金字塔的通道上。女儿正在千里征程中漫步着爬行。再伟大的事业也是由琐碎的细节组成的。正所谓“不积跬步，无以至千里”。

1999年于上海

九、女儿的思念

留学生到了美国之后，远离了她熟悉的故土，远离了祖国亲人。特别是我女儿，当时只有十八岁，比起大学毕业后去美国闯天下的大哥哥大姐姐们，思念之情更加缠身。大学的人生经历是一个人成熟的关键，这关键的时刻，我女儿是在遥远的大洋彼岸度过的，回想起女儿在自己身边的日子，父母爱着，父母管着，她也许感到有点烦，两代人不免有着代沟，也许父母的爱不能全都能融进她的心灵，但一旦分离，可想而知的孤独、无助、压力……会像炮弹一样对着她，这日子是够她受的。

多少个日日夜夜啊！靠在实验室打工的收入支付了学费、房租，在高消费的美国，日子过得紧巴巴的。她打不起越洋电话，一旦有机会，当她与亲人通话时，正当感情投入之际，想到的是：每秒每分都是钱，这不大煞风景了吗？使人想到清茶一杯，与亲人朋友不着边际叙谈，那茶逢知己的时刻，这悠闲之情是何等可贵啊！当你还要算一算，你能付得起多少时间电话费的时候，希望向亲人倾诉一下自己心灵，是不可能的事。打越洋电话对她来说只能是一种奢望。多扫兴啊！记得一次节日，有短时间的免费电话可以享受，后来她回忆说；

前几天突然有机会给你们打电话真是想不到的事，可是我总觉得这样打电话，真是不过瘾，还不如写信来得仔细，平时心里积累了很多的话，到那个时候都不知道说什么好，又想着每一秒钟都要花钱，都匆匆忙忙地想说话，愈是发急就越找不到话来说了。“Business”性质，总是“你好吗?”“需要什么”“要当心”“时间到，再见”打完了，心里总是感到很失望，唉！要是打国际长途也能像打当地电话一样，心里有什么事，遇到了什么事想说说废话，都能拿起电话来吹一通该有多好。记得以前，每天晚上吃晚饭的时候，总是吹吹牛，把一天想说的话都说出来，多高兴，现在是没有这样的机会了，有些话只能和最亲的家里人说，也只有最亲的人才会耐心地、专注地听你的倾诉。在这里，大家彼此虽然很友善，可大家也都很忙，都是匆匆来匆匆去，各人忙各人的事，哪有时间来听你讲废话。……

又：

每逢两点多，是邮递员在信箱里一封封分信的时候，我常在这里等上一刻多钟，为了能拿到你们的信，当看到我收到意外的信时的一副欣喜若狂的样子，人家总把我看成是一个孩子，……

这两个星期一连收到你们几封信，真是高兴，在天天忙得团团转的日子里，最能让我心情舒畅的就是收到家信的那一刻了，只是我却没法常给你们写信，想起来也是有些愧疚……

昨天收到你们的信，附着亲人的照片，真有些百感交集，不知不觉地就有些想哭，真是久违了，亲人的面孔，看到熟悉的脸庞、笑貌，很多许久没有的感受一下子涌上心头，说不出是苦、是甜，我已经不愿意回头去看。想来我希望的东西，得到了很多，但我已拥有的珍贵的东西，也失去了不少，福兮？祸兮？也都已经无可奈何了，前面还有同样难走的，长长的路等着我。……

又：

那天晚上突然听到你们的声音真高兴，妈妈的声音还很熟，只是爸爸的声音虽然还听得出来，却变多了。不知为什么我现在常常做梦，做到回到家里回到中学里了，早上醒来总有一种孤零零的感觉。我一向独来独往惯了，可从前总有家有父母，我知道有人保护我，心里总感到很安全，现在最关心我的人可是远在天边了，……总不免有种失落和惆怅的感觉，觉得自己在这里什么都没有，除了自我，所能依靠的也只有自我了。

又：

这是我第一次去老板家，看到她的女儿才两岁，长得又高又壮，两条小腿咕咚咕咚地跑得可快了，又能自己吃东西、倒水、拿菜、翻图画书，吃完了还自己用餐巾擦桌子，可有趣了。让我不自觉地想起颖颖来（表哥的女儿，她仅一岁时，我女儿就离开中国了）她现在也该高多了，会稳稳地走路，会说很多话了吧！

常常做梦，梦到不是你们来了就是我回去了，醒来不是真的，就好失望，还有一次，我梦见陈新、李嘉、禹璋（女儿的表哥、表姐）在我后面赶过来，我非常高兴地说，以后我们又可以在一起了，可他们说，不，我们还有事，随后又各自走开了，这个梦做得我好伤心。……

年仅十八岁的女儿，当她离开了终日与她生活在一起的父母，离开亲戚朋友，离开儿时嬉闹的同学，离开同辈表亲后，那份孤独，那种思念，也许是一个留学生最难度过的一关了。人类是一种群居而且是情感世界最丰富的生命体啊，女儿的表姐表哥们，虽然他（她）们与我女儿性格各异，爱好不同，各自走着人生的路，有时，简直是一个向左走，一个向右走，有时，又为了一点小事闹着吵着，但一旦离开了，又都思念起来了。这不，女儿在美国梦见他（她）们了，使我悟出“距离产生感情”这句话来了。人往往是得到的东西并不珍惜，一旦失去了，便顿时感到当年是如此的美好，特别值得思念、留恋。

我记忆起台湾一首歌曲：“谁弹起叮叮咚咚的琴？带着缠缠绵绵的思绪，敲打我空空荡荡的心。望着清清亮亮的明月，轻推开吱吱呀呀的门，把我牵牵挂挂的问询，托付给飘飘漾漾的云……你好吗，你好吗，真真地思念你，……天各一方，月共一轮……”

记得在女儿小的时候，由于我是一位电影摄影师，经常去外景地拍摄，每当我从外景地回家，妻总告诉我，当有人问女儿：“爸爸到哪里去了”，女儿就回答：“爸爸干革命去了”。再问：“你爸爸什么时候回家。”女儿说：“待到映山红开了，爸爸就回来了”。这是电影“闪闪的红星”里小冬子的一段台词。在女儿牙牙学语的当时，就引发了大人们的一片嬉笑。记得一次我为了拍《长江》纪录片，一度一出外景就是三个多月。为此女儿对我拍摄的这部电影纪录片，留下了深刻的印象。想不到在她去了美国后的一次偶然机会，竟听到了电影《长江》的插曲，引发了她的感情波涛。

很久没有收到你们的信了，前天突然收到家信，如获至宝似的，现在唯一的娱乐也就是读读自己的家信了。你们多多地给我写才行。上星期，××找来二盒中国的录音磁带，竟都是七八十年代的中国电影录音插曲，正是我小时候就听熟了的，一听这些歌曲就想起小时候的事来了，当听到一首《长江》电影的歌曲时，不知怎么的，鼻子一酸，眼泪就直往外冒，那是爸爸拍的纪录片《长江》的电影插曲，我激动得什么都不想干了，最好马上跳上一架飞机回家去。想起小时候家里条件很差很差，生活得那么简单，却那么安全。我累了，有温暖的被窝可以躺着；我害怕了，可以躺在妈妈的怀抱里；我受委屈了，爸爸妈妈会听我的倾诉；……Anyway（无论怎样），我庆幸自己没有经济能力，想回家就是回不了家，艰苦的生活可以造就一个人，再说，我现在正在做我想做的事，是我从小做了千百个梦想要做的事。怀于安、贪于乐、失败名，是我的生活格言。……

女儿有那么美好的梦想，有那么多东西要学。命运又自然而然地把我们隔开，正因为此，我们对对方的关爱、想念才无穷无尽。思念的情，思念的事，又是那么多，那么缠身，特别是在中国的大年夜，家家都欢欢喜喜、忙忙碌碌地准备着，一家人团团圆圆地坐在一起，享受着节日的喜庆，欢乐的时光。这时在海外的学子，我的女儿又是怎样度过这中国最隆重的节日呢？

上星期五是中国的大年夜，我去参加了圣经班的一个Party，这一次，真是个“各族人民联欢会”，三十多个人，算一算倒有来自十几个国家，在那里先是大吃一顿，然后谈笑、玩游戏、拍照片，一直到十二点钟声响起，迎来了新的一年才回家。

这一年的春节，女儿在来信中叙述着，看得出，虽然远隔大洋，彼岸的华人留学生们，华人的传统顽强地传承着。

又:

星期一大年夜晚上,××请许多化工系的同学吃饭,我也一起去了,在那里帮着烧菜、包馄饨,一起团团地围在圆桌边一面吃一面闲谈,一直到半夜才散,倒很有些传统的在中国过节的味道。……

又:

在这里,在中国学生会上看了两部中国电影《毛泽东和他的儿子》和《开天辟地》,说起来也好笑,在国内从来不看这种电影,在这儿看得很起劲,还有《人民日报》,在国内也不怎么爱看,在这儿订得很起劲,想来我们的脉搏里流淌的总还是中国人的血脉,走到天南海北,也总还是中国人,尽管在国内怨三骂四的,可骨子里还是爱中国的,不管中国变成了什么样子,爱国是不需要理由的……。

又:

春节的前一天,表哥接我到他那里去看中央电视台转播的中央台的春节联欢晚会,这里从来没听说过有这个中文频道,更不用说看联欢晚会了,不管怎么说,几年没看了,一下子又见到那些还很熟悉的形形色色的面孔和声音,觉得特别激动。

女儿思念着我们,我们思念着女儿,我给女儿寄去了一封封洋溢情感的信,在那艰辛奋斗的岁月,共同回味那曾经温暖的小家庭,一封封信里露着胸怀,让身单力薄、脆弱无助的女儿感受着家人的厚爱,让她感受到冬天还有阳光的沐浴,使女儿在探索路上不断飞跃,将普普通通的人生世相变换成一种美好又富有滋味的灿烂图景。

一个个寒窗苦读的海外学子,虽然相隔万里,都与家人心心相印。同样的期盼,同样的追求。虽然是有家不能归,却过着同样的春节。

在美国,每年的十二月二十五日是圣诞节,接着就是元旦了。圣诞节前是美国的感恩节,这是在每年十一月份的第四个星期四,元旦后就是中国的春节了,在海外的中国人几乎都保留着这个传统的民俗风情。不过这些节日,对于刚来到美国的女儿是无缘的,她在这些日子里仍然到实验室工作,或者埋头在她的书本里。

只有中国的春节，美国人不过的节日，女儿与在外的留学生都会那样留恋，再忙也要在一起聚一聚，看上一次中央电视台的新年联欢转播，有时看着看着笑了，有时看着看着流出了泪水……

女儿远走后逢年过节的日子里，每当我们困惑或思念之际，也总要读读她从大洋彼岸寄来的一封封信，那是安慰父母心灵的书信，字里行间透着人世间根深蒂固的血缘之情，我们也曾因她悄然离家独闯美利坚的艰辛经常湿了双眼，似乎感受着“夜间两鬓变白”的经历。在那日子里，每当我看见女儿的信，未拆开，先睹那小小邮票就如同台湾著名诗人余光中先生在《乡愁》里的那张邮票一样，带着思念和期盼。

女儿一封封从太平洋彼岸来信，是她在美国留学生活的历练，留下了她十多年留学生活的痕迹。回顾留学生活，看得出她更加坚定了自己的人生道路，以微笑来体会人生的酸甜苦辣。

十、走向成熟的女儿

读着女儿的这封信,使我们感到不安。

最近有一件事,使我很不安,有机化学课我不如上学期那样占绝对优势了,记得第一、第二次期中考,我都落在另一个男孩的后面,第一名让他拿去了,当时对我来说,是个打击,尤其是想起前两个学期,每次我都比第一名还遥遥领先许多分,那滋味可真不是好受的。当时,他居然还对我说;"Sorry SHU OU. I take your position away"(舒瓯,很抱歉,我替代了你的位置),我虽然对他说:"Congratulations to you"(祝贺你),但他那种胜利者的表情,还是一直映在我记忆中里,让我难受了好一阵子,好在后两次期中考试后,我的积分又跃到他前面去了,在期末考之后更是稳拿第一了。那阶段情绪波动,一直深深留在我的脑海里,让我反思,我为什么无法像从前那样高高在上了……另一方面我在想,我为什么会那样难受。……

回忆起女儿的过去,她经历了一场又一场的考试,从来没有考砸过,似乎大都是第一,只是在初一时,她参加上海外国语大学成人自学考试,仅得了七八十分,也算是大学外语水平了。但是,每次的成功,都在她心里增添了一层压力,因为她怕下一次万一考"砸"了的压力。我们一直担心着,人不可能是常胜将军,胜败乃兵家常事,第一名只有一个,而且不可能永远属于一个人……身心的健康发展，精神的愉快是很重要的，何况成绩并不是唯一代表学习的好坏？为此，我们总是担心着。

那天读了她的这封信，我们感到女儿优秀，但显得不成熟，为什么别人不能得第一名，为什么自己没有得第一名会那么难受，在竞争的环境里，要经得起啊，女儿！

好在信的后半段，读后让我们放心了许多。

我知道从小自己是个很好胜很要强的人，有种无法容忍别人比我更强的脾气，这两年来我也确实懂得了很多，也知道人不可能是全能的，总有不成功，不如人的地方。老实说认识到这一点对自己是个很大的解脱，也不会把自己Push too hard。也许是去年的绝对优势，又使我忘了这一点吧！使我在失败来临时又感到无法忍受，我想这二次小小的不尽人意的失败对我倒有更大的好处，让我睁开眼睛回到现实中来了。……

又：

暑假里的课也只有两个星期就快结束了，倒是实验室里一直不顺利，做了两个多月，回过头来看一看，还是在原地打转，没有一点进展，当然学是学了不少东西，自然的总是“从失败中学到的更多”，只是想只剩一个月的时间了，接下来是好是坏是顺是逆也全无概念，我一走又没有人再来接手做，这个课题就算作废，心里就不由得着急，倒是老板常常在安慰我，让我慢慢来，只是自己心里总觉得很别扭。不过话说回来，这是我第一次碰到可行性不定，风险比较大的实验，对我是一次考验，也是一种警告和教训。以后我真要一辈子从事科研的活，碰到的这种事真得不胜其数呢，这两个月实在是最便宜地让我尝尝这种滋味，明白这个道理的方式了。……

女儿开始成熟起来了，这让我们比听到她得满分、获得荣誉称号更高兴，女儿在学习的道路上一直一帆风顺，太顺利了。以致她把考分看得太重了。我们一直担心她，万一考砸了，她自己不能承受怎么办？在学习路上，她应该经得起坎坷，能跌倒了再爬起来才行。记得一句名言；“在科学道路上，是没有一帆风顺的道路，只有勇敢攀登的人才能到达科学的顶峰。”

总的来说，我还是觉得这个学期的收获挺大，虽然课程难了一些，但觉得学到很多东西，觉得自己比起去年这个时候的我，是知道得多得多了，而且学习的思维方式也改变了许多，在高中的时候做各种各样的难题，玩各种各样的Trick技巧来做题，自己也很得意，现在想起来那些不过是教科书里，及应付考试的参考书里，精心堆砌起来让你玩玩Trick 的典型的课堂作业而已，离真正的科学，其距离不知要差多少。现在，我反正是不再对那些Trick 感兴趣了，虽然有时还需要用一用，但这绝不是目的，因为科学并不靠这些事先设计好的，完全依靠偶然和巧合的东西发展起来的，科学是未知、严谨的推理、合理的假设、细致精确的实验，还有就是不断推翻旧的理论，构造新的假设，哪里有那么多漂亮的巧合，来让你推导到必然的唯一的结果。说到这里，还有一点是我到这里才知道或者说体会到的，那就是科学（数学和理论物理除外），从来没有绝对固定和正确的东西，看一看科学发展史就知道，科学依靠事实或实验，而实验总是在推翻旧的理论，而从来不能绝对证明某一理论是对的，如果实验事实不符合理论导出的结果，对理论必然是错的，可是如果符合呢，只说明这一个实验结果支持这一理论而已，却不能证明这一理论一定正确。将来，更多的实验也许继续支持这一理论，然后我们就逐渐把这一理论看作为真理，或者几百年之后又有一个实验把这一理论推翻，人们做研究就总是这样一个不断 Disprove（证明）某某理论不成立，却从来不证明任何东西的过程，这真是一个很恐怖的概念，开始也真的让我觉得很困惑很丧气，但这是事实，我就只能接受它，而且必须Keep in mind（保持这种想法）。……

女儿在学习的路上，一天天显得成熟了。学习一个个理论，又去推翻一个个理论，顺利的时候她高兴，实验不顺利了，她反复琢磨，一次次设计方案，一步步跋涉。不过，也真辛苦了。

前面一个周末，我刚拿到教授新给我的DNA Priner，星期五在那儿看书琢磨了一下午，实验具体应该怎么做，看到后来又兴奋起来，差不多都琢磨透时，已是五点多了，就等不及开始动手做了，结果那天晚上做到十二点才回家，因为要赶着实验的时间，第二天早上七点多又赶紧回去接着做，干了一整天差不多晚上十点才回到家，星期天又去了半天。星期一开始赶紧复习功课，连着考了三天试……课堂上的事儿是完了，只是那实验没成功，星期二早上去看见那养基盘上空空如也，好生丧气。本来我也知道头一次做新的实验差不多都是不成的，只是那个周末没命地干，结果还不成可真有点儿生气。星期二上完动物课就跟老师讨论了两个多小时，商量怎么查，哪儿有问题。接下去的一个周末，就做了好几个Control（控制）实验在那儿找问题，一边在赶星期二要交的生物课的Paper，星期五晚上在实验室一边做，一边有空的时候就打稿子，到凌晨快三点才回家，星期六又做了一天，星期日去了一下午，……Control（控制）实验的结果出来，又去和老师商量了半天，上周末又重新把实验做了一遍，这回可终于成功了。你们可知道星期二早上我拿到Positive Clone时心里多开心，总算那三个星期没日没夜地干可没有白费心血。现在回头想想又觉得自己还挺运气，三个星期就做成了，可算够快的了，××做得差不多和我一样的事，可她不是这儿出毛病就是那儿有问题，最后到现在做了一个学期还没做成，去年暑假里Project（实验）没做成，后来又给我“抢”了，倒觉得有点Guilty（内疚），好像挺对不起她似的……

又：

在美国接触了一些人，教授、同学、研究生，别人都觉得我是个特别沉静内向的小孩子，其实了解我的人，觉得我看上去柔弱，其实内心挺“犟”的，对有些问题讨论起来觉得我挺“老”的，妈妈，你是不是也这样觉得？人家说在我身上有些别人身上不多见的东西：责任心强、做事追求尽善尽美，不肯马虎，比较注重精神生活，喜静、珍重那些高尚的东西，在这一个很现实的环境里，努力保存一些很多人觉得是过时了的信念。……

世界上美艳的光环往往与“娇惯”连在一起。拥有娇艳的心爱之物，虽让你赏心悦目，却也会让你隐隐担忧，怕不小心损坏了它，怕毛手毛脚玷污了它，得时时呵护，其实成了你的负担。看见女儿照片的人都说，女儿长得眉清目秀，娇小可人，有着没有修饰的清纯和自然美，然而她却又是一位成绩优秀的佼佼者，上大学、领奖台上、学术会上……一顶又一顶的桂冠，她并不娇弱，这是真的。

想当年当女儿踏上美利坚国土的时候，迎接她的是孤独无助，在陌生的环境中，又经受着囊中羞涩的尴尬。她经受住了这一切，她是倔强的，这是她孜孜不倦的脾性，使她不满足于现状，使她努力追求超越。

女儿自己也这样认为，她在一封来信中说：

……科学理论的不确定性已经是这样。即便是已经普遍接受而几乎等同于真理的定理或理论，又能告诉我们一些什么呢？某某一过程也许是有规律的，但它的发展取决于其起始点，在这一过程中，起始点的不断介入，终将对这一过程产生足够大的影响，以至于其从有序变为无序，而这一过程的结果也终将从可预言变为无法预言，这是二十世纪继相对论、量子力学之后的第三大科学——混沌科学。而可悲的是，只有这一理论不需要证明，因为它是建立在数学基础上的（这也就是数学的魔力所在了，我们可以怀疑一切现存的理论，却唯独没有人能怀疑数学，似乎只有数学才是唯一的真理）。混沌存在于现实世界的每一处，从气象预报到人的脑电图，从社会经济到一支烟头的熄灭过程，混沌无处不在，于是即使是严格遵循某一极简单的定理的过程，也会因为其起始点上的变化而变得无法预言，一只蝴蝶在伦敦上空煽动一下翅膀，足以在几个月之后，引起大西洋上的一场风暴。……

又：

科学对于我来说，不仅仅是现有的公式、定理、顺序，我们的头脑，也不应该变成储存知识的仓库，科学更是一种态度、一种精神状态，一种过程，是人类不安于接受自然，或任何神明的奴役和摆布，要求探索、了解，要给这个杂乱无序（表面上）的世界，找出一个可以寻求的规律，可以驾驭的系统。这也正是我所感到人可以为之骄傲的地方，就是那种不安本分的挑战精神。

捧着女儿的来信，深深地亲吻了一下，轻轻贴近我的胸怀，在这一刹那，沉寂了很久的兴奋细胞被激活，不断充斥着全身。“距离产生美”，一种雾里看花的朦胧与美丽，更有让人接近与获取的诱惑，也许遥远的异国更有让怀揣梦想和激情的人去奋斗的冲动。

我尤其欣赏女儿的这种挑战精神，正是这种精神，使她在学习历程中，不断地有着自己的新天地，读着她给我们的每一封信，她总是兴奋地与我们谈起她专注的深刻的科学理论，我似懂、又非懂，思索着其中的哲理，女儿成了我的老师！让我也懂得了许多许多！

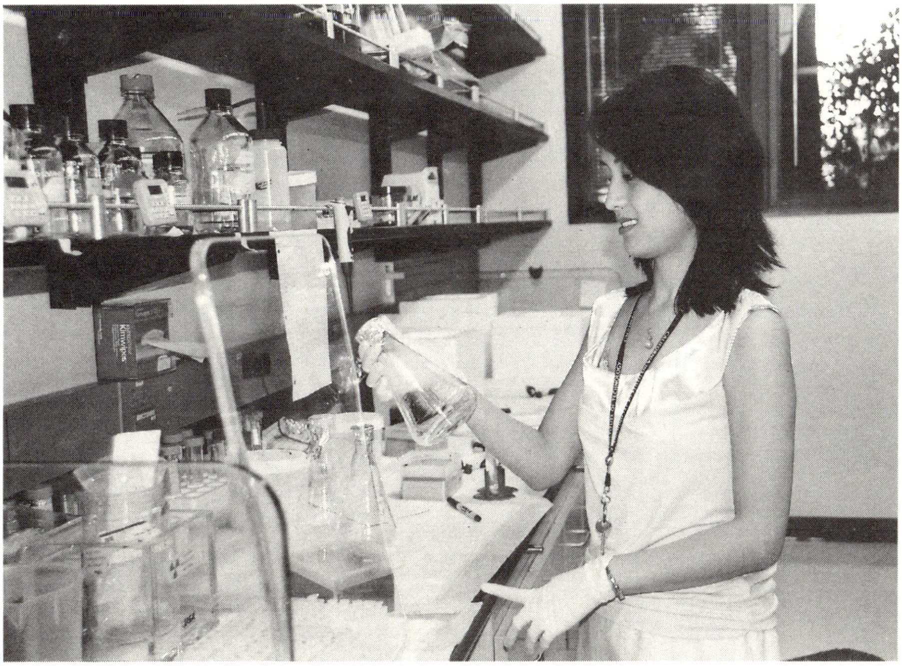

记得你们还有学校里的老师，从小就教育我“艰苦朴素”，不要讲究打扮，所以我的衣服每年夏天收拾冬天衣服，换来换去总是那么一小包，……到了这里我还是和从前一样，早上随便穿上衣服就走，也没有什么时间打扮，化妆盒放在那里蒙上了一层灰。……

看山是山，见水是水，女儿的只言片语、连同她的笑、深知这是我的福气，在这浮躁的世界里，女儿并没有忘记曾经的"豪言壮语"。

一次次收到女儿的信，女儿的笑和泪水交织出一次次成功和失败的时候，当日历上永不重复的今天一次次悄悄落幕，女儿不再稚嫩自渐成熟时，我明白了，人生，其味如歌，仿佛又听到了贝多芬"命运交响曲"中开头那段震撼人心灵的敲门声，人生永远如歌。

十一、文理比翼路漫漫

孟子说:“天行健,君子以自强而不息。”一天天,女儿在忙忙碌碌中度过,仿佛“天将降大任于斯也”,也许生活仍然会给女儿一次次的冲击,但我相信女儿永远不会放弃。一封封女儿的来信,记载着她的拼搏人生,传递给我们的是她在美国取得的优秀成绩。

这三个星期忙得团团转,连走路都差不多是小跑,总算没有白忙,实验做成功了,可算是够快的了,三门课也都考得不错,几篇Paper也都拿了A.,今天考完最后一门课回到家,躺在床上又开始感叹起来,人在紧要关头真能逼得出来,简直像做梦似的,回头想想都有点后怕,不过还是挺高兴的,觉得这几个星期过得挺值得的。……

又:

生物老师约好,带给我下一步实验需要的东西,到那儿讨论完实验,又把期末考试的卷子递给我,又是满分,和期中考试、研究报告结合起来,我这学期拿的全部满分,我当时看到这个就笑起来,想起就连小学也从来没有,哪门课整整一学期都是满分过,教授也说,也从来没有给学生全部满分的,“But it is so hard not to give you”……

……

又

这次考试考得比较好，心情就很好，生物课平均分是75分，我得了98分，化学测验满分是4.0分，平均分是2.6分，我这个班平均分是2.8分，是由于我拿了4.5分(做对了附加题)。我的生物实验报告写了整整六页纸，化了二个晚上在电脑上修改了二次，得了28分(满分是30分)，是所有学生中最高的，特别高兴……，现在我感到学得不很吃力，每天到晚上十二点就没事了，蒙头大睡到第二天早上七八点，室友们为了应付考试每晚做到两点多，我很不好意思，好像整天在睡大觉似的……，所以希望下学期再多修一些学分……，下学期决定修六门课，大约20个学分左右，学费很贵，在12个学分以上学费都是一样的，所以，早些读完为好……。

又

考完了免疫学，昨天又考完了线性代数，昨天听教授说，TA 告诉他，考生中我得了最高分，这一下可乐坏了我，想当初，这是只给动物系荣誉学生和研究生上的课，我要注册还怎么也进不去呢？求教授写了推荐信才收下了我，我仍得了最高分，给推荐我的教授争了口气。……

这是她的专业课成绩，其他功课呢？

千百年来"鱼和熊掌不可兼得"，这句话在人们的心目中已经根深蒂固，据说，想要打破常规需要勇气，更需要智慧和毅力。评价一位学生成绩的好坏，一般老师会回答，这个同学的文科好，理科不怎么样，而另外的同学呢？文科差些，理科不错，更有单科拔尖者，有没有文理比冀，"鱼和熊掌兼而得之"呢？

女儿来信说：

在美国学习最倒霉的是历史课，因为老师理所当然地认为，每个学生在中学里就学过美国历史，可我是中国人，一点基础也没有，连课本也没有，买了七本历史书都是针对各个历史阶段，不同风格的历史学家所写的，上课只是着重分析美国的社会制度、经济状况、文化观念和背景、宪法规章，以至于一些有影响人物的观点、背景、家庭、风格……等等，讲得的确精彩，书也写得很好，分析又很透明，但太花时间了，一个星期几百页的阅读，每周一次小测验，还有一篇10—20页的报告要写。……

又：

为了历史课的一篇Paper，要看一本700多页的书，然后选一个Topic，主题是美国的Civil Right Movement，让我头疼的是会不会合美国TA 的口味，因为课文涉及人文科学的事，中国学生总是比较吃亏了一点，不仅是背景知识不一样，基本思路、观点有时也不太一样。记得去年夏天修哲学课的那一阵子，真是脑筋最费力的一段时候，那次整个班级除了我，其他几个东方学生考试都得了C和D的低分。……

……

又：

上星期虽然没有考试，但一直在写英文课的Research paper，我选的题目是英国小说史中女作家的比较，结果上星期一连看了十几本文学理论书，然后在那里拼命写，星期日才把初稿打出来，从两点打到八点……

又：

……真正花时间的课不会太多，其他文科方面的必修课，要拿个A还是轻松的，不必花太大的力气，说起来好笑，譬如这学期的宏观经济课，学了半天几次期中考试都是我第一，那些经济专业的老学生们倒一个个拿的B、C、D一大堆，也不知这些美国人怎么学的，像暑假里的微观经济课，上学期的环境课，还有这三个学期的数学课等都是这样。

又：

你们一星期就寄一封信，真开心，真希望能常这样，这学期学哲学课很有意思，只是给人的震动也确实太大了，我觉得以前总是忙忙碌碌地活着，专注于每一件事，学这个、练那个，可是所有这一切的忙忙碌碌，所有的知识、道德，以至于这个世界本身究竟是怎么一回事，我还没有认真想过，现在学着这门课，才开始发现，原来我感到理所当然的许多事，竟如此充满了疑问，如此扑朔迷离，如此无头无绪，想到这里就有些茫然了……

希腊哲人说:“人诞生之日就有一种与生俱来的学习潜能。”然而,玉不琢不成器,再好的天才也是需要仔细打磨的,人的潜能又是无限的,只有“逼迫”才能达到发挥的目的。女儿好像什么都感兴趣,什么都想学。有人说:“你女儿读书读傻了”,真是的。在美国留学的岁月,虽然攻读的是生化专业,但仍热恋着文学。她来信说:

一有空,经常去学校图书馆,和我喜爱的书本在一起遨游一番,真是无比的享受,令我心满意足。学校图书馆还附设有一个小小的东亚图书馆,虽然书不多,版本也旧,但对于我想读一些来自祖国的书的愿望,可以满足了,足以成为一个天堂了。《家》《春》《秋》《寄小读者》《朱自清散文》《红楼梦学刊》都是我喜欢的,兼之鲁迅的《坟》《朝花夕拾》等,有着这些书做伴,足可以打发一个又一个长长的寂静的夜晚了。……

……借了中文书《聊斋志异》和《儒林外史》来看,《聊斋志异》还看得下去,一直放在枕边,有空时就翻翻,可以维持很长一段时间来接触中国文化,巴金的《家》《春》《秋》早翻烂了。……

……虽说没什么玩的,但是有一本好书,一个人静静待着没有人打扰你,尽情享受一下书里的乐趣,沉浸在书的世界里而没有琐事来搅扰,实在也是一大乐事,这样的日子,自从我来美之后到现在,实在是太少太少了,因而也显得弥足珍贵。

……前几天和××聊天,借了她摘抄的一本诗集来看,真是如获至宝,当天晚上看到半夜,还摘了许多,真是久违了的令人激动的声音! 到这里来之后天天就在实际的事情里忙碌打转,没有什么时间好好地想过什么深层次的事,特别是上一个学期,简直觉得人也快变俗了,生活也觉得有些百无聊赖了起来,读到了这些才觉得我从前缺少了些什么,我想人的头脑和心理总是需要平衡的,不然大概会发疯,你们下次寄包裹来时,能不能也寄二本诗集来呢?最好是北岛、顾城的,舒婷、席慕蓉、王蒙的也不错,还有这几年王朔的作品似乎是风靡一时,在这儿就有所耳闻,上次还看了一集根据他的作品改编的电视剧《编辑部的故事》,确实大有钱钟书的《围城》之风,如果可能的话,是否也寄两本他的近作来呢?……

在记忆里，曾听说过爱因斯坦也热爱艺术，能弹一手好琴，上海中山医院院长杨秉辉教授，除在医学上的建树，还出了一本画册，画的是西洋风光风情钢笔画；复旦大学数学家苏步青教授，不仅在数学上卓有建树，并精通词、诗，还写得一手好字。他们的多才多艺使我佩服，几个月前，我去上海复旦大学王教授家采访，他最近被评为中科院院士，他喜欢听音乐，他同我谈了这样一段话："艺术是形象思维范畴，科学是逻辑思维范畴，科学与艺术好像金字塔的下边，看起来相距甚远，但是它们的顶端是相接的……"王教授的话多精辟呀！更有人提出：打好扎实基础是创新和创造的前提，并同时鼓励学生多看些充满想象力的文学作品，如《封神榜》和《西游记》，有了想象力后就可以触类旁通了，大胆想象才会有创新。一些伟大的艺术家，像达·芬奇和米开朗基罗，同时也是精通科学的人。米开朗琪罗不仅知道如何雕塑，还懂很多关于采石的知识。

当我去美国探亲时，看到女儿的寓所里，有一间小书房，满壁的书架上，整整齐齐地放着一排又一排的精装世界名著：托尔斯泰、莎士比亚、莫里哀、歌德、巴尔扎

单舒瓯书房

克、陀思妥耶夫斯基等，一套套的精装书，体现了主人的爱好和情趣。在装着这些世界名著的书柜里，也放着我女儿在斯坦福大学实验室的一篇篇实验记录和论文，及发表在学术书刊上的论文，书柜里还陈列着斯坦福大学授予她“学院奖”的奖牌，不仅在她的书房，她的卧室、床边也放着书柜，真是“东壁图书府，西园翰墨林”。

每次回国，去书店是她的一大内容，所到之处，每次都要背回一摞摞沉甸甸的书，伴随着她一起跨越太平洋，这书是她的所爱，每次我越美探亲，也伴随着我度过寂寞的日子。

到女儿家探亲，看到女儿终日在实验室里忙忙碌碌的，回到家有空时，还在看着一本本厚厚的外文书，我禁不住对女儿说：“应该休息一下了，不要再看书了。”女儿毫不思索地回答：“爸、妈、我是在休息，我在看莎士比亚喜剧呀！”她把看小说当成了休息，当时我愣了一下，后来想想也有道理，让逻辑思维的脑细胞休息一下，开动形象思维的脑细胞工作，这也许是另一种休息方式。

她最放松的休息，那是收看电视节目的时候，一年一度的冰上芭蕾决赛实况转播是她的最爱，不知在什么时候，女儿爱上了观摩冰上芭蕾的节目了，兴高采烈时，会为一位明星的高难度技巧动作的完美无缺而鼓掌，也会为一位明星的动作失误而叹息，当没有时间观看时，会嘱咐我们代为录下，之后另花时间观看，有时也会花上百美元的票价亲临现场观摩，如痴如醉好似每一个动作所含的肢体语言，她都能理解其含义似的，对冰上芭蕾音乐的欣赏更是来自她儿时拉小提琴的余风了，愿音乐、舞蹈的艺术灵感，激起她的科学思维的火花，我欣赏她这五彩缤纷的生活。

十二、“蛋白质”女孩

回想起当年，女儿高中毕业了，将会选择什么专业呢？二十世纪九十年代的中国，电脑已悄悄地进入了我们的生活，电脑发展前景不可估量，于是学计算机成了流行，在今天看来却也成了他们不错的选择，当时，我们也曾劝说女儿选择计算机专业，女儿似乎当作耳边风，不接受，也没反对，在我们这个比较民主的家庭，也就不了了之了。在女儿的成长道路上，她的发展还是比较全面的，她喜爱文学，曾有过想报考文课一丝念头，只是想到如果读了文课，只是在报纸上发表一些“豆腐干”之类文章，不甘心而作罢，她的英语基础不错，高中时参加上海市中学生英语竞赛，轻松地拿了一等奖。所以我们曾建议她可以考虑报考英美文学，她说：“外语是一门工具，我可以利用这门工具，学习其他专业，”又说：“我也要学好计算机，让它为我的专业服务才行”，女儿到底选择什么专业呢？

最终女儿的选择是攻读生物化学专业。在当时，我们似乎是可以接受，只是生化对我们来说陌生了一些。

去美国领事馆签证的那一天，女儿回来向我们介绍说，签证的人问她：“为什么选择生化专业，”我问女儿：“你怎么回答的呢？”女儿回答说：“记得小时候，爸爸妈妈经常带我到公园去玩，公园里开着红的花、黄的花，非常漂亮，为什么有的花是红的，而有的花是黄色的、紫色的、白色的呢？公园里生长着各种各样的植物，为什么有的长得这么高大，而有的却是矮矮的总是长不高呢？还有各种各样的鸟儿，大自然真是五彩缤纷、光彩夺目，我很想知道这是为什么？上化学的实验课，两种或者几种试剂配在一起，竟会出现这样奇妙的变化，让我感到兴奋、刺激，我想……"，女儿平时不太爱说话，在生人面前更难得开口，那天，竟是滔滔不绝地说了一大堆。如果签证官不把签证的图章敲下去，她还会继续谈她的所爱，原来女儿已经深深地爱上了生化专业。

选读生化专业，带着憧憬，也许有点梦想，她飞越太平洋，来到美国马里兰大学求读。

美国大学实行学分制，课程可以选择，只要考试好就是好学生，争强好胜的女儿每天的时间安排得满满的，忙碌的生活令我们牵挂。她三年攻读完马里兰大学的学分，毕业了。真高兴！

三年大学生涯，她完成了四年的全部课程，她涉足生化实验室，发表了专业论文，大学毕业后，来到斯坦福大学攻读生化博士，对生物化学专业的热爱，使她不断孜孜追求。今天我们仍回味着当年女儿的一封封信，挺有味道的。

知道我想要干什么吗？记得上生物课看录像，讲的是科学家们寻找和发现毒品影响人体的机理，以及与之相连的一系列重要发现。使我特别激动的不是别的，而是末了时这一群科学家所说的："当时我们拼命地工作时那种热望的心情，是难以形容的，那就好像是等待着一个婴儿的新生，像是在黎明时等待着初升的太阳的心情，……你知道这将是重要的发现，但却无法控制它的来临，只是在寻找它，相信它会来临……，突然，它就出现在你的实验室……，我想我永远不会忘记那一段日子，因为很可能

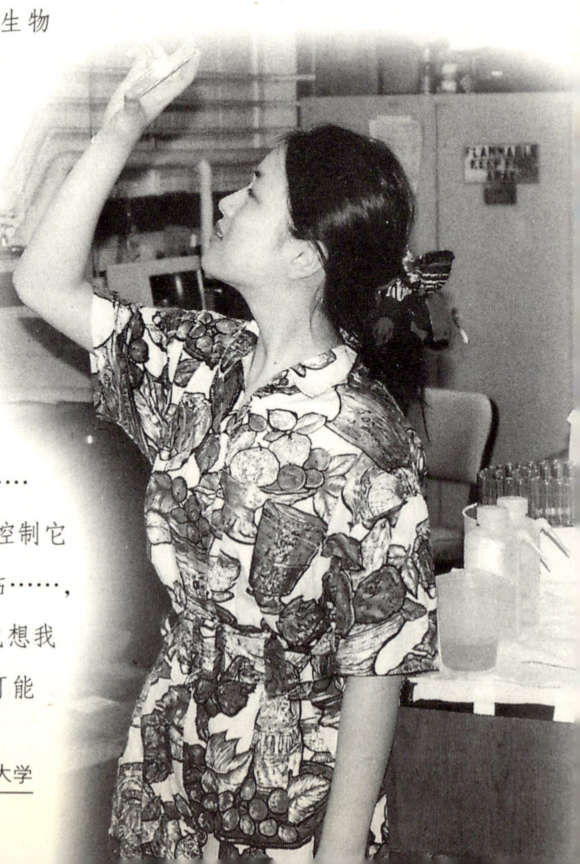

在马里兰大学

我一生不会再经历同样的时刻了……”这一段话，我虽然翻译得不好，可它牢牢地印在我心里，因为我要寻找的，我所期待的就是这样的时刻。如果上帝对我仁慈的话，就让我一生中至少经历一次这样的时刻吧！在很多人的心里，似乎有一个体面的学历文凭，一份轻松而又收入高的工作，一幢房子、一辆车……就算很满意了。可我觉得生活不该是只由这些构成，应该还有些更有价值的，更值得看重的东西，否则就太缺乏激动人心的意义了。我们能连续工作几十个小时而不觉乏味，不是因为一些加班费或者晋升而高兴，而是因为找到了真正有价值的生活。这样的日子，在一生中也许像电光火石，一闪即逝，其他的日子只是由枯燥的、按部就班的、平平淡淡的时刻构成的，可是，一生中能有这样的一次、几次，也就足够，别无遗憾了。人的一生，总得做出一点什么事来，我不知道别人考虑问题时，是否考虑过这个。你知道我也很喜欢文学，闵老师曾建议过我学英国文学，我也不是没有做过这样的梦，可是当我发现我并不具备做文学家的素质，没有那种冲动的气质、敏锐的感悟、深刻的洞察力时，我也决不满足于做一个平平庸庸的投稿人，籍报刊上偶尔发表的一点豆腐干文章以自怜自足，而是要找一条别的路，我之所以不学数理，因为我觉得我现在虽然学得好，可是我抽象思维的能力并不很强，至少不是一流的强。与其如此，我还希望我能在别的方面能做出一点什么来。学生化不仅是因为我喜欢，也因为我希望自己能做出一点什么来。老师和TA们常说，我做题目、做实验时，总是想得超过题目的本身，因小见大，这是实验科学所需要的。当然也可能我以后会发觉自己也不适合干这一行，也许还会改变，这很难说。历史上很多伟人都是尝试过、改变过很多次后，才找到真正适合于自己的路的，让我全心全意地试一试吧。不该是在还没有放弃希望之前，就因为别的原因先放弃了追求的东西。你说李川哥哥改专业的事，我想固然也有你说的原因，可也是有他理想的一面。我听他闲谈时说起过，他那时正是读大学，充满理想的时候，他看到罗素的一本书，其中的引论中写道：“书中的很多理论，其实很大部分不是凭推理而是凭物理学家的灵感和直觉得来的。”他想他要是能看得出其中有一点点“直觉”的地方，那他自己也许就算是有些成为物理学家的素质和灵性了，可是他只看得出书中全是推理，看不出一点“直觉”的地方。那一次之后他就觉得非常失望，觉得自己终究还不是当大物理学家的料，还是搞一些应用技术方面的东西合适，也许我多少年之后可能也发现自己不具备做科学家的素质，但还是那句话，至少让我试一试。我想人生中至少该有一次全心全意地"试一试"，看一看自己究竟能有多少能力，能做多少事情。

从这封信中，我更理解了女儿的追求。当我女儿在马里兰大学时，我的一位朋友在美国，她的丈夫也是搞生化专业的学者，离我女儿大学不远，特地邀请我女儿去她家赴宴，她给我来了封信说："你女儿看起来，文文静静的，话不多，但一旦和老徐（她丈夫）谈起实验上的问题时，竟是滔滔不绝，一个一个问题，刨根问底地提问，怎么一下子变得那么善谈了？"看来女儿和生化有缘，话投机，也就问得多了。在她带着蛋白质课题赴斯坦福大学面试时，她也向斯坦福大学教授直言："不知为什么，好像从小到大这是我唯一喜欢的，想以之为职业的，而且除了Science（科学研究）我似乎什么也做不好。"说得教授们都笑了。当教授们一旦问起她的蛋白质课题时，她可以滔滔不绝地讲下去，教授们竟打不断她的话，她也有那么多的问题向教授提问，这时的她竟成了一个非常爱说话的姑娘。

在她给我们近十年的来信中，与我们交谈最多的也是关于她热爱的生化专业上的一个又一个关于蛋白质的点点滴滴，我们读了似懂非懂，但更多的是理解了她的最爱。

下学期要选很多高水平的主课，除了一门社会学课，选的全是专业课，物化、生化、物化实验都是必修的，又选修了一门生物遗传，一门研究生生化课"核酸"，这门课大概还要和我的指导教授商量，有特准才行，在毕业之前，我还要一些Research Credit，我想我一直在给老板做实验，下学期注册一些Research Credit，应该没有什么问题吧！……

这星期没有一天不过二点才睡的，周末也起得很早，怪累的，在实验室，教授又突然要我和××做DNA系列，这是很大的一个实验，一共有九个DNA系列要做，又足足忙了两天，昨天一边做，一边觉得脑子简直就不转了，有时手里在做，脑

子却像在梦游一样，没有意识，傻傻的不知在干什么，自己也知道不对劲了，每做一步就特别小心，生怕出什么错。……

实验很顺利，我的第一个变种的蛋白质已经提取出来了，而且产率特别高，有80多克，教我的那个研究生平时产率总是很低，只有十几、二十几克，他看了就说，怎么每次他教中国学生长蛋白质，总是到头来，做得比他好呢？为此，他不高兴了两天。……

做了一个新的变种酶，这几天正在测试。说一件好笑的事，现在我有“下手”了，实验室里新进来三个博士生，刚上手做实验，一批老学生和那个美国男生都要毕业了，每天忙着写毕业论文、联系工作、开会等自顾不暇，在实验室里，我居然成了待过时间最长的学生，三个新学生，一个是正式由我带，另两个学生虽然由两个美国学生一人带一个，可他们俩整天不在实验室里，所以有什么事都跑来问我。有时实验做到一半或自己想问题思路还没有理清的时候，总被人打断，心里还真挺恼火的，只好暗暗告诉自己要耐心，想当年我刚来时，也是这样。……

这星期该是整个学期最忙的时候，前后有那么多考试，集中在同一个星期，前天晚上，从半夜一直到第二天中午，下起了大雪，一片玉树琼枝，雪地冰天，学校关了门。当时我正要去学校上八点钟的课，全副武装，准备迎着冰天雪地出去，一个同学打电话来通知，今天因为下大雪不上课了，刚想再钻进被窝里去睡一会儿，猛然想起前一天在实验室进行的一个反应，应该在20小时之后要停止，不要出什么问题，于是又踏雪而去，化学楼里还是一片漆黑，一个多小时之后，才有其他人陆陆续续地来，见到我早早在实验室了，都很惊讶，好在老天有眼，这一次可没白去，实验数据的结果竟是意想不到的好，其中的细节，我就不说了……

女儿来信，那是原始的心情，人的心情是很容易随着时间的流动而改变，信中记录下来的，还是那难得的瞬间情绪，情绪有时冲动、有时平缓、有时让你回味无穷。正是有这抑扬顿挫，才有那高潮迭起，也才能让人低迴不已。每当再次读来，充满着心酸，但当她告诉我们又一次光荣之际也有着愉悦。

每每等待女儿的一封封来信，她在最忙碌的时候总是准时给我们寄来一封封

信，是对我们的问候，对我们的慰藉，使我们度过女儿离开我们的最初日子，我思念着女儿，总是准时给她寄出一封封信，有人说世界上最难过的不是思念，而是没有思念的对象，最初想起这句话时心里真疼，是心疼自己，也心疼女儿，也是安慰。

最新两期的生化杂志刊登着今年的评定结果，我们系在美国各大学，生化系中排名第八位，我们教授与其他几个比较年轻的教授，评为最好的酶生化研究室之一，怪不得今天一早去实验室，他们都乐滋滋的。……

现在我每星期的头三天课比较重些，每天要到六点左右课才结束，四、五、六三天要去实验室。这两个星期因为在长蛋白质，人必须待在旁边，所以两个星期天都加了班，周末的小小的懒觉都睡不成了，不由觉得有些"气愤"。

又：

老板在对别人介绍起我时，说我真的非常"Smart"（聪明），也说他很"Lucking"（幸运）有我，说得我挺不好意思的，只好说，感到幸运的是我，不过心里还是挺高兴的，这是第一次他明白表示他很欣赏我。

上星期起换了一个实验室，教授是做蛋白晶体和X衍射解晶体结构的，这是我以前一直很感兴趣但没有机会着手做的，这一次可让我做个够了。上星期算是"技术性培训"，养了T4 Lysozyme晶体，周末来看时居然还真有几个培养皿里长起了大晶体，这个周末试着长PAT晶体，昨天在显微镜下竟看见许多超级的大晶体，想了半天觉得不像是蛋白晶体，倒像是溶液里的盐结晶了，看来需要提纯一下重新结晶了，另一个蛋白UL9特别容易聚合沉淀，总是没法溶解它更别提结晶了，后来还是一个Harvard（哈佛）来的同学，建议调整一下溶液的pH值。昨天下午试着把蛋白质溶液环境从PH 7.8降到PH 6.0，居然真的有效，雾状的液体一下子变澄清了。于是连夜设起了U L9的结晶培养皿，今天再来把处理后的蛋白质"消化"一下，跑一跑胶，看一看这个过程有没有使蛋白质变性，这个周末，教授出差回来，也许还会教我长RNA晶体，总之这一次可让我把蛋白晶体玩够了。

女儿的这封信，涌现的是留学生涯前所未有的丰富、趣味、惊奇，也缠着沧桑与惋惜。

当女儿以优异的成绩获得斯坦福大学博士学位的称号时，研究的课题仍是生物酶催化，包括蛋白质催化与核糖核酸催化，金属离子在核糖核酸催化中的作用，定量研究氢键的能量在酶催化中的作用，每当论文答辩会上教授们向她提出，为什么要研究这些课题时，她总是回答：“我喜欢这些课题。”似乎是答非所问，但教授们听了女儿的回答，总是赞许地微笑。女儿的回答是认真的，也正是她对这些课题的喜欢和兴趣，使她走过这艰难但充满着希望的硕博连读生涯。

后来，当我们与女儿在一起的日子里，有时间总要聊聊，经常要提一些让她感到难以回答的哭笑不得的问题，因为在蛋白质问题上，对于我来说完全是一个盲区“整天蛋白质、蛋白质，不就是一个鸡蛋去掉蛋黄吗？”女儿笑我，高傲地说：“你可知道，蛋白质是生命的基本要素？”呵！我女儿成了一个“蛋白质女孩”了，她说：“基因的变异，是由蛋白质发出的信息，要深刻研究蛋白质，才能控制人类基因的变异。生命起源于蛋白质，要揭示生命的奥秘就要研究蛋白质……”，“人们盼望着对人类基因的研究，然而探索控制人类基因的课题，不能离开对蛋白质的研究”……“蛋白质的本质又是什么？蛋白质的结构仍未被人们所认识……对蛋白质功能的研究，还需要科学家去探索。”蛋白质啊！蛋白质！在女儿的心目中，是那么的重要，有那么多的课题在等待着她。

二十世纪四十年代，生物学在酝酿着重大突破，遗传物质的秘密即将被揭开。当时，第一流的生物学家、化学家、都倾全力研究蛋白质。普通的想法是，生命现象如此的复杂，只有像蛋白质这样的大分子，才可能是遗传物质的携带者。沃森（James Waston）和柯里克（Francis eriek）于1953年发现的DNA（脱氧核糖核酸）双螺旋结构证明DNA才是遗传密码的携带者。人们怎么也没有想到，仅有几个不同核苷酸组成的DNA竟是控制千变万化的生物活动的遗传物质……

一代又一代人的努力，科学技术有了突飞猛进的发展，生化科学更是如此，女儿竟成了蛋白质研究领域的继往开来者，人称一位“蛋白质女孩”。

作家叶永烈最近写了一篇文章《巧遇“蛋白质女孩”》，他在文中道：自从新生代作家王文华的小说《蛋白质女孩》畅销以来，作者所描写的“像蛋白质一样：健康、纯净、营养、圆盈”的女孩形象为大家所熟悉。然而在我看来，王文华犯了一个常识性的错误。我虽然今日添在作家之列，原本却是“科家子弟”曾去北京大学化学系受过六年科学的熏陶。从化学角度来看，王文华的小说，应该取名《蛋白女孩》，而不应该取名《蛋白质女孩》。刚刚剥去外壳的煮熟的鸡蛋，那洁白、柔弱的蛋白确实健康、纯净、营养、圆盈。然而蛋白与蛋白质是两种不同的概念：蛋白是蛋白质，而蛋白质并非仅仅只是蛋白。人的毛发、指甲、肌肉以至大豆之类，主要成分都是蛋白质。我去美国旧金山，巧遇名副其实的“蛋白质女孩”！

叶永烈指的这名副其实的“蛋白质女孩”，指的就是我女儿。正在研究着蛋白质，我和女儿与叶先生见了一次面，叶先生还说，我女儿研究的是他编写的《十万个为什么？》一书里所没有涉及的课题，一个崭新的课题。

冬去春来，大自然不变的律则，生命似乎也有四季之别？生命的春天，是童年的无邪，是青春的无悔，壮年的志业腾达，全由你自己经营人生，人的一生应该从容地接受着波涛的起伏，抵挡那寒流来袭，迎接着枯木逢春。女儿啊！祝愿你接受着一个又一个春天。

人类对未知的认识的渴求，是一种本能，人类如果没有对世界认识的欲望，人类社会还能发展到今天的高度文明与发达吗？知识是学无止境的，只能靠一个又一个领域里，一代又一代人的努力。科研协作的成功典范，“人类基因组计划”的负责人弗兰西斯·科林斯说：“思想的火花的最初闪烁往往还是个人的行为，因此优秀的、有创造性的人物是至关重要的”。

愿女儿对蛋白质研究课题，永远保持这样浓厚的兴趣，不断产生那思想的火花，使研究不断有所突破。

十三、斯坦福大学的向往

在美国留学是一种追求、一种冲动、一种渴望、一种时尚……每个去美国留学的青年，情况不一、爱好差异、背景不同、条件限制，各人走着各人的路，常听人说大路朝天人各有志，这是真的。正如女儿信中所说：

斯坦福校园

留学生中，有那么一种人，总是年纪轻轻就一副“看破红尘”的样子，当初的理想、抱负都化为乌有，希望找一个“八点上班、五点下班，舒舒服服的工作，”趁老死之前，痛痛快快地玩一玩，玩股票、买彩票，希望哪天飞来一个大奖，可以舒舒服服地过一辈子，实在让人心冷。……

参加过一次同学的婚礼，新娘是美国出生的中国人，家里很有钱，新郎结婚以后就可以在她家开的一个餐馆里做经理，而且他还可以成为美国公民，为了这个原因，他与她结了婚，其实新郎并不很喜欢她，结婚前，新郎还得意洋洋地向同学们说：“我做个榜样，先走一步了，你们都来步我的后尘吧！”我感到很震惊，难道人和人之间会这样冷酷，以至于连婚姻这样神圣的事，都是为了金钱吗？……

其实，不仅在美国，在国内类似的情况也颇多见，各人头顶一片天，也可谓“百花齐放”了，生活是缤纷的世界，也许这些人，今天的生活比我女儿过的好得多，但是，要我女儿也走这条路，她会感到很痛苦的，她正在脚踏实地地做着科学的梦幻曲。

当今的社会，已经很浮躁了。看到的都是灯红酒绿，女儿却坚守着“寂寞是金”的格言，安心在她的实验室里。常言道吃苦在先，才有所得。每一天，似乎总是在一个充电的过程中，电足了才能发出光明。这一切，也许是她骨子里与生俱来的个性吧！生命科学领域是她的人生世界。

女儿三年大学生涯，要完成四年的大学学分，她要打工，她要去实验室工作，三年的艰苦生活，是靠她的努力、毅力、和信念支持的。

人都有自己的梦，只是每个人各自做着不同的梦吧！每个梦都是一个世界。女儿的来信让我体会了这一点。

暑假里的课已经修完，就等着八月份领毕业证书了，三年的大学生活已经结束，以后等着我的将是六年、十年甚至是几十年的研究生涯了，从小到大，小学、中学、大学，转折点经过那么多，也许，这是最大的一次转折了，因为我将从一个单纯的，接受知识的学生，转成为一个在前沿科学上探索未知世界的研究者，用我所学的、所想的贡献于整个人类的求知进程。这其中包含着的意味有多深远，连我也不能，不敢想象，想起来就一阵阵激动和不安。

回顾分子生物学发展的过程，……还有近几十年来物理学，特别是量子力学的发展进程，那些干得出色的，有突破性发现的科学家，都没有接受过正规的教育，有的甚至于大学的专业学位都没有，在对这一项还完全陌生时，就开始了研究生涯，全凭着一股热情和勇气，也许他们正得益于这种“基础知识”的缺乏，唯其如此，思路才不囿于现成的模式、理论、定义；唯其如此，才能从一个完全崭新的角度来处理问题，寻求崭新的答案；唯其如此，才能不被对权威的崇拜、巨人的偶像捆住手脚。对我来说，我思考和担心的、正是这个问题。

我深有感慨的是小学、中学十几年的过于正规的教育，虽然给我打下了很好的底子，可对我也有意无意地套上了一个无形的禁锢，这禁锢有多牢，对我的影响会有多大，我能不能摆脱它，能不能让我的思维获得自由，这是我在开始研究生涯之前，要好好想清楚弄明白的一个问题，而且对于这个问题，至少也要让自己有正确的了解并加于估量……

又：

要毕业了，我想要么到一流大学去，申请不成功的话，就留在马大也不错，在这里读 PhD（理科博士），还可以把读大学修的课，积的学分转过去一部分，这几年做的实验，发表的 Paper（论文）也算进去，一定念得更快，也许二、三年就可以拿到 PhD 了，这样的例子不是没有。

其实这是偷懒的想法，当我在这儿才不到两年，班里其他同学都是四年级，有的还是研究生，他们既不用工作，也不用付学费，比我要轻松多了，教授说我才是唯一真正理解这门课的学生，我应该去哈佛、MIT 读 Post Doc（博士后），然后成为 Professor（教授），有自己的实验室，做自己喜欢做的东西。

这些想法隐隐地在我脑子里有过，有时怀疑自己是痴心妄想，作为中国人没有美国人那么多的机会，虽然现在得到了教授的鼓励，教授说将会把我推荐给最好的生化学的先驱学者们，有的是斯坦福、有的是哈佛或 MIT 的导师。这些美国人都那么理想化，又那么充满自信，他的想法把我现在和梦想之间搭了一座桥。……

美国教育自主性强，实行学分制，有的学科还可以选修，如果修自己有把握的学科，可以拿高学分，这样就给突击学位创造了许多机会，在中国的中学教育又给女儿很好的基础，尤其在数理方面，女儿功底很扎实，因此在美国求读大学期间，她感觉很轻松，有时间可以去打工，而且第一学期结束后，就有了进实验室工作机会，不仅维持了大学期间的生计，而且以优异成绩在短短三年时间修完了大学的整个课程。

我要的不是像一般的PhD毕业生一样，到公司去完成日常公务，九点上班、五点下班，我要的是在一流的实验室里，接触一流的专家，有一流的学生一起交流，在美国一流大学的每一位学生，都被看作为有潜力冲到最前沿的人才，都会被给予最大的发展机会，现在的教授鼓励我说："没有几个大学生做过真正的科研，而且是从18岁开始，更不用说有论文发表了，"他乐意为我写推荐信，让我上一流的大学，我知道在马大要三、四份推荐信是没有问题的，给我上过课的教授差不多都知道我。……

有人认为我的某些想法不可理解，我已习以为常了，因为不理解本身是可以理解的，不然为什么总是"知音难觅"呢？……

女儿有自己心中的理想王国，不仅是对的，而且也是难能可贵的。

人说花未开时、月未圆时是最美的，人生最美好的季节也是如此。女儿类似梦般的想法显得天真、纯洁、可爱。让人羡慕着，也让我们担心着。她能行吗?

打算明年考GRE（研究生入学英语水平考试），12月再考专业GRE，记得我在国内高中二年级考TOEFL（大学生入学英语水平考试）时，又面临期末大考，那时也一样很忙。但经过那一次，以后我就觉得人的潜能是无限的，总是再逼还有，再逼还有，如果稍微松弛一下，有时就会放过很多可以完成的事。所以下学期一定要好好安排，时间总是可以挤出来的，你们也不必担心我修的课太多，是否吃得消，其实我这里的功课都不能算太难，如果只要拿A的话，完全可以学得轻轻松松的，只是，我要从这样一所学校，跳到一流大学的研究院去，就不能只是全A，而非出类拔萃不可，所以实验室的科研一定要做得好，在班里一定要拿第一（尤其是专业课上），并且一定要在教授们心里有个好印象，不过这一来，又加上周围的竞争对手少而又少，能够讨论交流的机会不多，我只能靠自己努力了，一定要把书上的内容（包括老师没有要求的内容）搞深搞透了才行，谁知道其他学校的学生水平会怎样呢？……

在这些日子里，她开始了报考美国一流大学化生系读博士的日子。主攻目标是美国西海岸加州的斯坦福大学。

我们曾经反对过女儿去斯坦福读研究生、博士生的想法，在马里兰大学继续读研究生，二、三年就能拿博士学位，不是也很好吗？也许我们更多地考虑，是为了尽快摆脱当时的经济的窘境，生活毕竟不是高居于理想上的空中楼阁，更是由锅碗瓢盆油盐酱醋构成的人间烟火呀！这也许是代沟吧！但女儿有自己心中的理想王国，她追求更高层次的发展，因为我们对美国的国情不够了解，美国人的思维、观念与我们中国现实相距甚远。为此，女儿来信告诉我们。

……我反感的不是谁干什么本身，而是谁想干什么却没有勇气、没有力量、没有毅力追求到底的人，人不是一个模子做出来的，更不必按一个模式去发展。在社会里，每个人追求自己想做的、感兴趣的事，这个社会才能得到发展。……

又：

我想告诉你们，我既然选择了这条路，这辈子不会那么穷，但也不会大富，发什么大财。我也不想发大财，但像你们这辈人，那样悲怜、那样贫穷的日子，对我来说是不太可能的了。

我一生中，最穷的时候也就是做学生的年代了，即使在那时，其实我在实验室所挣的用之于生活开销，也是绰绰有余不必发愁的，但话说回来，我可能没有高级轿车，我的住房可能比别人的小，我可能没有华丽的家具，等等。开公司的人，可能比我舒适得多，我不在乎，你们不要为"不该富的人富了，该富的人没有富"太气愤，人类整个历史，何尝有过哪一个时代，哪一个国家，哪一个地方，在金钱的分配上很公正的呢？社会财富分配的公正与效益的矛盾，从来都是经济学家无法解决的难题，要让世界上每个人都过上美国人过的日子，这世界非爆炸不可。对我来说，只要有自己的实验室，有自己的书房，有钱买我喜欢的书，平时生活上大致够用就很满足了。……

就这样，女儿怀着希望，抱着梦想，开始了报考斯坦福等一流大学求读读博士生的日子。

这次去两所大学面试，自己长了不少见识，其中，有玩玩乐乐的时候，也有很严肃很紧张的时候，夹杂着，到最后，两者竟然分辨不出来了。

到旧金山那天，已是晚上十点，所以系里本来有个Party，也不打算去了，直接回旅馆睡觉。第二天跟着系里的研究生和其他来面试的学生，到一个一面保留着森林，一面保留着山区的景点去爬山，然后开着车去海滩上，在那里烤肉、开Party。晚上研究生们带我们在斯坦福所在的小镇上到处游玩、闲逛，到镇里最高级的一家餐厅里聚餐，一直到半夜才尽兴而归，第三、四两天在系里一边面试，一边听讲座，每天从上午八点到下午五点都排得很紧，总是一个接着一个，连午餐时，也是安排和几个教授一边吃一边谈话。两天里我一共和九个教授面试过，听了十来个讲座，所以到第四天下午五点面试全部结束，离开斯坦福又坐火车到旧金山，在那里找到旅馆吃完晚饭，已经是筋疲力尽了，第二天在旅馆一直睡到中午十二点，接着就在旧金山城里逛逛，到China town（中国城）去了一趟，在那儿，逛了不少中国书店、报摊，好久不曾翻中文书报了，那感觉真是又新奇又亲切。旧金山的China town比别处的更繁荣、更热闹些，熙来往返的都是中国人，或至少是亚裔人，夹着一些旅游观光者，那感觉，竟像又回到了上海似的，或许上海现在已经比之这更现代化、更西方化了，只是所有的人都操着一口广东话或闽南话，连听普通话的人也很少，所以绝大部分时间我仍不得不说英语，……

在旧金山待了二夜，第三天下午又乘飞机去洛杉矶，从那儿到加州理工学院，待了二天三夜。这一次，日程较松些，头一天安排了八个面试，不过都很短，一个才20分钟（斯坦福是45分钟），几乎是进去以后，早知道要问我的什么问题，面谈了十分钟，然后我开始问他们，或他们很自觉地谈起他们的课题，十分钟后打住，送我出门。同样的模式重复了那么些遍，即使是不难，也是有些烦躁得累了，那天晚上在旅馆里歇着，看看在旧金山买的几本书，悠哉悠哉地。第二天比较轻松，早上听了两个讲座，又到教授的实验室去转了转，下午跟其他同学去市外的山上爬山。晚上，所有来面试的学生和几个研究生一起在镇上的餐厅里狂欢到半夜才散。

星期天早上乘飞机回到东部，到地铁站来接我的表姐说："斯坦福来电话录取你了，祝贺你啦！"在飞机上晕了一天，又在地铁上摸索了三个小时，一听到这消息，可真是喜出望外，好像什么累都忘了。

其实，我说喜出望外倒是有些不尽然，至少在面试的过程中，我感觉一直很好，头一次，进去的时候还有些抖，但一旦开始谈话，就什么都忘了，我很奇怪地发觉，我有时非常爱说话，他们一旦问起我的课题，我的蛋白质时，我就开始滔滔不绝地讲下去，一点也不怕他们打断了问我，因为我知道我对课题，摸得很清楚了，他们怎么也问不倒我，结果也是没有被问倒过，他们介绍他们的课题时，我也不知道，我怎么一下子有那么多问题，也许是以前没有接触过的缘故吧，一个接着一个地问，他们也都很耐心地解释而且很高兴，所以到最后几分钟都谈完了，便常常随便聊聊，问问我家里的情况、国籍、年龄、在美国的经历，听说我18岁一个人到美国来念书，而且是你们唯一的孩子，都有些叹息，到最后两个面试时，大概差不多已经确定了，所以什么课题也不问我了，就和我在那里东拉西扯地闲聊，说说生物学的历史、现状，生物和化学、物理渐渐融合的趋势等，有时也问问我为什么要做Science（科学研究），为什么念PhD，为什么选择蛋白质这个课题时，我就老老实实地说："我也不知为什么，好像从小到大这是我唯一喜欢做的，想以之为职业的，而且除了Science，我似乎别的什么也做不好。"说得他们都笑了。总的说来在面试时我一直感觉很舒畅，所以，听到别的学生在那里抱怨这个教授那个教授为难他们时，都有些奇怪……我有点没料到的是消息来得这么快，在我回来之前他们就已经决定了，更没想到的是回来这一星期一连接到了那里的教授来的三个电话、两封信，所以我昨天赶紧打电话去告诉他们，我决定去Stanford（斯坦福大学），让他们放心吧！

在这期间，女儿同时收到了斯坦福和加州理工学院等几所当时在美国排名前六位（生化系）的一流大学的录取通知，它们都提供了全额奖学金，在这些学校中她选择了斯坦福大学。

斯坦福大学，在国人眼里好像没有哈佛大学那样家喻户晓，实际上当今的美国高科技中心—硅谷，其杰出的人才，都来自斯坦福大学，被福布斯称其为拥抱“硅谷”的斯坦福那儿有雄厚的资金，那儿有最领先的科学仪器，那儿有诺贝尔奖得主担任教授，更可贵的是那儿有活跃的、自由的、开拓性的学术氛围，那儿是我女儿梦寐以求的学府。

我们对女儿说：“一个人哪能永远站在最高处，在低点的时候，想着怎么往高处走，努力去做，对得起自己就行了。”然而女儿却励精图治，终于厚积薄发，又一次的如愿了。超乎我们的想象。

在大学毕业之后，带着斯垣福大学的读博士的录取书，女儿回到了父母身边，三年了，一个劳于事功的人，如果想要解除一下事业的桎梏放松一下，是在度假村吗？我看，比去度假村更好的去处，是来到父母的膝下，我们小家庭终于在离别之后重聚在上海的家了，我们再次来到龙华公园，那是在分别前一天曾经享受亲伦的地方，回忆着，享受着，再一次摄下了女儿与她母亲的甜美微笑，似乎比上一次分别前去这里的微笑更显灿烂。我们分享着女儿的喜悦，学海无涯，在她面前还有长长一段路。

1995年于上海

十四、在贵族学校斯坦福大学

斯坦福大学位于加利福尼亚州湾区柏拉阿图市，它是以小利兰·斯坦福的名字命名的。

小利兰·斯坦福的父亲，利兰·斯坦福1824年出生于纽约，年轻时做过律师，在加州掀起淘金热之后，他们来到加州湾区逐渐致富，成为当时美国西部铁路的四巨头之一。

斯坦福夫妇膝下有一个儿子，名叫小利兰·斯坦福，四十多岁时才得一子，自然把他视为掌上明珠，不幸的是1884年，小利兰·斯坦福15岁时因伤寒逝去。这是一次巨大的打击，他们一时对给后代聚敛的大笔财富无所适从。痛定之后，斯坦福夫妇有了好主意，一方面为了纪念他们的儿子，另一方面也为了让他们的大笔财富，能够充分长久地为社会造福，他们决定捐资建立一所大学，校名就叫“小利兰·斯坦福”大学，世人简称为斯坦福大学。

校园的建筑采用当时最优秀的建筑师的设计，布局开阔而整齐，金黄色的拱壁配以红瓦顶，在起伏山峦的衬托下，显得金碧辉煌，如今它也是公认的美国最美丽的校园之一，并成为世界著名的旅游观光地。

宫殿般的建筑，四季如春的气候，再加上整个社区的蓬勃发展的经济与丰富多彩的文化生活，这一切使斯坦福大学像一块磁石般吸引着世界各地的年轻人，一般来讲，人们在某个地方生活一段时间后，就会对它失去了新鲜感，但是，在斯坦福大学生活过的人，很少有愿意离开这里的。

使斯坦福大学名列美国大学前茅的，不仅是它拥有天仙般的校园，更是因为斯坦福大学拟定的“直接赋予学生以有助于社会实际应用和个人事业成功的教育”之宗旨。它创建时所立下的“实用性”和“外向型”的宗旨，“成功”和“完美”的追求，注定了它将发展成为举世瞩目的顶尖大学之一。每年，从斯坦福毕业的人才，在硅谷这块巴掌大的土地上，播下了无数高科技的种子，他们与硅谷共同成长，成为美国高科技产业的栋梁，使硅谷成为当今举世公认的高科技园区，成为高科技经济的代名词。

我的女儿，一位中国穷学生，经过三年马里兰大学学习毕业后，终于来到了被世人称之为“贵族学校”的斯坦福大学，获得全额奖学金资助攻读博士学位，她将在这里度过五年学习生涯。

在那个时代，每个拿到美国奖学金的人就像一步跨入了人生天堂，多少年持续下来的压抑、焦虑和期盼一瞬间就转化成溢于言表的自信与喜悦。很多人在拿到美国斯坦福大学奖学金的通知书那一刻都难以自抑、热泪盈眶。因为他们在这一瞬间最能体会到过去岁月的艰辛和对新生活的憧憬，女儿来信说：

……晚上无事，骑车到斯坦福商场转了一圈。这里真是贵族的乐园，商场不像是购物的，倒像是游乐享受来的。几十个商店里里外外满是玻璃的挂灯，园径几米的鲜花丛，音乐灯光喷水池，池边滑石的桌、椅等，走在里面看橱窗里精制的瓷器、银器、首饰衣物和工艺品，真是体会到人们所说的斯坦福是个贵族学府的味道，只是我只能看不能买，因为我还没有达到贵族的收入嘛，(一笑)……

又：

上个星期几乎没干什么事，星期二一早就搭车去斯坦福营地，开了五个多小时的车，在弯弯曲曲的山路上蜿蜒辗转了好久，才找到目的地。

营地坐落在山腰的一个大湖边上，因为海拔高达5 000英尺，同斯坦福那里的气候截然相反，才十月份，我们到的时候已在下雪，山顶、半山腰、树枝上、路上都已积起薄薄的一层雪，我特别喜欢的是我们住的那些小木棚，虽然只是薄薄的一层木板造的，一小栋一小栋地散布在湖边、山坡上，矮矮小小的，一半还埋在雪堆、树丛里，乍一看很不起眼，甚至还有些简陋，但屋里却是收拾得干净整齐，房间里生着火，看着窗外飘飘扬扬的雪花纷飞，听着雪珠、雨珠滴滴答答地打在木头的屋顶上，混着壁炉里噼噼啪啪的烧柴声，闻到新洗床单、枕巾上散发的香味，想着如果自己能一辈子住在这样的地方多好啊！……

头一天到达时已是下午，傍晚听了一场讲座，晚上又连听了二场，直到晚上一点多才散，接着三天都是早上二场、下午二场、晚上一场，接着是大家看论文，自由讨论，我想这是斯坦福学习的一个重要形式，听听别人都在干什么，怎么干的，同时也帮着别人一起思考，双方互相都得益，可不是一件大好事么！最重要的是思路开阔，并且不断接受最新信息，了解各个领域的最新的发展到了怎样的阶段。应该说三天下来得益匪浅，只是内容过于紧凑，又缺少足够的背景资料，跟起来就相当吃力，更别说要评判性地听并发表意见了。不过不管怎样，三天里得到的信息大概比往常几个月的都多。

第三天下午放半天假，大家都出去玩去了，我和新认识的两个中国博士后学生去划船，抬头看那青山，山顶上盖着白色绒帽样的一层雪，上面是蓝得发亮、蓝得刺眼的天空；另一边被太阳晒着，雪融化了的山坡上，又是碧绿碧绿的一片。身边是清澈得发亮、深得奥妙的碧蓝碧蓝的湖水，真是美得心旷神怡，觉得神仙的境地也不过如此而已。划了二个多小时后弃船登岸，一路顺着一条曲折委蜒的小路向山上爬去，路狭窄难走，又只能容一人穿行。一路上顺着山势上下，路的左边是岩石森森，右边是一片坦荡的空间，望得见身下几百尺，是一片的蓝宝石样的湖水，真是别样的一种享受。

女儿描写的斯坦福大学营地，位于加州太浩湖边，几年后，我们去美国探亲，旅游太浩湖之便，女儿带我一起寻找当年她生活过几天的大学营地，那湖边的小木屋，那“简陋”的木板房，看似不起眼，但它坐落在如女儿描写的那般青山下，在蓝的发亮，蓝的刺眼的天空下，在湖水清澈，深得奥妙之湖地，那是一种静谧回归，让人启迪思索的境地啊！我们与女儿一起去湖泊划船，回味着女儿的点点滴滴，团聚的享受，与土地自然融为一体的感受油然而生。当然，大学不是诗人的圣地，但一所大学如果不能激起年轻人的诗心的回荡，一些对与人类问题的思索的话，那么这所大学之缺乏感染力是无可置疑的。难怪女儿在斯坦福大学求读以后，对事业的追求如诗一般的浪漫。我们有时也被其信中的一言一句激动着。

在这儿生活了三个月了，好像远远不止三个月似的，这儿的建筑、房间，壁画、摆设、各个实验室、每一位教授，还有许许多多的学生，对我来说，似乎都已经那么熟悉了，这大概还得归功于斯坦福的制度，或是风俗吧！提供我们有尽可能多的机会接触尽可能多的人和事吧！……

一个学期就要过去了，上个星期学生们都在埋头复习，我当TA，课是不用陪着学生们听了，不过给学生们上了二堂复习课，随后是考试、监考、改卷子，这里的监考制度真是够特别的，学生们统统入场，没有任何防务措施，只是每人签一份"诚实宣言"，保证自己不作弊，并揭发别人的作弊行为等。随后我们当TA的发了考卷之后，就必须离开考场，守在考场外面，回答学生们的问题，考场外面连椅子也没有，一人拿了一个塑料箩筐翻过来坐着，倒好像我们是逃学受罚的小学生似的(一笑)，随后是锁在图书馆里批改考卷，从十一点三十分考试结束起，一直改到晚上十点多，才一切结束。中饭和晚饭都是系里从饭店订了送来，边吃边改，看了三百份卷子，看得眼睛最后都发酸了。然后，昨天开了一整天的会，下学期TA准备会议，学生领考卷、回答问题、校对答案等，一直到下午四点才结束，然后系里开Party，看学生排的小戏，大吃Pizza(比萨)，一直狂欢到六点多，大家才渐渐离去，标志着这个学期的结束。……

读着女儿的来信，让人咀嚼着，不时消化了一些，领悟着斯坦福大学某些教育理念。导师的职责不只是教给学生多少知识，更重要的是怎样去获得知识。难怪人说，如果没有斯坦福，就不可能有今天美国高科技之地硅谷了，斯坦福大学一所最具创造精神的大学。

近年来，每当国内高校高考作弊频频被媒体曝光之际，斯坦福大学那考前的"诚实宣言"，那"保证自己不作弊，揭发别人作弊"的言辞，让人深思目前某些人甚至利用高科技手段用来为高校作弊行为服务，聪明真被聪明误了。而且年年禁而不止，可悲，更有论文抄袭之风更为可耻。我们的经济上去了，甚至体育、电影都在国际上得奖了，得大奖了，可我国大学的办学水平不但没有上去反而与国际先进的办学水平的差距更大了。我们寻找大学品格的回归，进而探讨我们为什么对大学独立和对学术自由有着不懈的追求。大学不独立，学术自由不彰，大学就不成为其大学。吁请我们注意，办大学不能违背大学的本质特点和办学规律。

读了这些信，渐渐地我们也了解了这所斯坦福大学，显得有些神奇，驱使我想往，当然不是希望自己成为这所大学的学生，而是真希望能亲自去看一眼。果然，当女儿将要戴上博士帽的时候，我与妻真的来到了这所学府，亲自看到女儿戴上博士帽。目睹了美国大学发展之路——张扬独特个性的美丽办学理念。

这一阵接二连三的事特别多，一边是在同时写两篇论文，前几个星期又轮到我给组里开会。上星期一年一度的系里开会，我也要上去讲，这是我第一次在这么多的听众前做正式的发言，也是头一位一年级学生在系里的大会上发言，弄得我在这之前一直有些紧张，忙着准备讲稿和幻灯，加上老板也抓得紧，在组里练习演讲就讲了四、五次，时间全扑在这上面了。

这次去开会，是在一个风景名山上。路上可真险，看地图领路的同学看错了道，结果走到一条岔路上去了。幸亏很快就意识到了，可是当时折回去也找了很久才摸回正道上，这时离会议正式开始也只有一个多小时了，而我们起码还有二、三个小时才能到达目的地，迟到是不可避免了，我偏偏又排在第一个发言，急得车上三人都出了一身大汗。一路上边想着系里满会场的人就这么眼巴巴地等着我们，老板一定急得上蹿下跳的，又有些怕，又有些忍俊不禁，到达那里时，已晚了整整一个多小时，当时跳下车，赶紧去旅馆登记房间，取出了幻灯就奔到会场去，结果你猜怎么着？系里的公共车也在路上耽搁了，这时才刚刚到，大多数坐公共车来的人还在那里卸行李呢！ 会议拖后了二个小时才开始，这才让我松了口气，心里还真有些后怕。

大概是路上这么一搅，该急的、该愁的都急完了，怕完了，反正是接下去是会议开始，我走上讲台去演讲的时候，竟一点紧张也感觉不到了，只记得，看着一张张幻灯，按自己的思路一点点讲下去，等我讲完，在说感谢大家帮助之类话语时，计时钟也当的一声响了（我们这次所有演讲都是计时的，到时间就响铃），当我从台上走下来时，心里可真是又开心又轻松，开心的是忙了一个多月，终于没有白忙，这一关终于很成功的过去了，轻松的是，接下去我可以完全放松地听别人的讲座了。……

又：

突然之间老板决定我在下月中旬去彼兹堡参加全国生化会议，要申请入会、要写课题报告、要买机票、安排旅程，火烧火燎地赶完一个又一个Paper（学术论文），抢计算机，忙着赶实验、赶数据，争取在开会之前，能有一个比较完整的数据做图型报告，忙的时候怨天怨地，现在想起来还是挺开心的，觉得这一个月收获挺大，学了很多东西，也办完了不少的事。……

又：

总的感觉还是忙，每天起床想着有几十件事想做，可每天晚上睡觉前总遗憾绝大部分想做或该做的事还没有做，明天还有更多想要做或必须做完的事，一天一天的就这样过去了。总的说来大概这就是读PhD和读大学的区别了吧。想起上大学的时候，总有许多切近的事，很多短期、具体的目标，比如说一周一次的测验、交作业、写报告、小期中期、期末考试等等，一件一件地过去倒也觉得很实在，一件事过去总觉得完成了些什么，很可以暂时轻松一下缓口气等等。可现在却是虽没有什么急切非干不可的事，可想一想就能数上几十几百件要做的事，要读的Paper、要做的实验……永远没有逗号没有分号地接踵而来。……每天晚上十二点多回家在这里已是很平常的事，熬通宵也再没有了从前的那种不寻常感。譬如现在我就坐在NMR 机器前，一边等着数据一边又给你们写信，从十二点起到现在是凌晨三点半，一半都还没干完，看样子不到八、九点是完不了的。除此之外还有TA带课，批改作业，每星期五持续一下午的实验室小组会参加杂志俱乐部，大家坐在一起讨论新出的杂志里的重要Paper，每月一晚的杂志夜晚，组里的人坐在一起介绍各自在过去一个月里看过的有趣的Paper，通常一晚上要讨论近百篇，还经常要到旧金山的UCSF(加州大学旧金山分校)或Berkeley(柏克莱大学)开会,一去又是一晚上,时间就这样不知不觉地飞然而逝。不过话说回来,我并不觉得该抱怨这样的日子或什么的,比起在马里兰的学术环境来,这里就好像是从湖泊见到了大海,眼界不知开阔多少。虽然说一切仍取决于自己的努力,但同样的头脑,在这里的提高不知要快多少倍。不管怎么说,这半年回想起来总觉得收益很大,多读了很多Paper,多接触了很多不同的实验室、不同的课题,和各种各样不同的教授、博士后讨论很多事、交换了很多意见,最重要的是自信心增强了很多。刚来时总觉得自己从一个不大的学校来,到了一个大家都很优秀的环境里,自己就很普通很寻常了。但半年下来和同学、其他学生接触、讨论、切磋过之后,自信心相当良好,其间的较量比较,大概是不在其中不知其味。我举两件事例;一次是我这学期向美国医学基金会组织申请研究经费资助我的课题时,教授给我写的推荐信上说“她是我在Stanford 这几年看到的新生中最杰出的一个,其思考的深度和逻辑的严谨,原本是我期待一个五、六年级的PhD学生,而不是一个新生所具备的”。上星期五我第一次在小组会上发言,星期四准备了一整天,星期五从中午开始一直讲到三点半,大家都说好极了,大大超出了每个人的预料的。怎么样,你的女儿在这里仍然是竞争力最强的学生之一。

女儿的确站在了科学的前沿,在一流的斯坦福大学,她仍具有最强的竞争力。

通过女儿的介绍,渐渐地我们对斯坦福这座贵族学校有了更多的认识,为女儿能选择到这样一所优秀的学校读研究生、博士生而感到欣慰。它在紧张、激烈的竞争和快节奏生活的同时,又给人创造那么一种悠闲、放松的庄园贵族的气氛,难怪克林顿的女儿也选择到这里来念书。

在斯坦福大学做学生,女儿真的很快乐,被人们称为美国西部哈佛的斯坦福大学。好像与全世界优秀的人在一起做朋友了。坐在花园一样的校园里,成天在一起聊天,谈理想,谈世界最新的科学发展……对于喜欢读书的女儿,斯坦福是她理想之地。人最宝贵的财富也就是教育。当你没有容貌青春时,教育会使你自信、开放。至今，当年同学仍在互相联系着、交流着。在学术问题上，西方人更会以一种友善的方式进行争辩。事实上，友善的争辩比简单的同意更为礼貌。

女儿在美国已经第四个年头了，渐渐地我们仿佛感到她的独立性更强了，也似乎感到她对科学的追求更执着了。

有人说；女儿读书读“傻”了，也许是这股傻劲，支持着她走过了这漫漫的艰苦奋斗的道路。

斯坦福校园（耶稣的十二便经）

十五、戴上博士帽

三年大学生活，五年博士生涯，女儿在离开我们八年后，在1999年终于迎来了要戴博士帽的日子，作为父母的我们兴奋不已。

戴上博士帽

学位制度是兴起于中世纪晚期的西方大学制度的组成部分。

中国高等教育走过了一百多年的历史，可谓是充满了艰辛，完成了艰辛的“苦旅”。至今亦已实行了学位制度。想当年胡适去美国留学时，曾痛切地写下这样一段话：吾他差夫！世安可容无大学之四百万方里，四万万人口之大国乎！世安可容无大学之国乎！

学位是国家之名器，授予学位是国家庄重而严肃的行为，也代表了高等教育制度的尊严。

其实我对女儿并没有太具体的目标，总感到梦想与现实是两回事，不能拔苗助长，清清白白做人，认认真真、踏踏实实工作就行了，然而女儿这稚嫩的小苗，在风调雨顺中茁壮成长了，超出了我的“梦想”。女人啊！自古多少有出息的呢？

也许我太现实庸俗了些，也许我有点重男轻女的封建。此外，更不希望女儿太辛苦，只望她回到我的身边就好。

八年间，女儿回来过两次，一次次久别重逢，相拥一起，喜极而泣。第一次回国是她三年读完马里兰大学的暑假。

在机场，我们欢迎女儿回国探亲，内心充满了好奇与渴望——女儿留洋三年变得怎么样了？是不是梳着大爆炸式的发型，是不是穿着一件露脐衫……想着想着，想不到女儿已站在了我们的面前，天真地叫了一声“爸”“妈”。是女儿，一点不错，女儿还是那个样子，一脸孩子气，都大学毕业了，还是长不大的样子。与三年前去美国时相比，只是马尾巴长发长了不少，可能是三年没剪过发吧！在美国据说剪一次头发很贵。

第二次回国我们也去机场接她，没有上一次接她时候的紧张与兴奋，女儿再一次出现在我们的面前，一样的孩子气，这时候她已是博士生了。

女儿要博士毕业了，我们终于可以赴美参加了她的博士毕业典礼了。

乘坐的国际航班，经过十多个小时飞行之后，飞机飞行到旧金山湾区的上空了。眼看这片土地、大海、森林，从天上望下去，黎明前的城市流光溢彩，纵横交错的高速公路，在汽车首尾灯的映射下，宛如红色与金色河流、天空、海洋和陆地也由灯光勾勒出轮廓，美轮美奂，这是我在美国上空亲眼看到的第一个城市。

由于中美之间曾经长达20多年互不往来的历史，美国对中国人来说，往往带着神秘色彩，改革开放以来，虽然坚冰已被打破，交往频繁，但是，没有亲自踏上这片土地，我们仍然感到陌生和神秘。

女儿求学的这所斯坦福大学是在最近几年才被中国人注目的，是当今世界知识经济的代名词。斯坦福大学是和硅谷紧紧联系在一起的，硅谷的英才大多毕业于斯坦福大学。

我为女儿能毕业于斯坦福大学而高兴。这所昔日的“乡村大学”，如今一度超过了哈佛、耶鲁、普林斯顿，位居全美之首，特别是其教师阵容格外强大，在25个领域里都跻身前十名。

我面前的这座斯坦福大学，让人惊讶的是，偌大的校园没有围墙，没有门，一条条蜿蜒道路无障碍地从各个方向通过校园。大学像一位敝开胸怀的智者，欢迎着每一位学子的到来。校园被各色植被铺满，高高的棕榈树下，空气多了一份清新，少了一些乌烟瘴气。

这所全世界公认的名牌大学，聚集了来自世界各地的高才生，其中亚洲学生不少，华人学生也不少，近年来，随着中国改革开放，不少中国留学生来到了这所高等学府。当我来到斯坦福大学时，校园里那高大的棕榈树，艺术学院那罗丹雕塑（复制品），大草坪，大教堂，一座座教学楼吸引着我，看到那比比皆是的华人学生穿梭校园中，更使我感到兴奋。中国留学生只身带着两只皮箱，飞越太平洋，来到这里深造苦读，以优异的成绩在美国站住脚。看着他（她）们那自信的表情，听到老教授们对中国留学生的赞美与夸奖，我心中充盈着喜悦。女儿所在的生化系中就有中国博士生一人，中国博士后三人，另有来自台湾地区的中国留学生两人。

6月2日，是女儿博士毕业论文答辩的日子，女儿早早地离家去了学校，我在居家附近散步，回来吃了早中饭，随后搭车去了学校。

论文答辩的讲座是神圣的，在座的有获得诺贝尔奖的教授，有女儿的博士生导师，有系里的各位教授和博士生、博士后。女儿研究的课题是生物酶催化，包括蛋白质催化与核糖核酸催化，金属离子在核糖核酸催化中的作用，定量研究氢键的能量在酶催化中的作用。

女儿上讲台了，看她的样子，真配不上这神圣的讲台，因为在父母的眼中，她总还是个孩子。

女儿用英语流利的演讲，我没有听懂，但是秩序井然的讲堂，听者似乎都句句入耳，女儿对教授一个又一个提问的回答……使我感到，一切是那么的顺利。幻灯机映出了我和她母亲的照片，以及我们小家庭的合家照，显然，女儿也在向教授叙述着对父母培养的感谢，据说，这也是毕业答辩的内容之一。使我感到意外，一阵惊喜。

女儿毕业了，在这期间发表了8篇论文，而且拿到了全学院一年一度唯一的一个学院奖。据女儿说，她得了多少奖，都记不清了，最值得骄傲的是这个学院奖，不仅是它档次高，比较难得，而且对她今后当博士后、从事研究工作也大有好处，所以她显得特别兴奋。

6月14日，是举行毕业典礼的日子，加州这季节的天气，日日阳光明媚。这一天，一轮红日好像早早地洒在我们的居室，女儿也显得特别高兴，我看着她对着镜子穿上了博士服，稚气的脸上和博士服真不相称，不是靓女的打扮，而是一副学者风度。

到了校园，昔日平静的气氛，今天显得格外活跃，学士生、硕士生、博士生穿上了礼服，有的高兴地化了妆，带起了高帽子，装点着斯坦福校园。参加毕业典礼的人们，带着对毕业生深深的祝福，唱啊！跳啊！小汽车停满了整个校园，偌大的校园，今天想找个停车的地方都特别困难。

博士生毕业典礼

带上博士帽，是奋斗的结果，却不是奋斗的结束。斯坦福大学的学生，他们怀着各自的目标，有着各自不同的打算，女儿准备做博士后，我双眼充满着泪花，对女儿说：“女孩子，都读到博士了，太辛苦，该休息一下了。”女儿回答说：“还有很多课题需要做，还有一些论文需要写。学习的确辛苦，但更多的是快乐。”求知，是人类的本能欲望。我深深地回味着女儿的这句话，相信那是一种理想，更有一定的哲理。

从临产的阵痛和孩子的第一声啼哭开始，女儿就已经嵌入了我和妻的生命，如果把女儿的人生看作一张干净的画布，可以随便涂抹，我们希望画得认真些、精致些。然而随着女儿的成长，这张生命画布需要女儿自己认真描绘了。生活的阅历使女儿逐渐显得成熟、非凡。她清澈的目光、灿烂的笑容、深沉的思索、努力的拼搏，终于初露端倪。戴上博士帽的女儿眸子露出奕奕神采。一个中国普普通通家庭的女孩子，小小年纪，走出国门。居然在堂堂美国名校，被称为西海岸哈佛的斯坦福已是凤毛麟角了。今天终于戴上了金灿灿的博士帽，并获得了唯一一名学院奖，连我都感到了一种莫名其妙。

我们坐在高高的看台上，看女儿排列在毕业生的队伍中，她为祖国争光，她的周围还有几位中国毕业生，也有黑人学生，这是一所不分肤色，不分种族的学校，因为知识是属于全人类的，科学也需要全人类去奋斗。

校园里那含辛茹苦参加毕业典礼的家长们，我想大家的心情都是一样的，看到孩子的长成，目睹风华正茂的孩子们，不由得都深深出了一口气。

随着音乐声起，头戴博士帽，身穿毕业典礼专用礼服的学监及几十位教授表情肃穆地缓步入场，随之毕业生穿着别致的黑色长袍，头戴金黄色飘带的学位博士帽，排队进入会场。我在毕业生群中搜寻着女儿，远眺女儿，加州灿烂阳光在她清秀的脸上勾画出一个清晰的轮廓，只是距离

斯坦福博士帽戴上，开派对庆祝。

我太远了，不过瘾。我突然流泪了……我举起手向她竖起大拇指，好样的。在自己平淡无就的人生中，曾经寄希望于女儿，看来有望了。这是她给予我的回报。

毕业典礼后，系里的教授与同学们为女儿毕业举行聚餐，这是美国式的一次聚餐，没有圆台面，没有一桌一桌地坐在一起，没有中国流行的敬酒，"一口闷，感情深"。大家各自带上自己的冷餐，在校园集中，开着车去郊外大自然中，又吃又谈，举杯畅饮、品味、祝福、打橄榄球，然后汗流浃背，开着车回家。

女儿聚餐会这一天，我烧了一盆"瓯江"特产炒粉干，有着特别的寓意。我与她系里的同学们一起吃着炒粉干，回忆小时候生活的家乡，女儿只在小时候去过温州两次，已没有什么印象了，但她知道这粉干是她的家乡菜，她爱吃，"老外"从没吃过粉干，但也吃得津津有味。

女儿出生之后，我为她取名"舒瓯"，"舒"字之意是希望女儿能舒舒服服度过这一生。那是1973年，"文革"还没有结束，希望有一点舒适是一种奢望，我把这奢望寄托在女儿这一代身上。"瓯"字之意是取祖籍温州母亲河"瓯江"的意思，那是我小时候常去江边玩耍的地方，江上潮涨潮落，日出日落，带给我一幅幅极为诗情画意的景色。

我女儿对父母为她取的名字，却有着不同的解释。她曾经给我们写过这样的一封信。

你们对我是爱到了极致，希望我得到最好的东西，希望我一生都过得平平安安、快快乐乐，你们给我取名一个"舒"字，也许就是这个意思，也许做父母的总是希望自己的孩子有最轻松最舒适的生活，但舒服的生活不是我所需要的，我觉得最幸福的是能干自己喜欢的科研工作。"舒"字拆开，是"舍"和"予"，是"牺牲""自己"的意思，有所放弃才能有所得到，牺牲一些外在的东西，才能得到真正的舒适、平安。……

她对"舒"字的理解，引起了我的深思。"舒"字由"舍""予"而组成，当时我们一家沉醉在她出生的喜悦中，从来没有想到要她"牺牲"自己之意，但事实上，八年来，她确实牺牲了自己好多好多，这八年的每一天的生活，只能用一个“忙”字来形容，为了适应美国的生活，为了早日读完大学的学分，为了挤出时间到实验室打工，为了得到优秀的名列前茅的成绩，她几乎都像上紧了发条的时钟，分秒不停地运转，也只有这样，才能戴上这顶金灿灿的博士帽。

我们一直期待着女儿毕业的日子终于来了，毕业典礼也举行了。八年来，我们一家也难得在一起，这是多么叫人留恋的日子啊！ 女儿毕业典礼后，为庆祝更为相聚，我们举家去了东部华盛顿、纽约、尼亚加拉大瀑布，又去了拉斯维加斯、洛杉矶和夏威夷海滨度假。我们深知喜悦的背后是女儿留学生涯的艰辛，我们总能想象得到，每当女儿从实验室疲惫地回到宿舍，等待她的是黑灯瞎火，清锅冷盆的日子。为了弥补对女儿的歉意，在我们赴美祝贺他的日子里，妻总是每天烧好吃的等待她吃完每一餐，再次让她享受那家的温馨，也借此缓解一阵父母的歉意，女儿你辛苦了。

这期间在美国拍的照片，留下了一个又一个难忘的瞬间，看着这些照片，又使我想起在美国的日日夜夜。

女儿博士毕业后，有人说：“你女儿学的是生化，在今天，是很吃香的，可以赚大钱了。”我何曾不希望呢？我们都穷怕了。可女儿却有自己的打算。她说：

> 我想毕业后再做两年博士后，然后，到大学申请做教师，如果顺利的话，五、六年之后拿到 Tenure（任期），就算是教授了。对我来说，大学里的气氛总觉得更舒畅一些，我可以自己决定做哪些项目，常常和学生待在一起，让头脑保持新鲜，激励新思想的环境，能使我总感到有一股力量在推动着我往前走。

人说一万多年前，你可以靠科举考试一举成名天下知；三十年前，你可以大学毕业而雄赳赳气昂昂；二十年前，你要以混个硕士而不愁找不到好工作。时代在前进，再过十年，只怕你拿到博士学位，却还可能失业。因为在你一心读博士，“出道”却落在了别人之后，等学位拿到时，只能给早毕业的老总打工了。形势发展似乎就是这样无情。为此我与妻曾经担心过，问女儿提出过早早工作的要求。

可在人生重要关头，女儿的决策，看来总是胜我们一筹，她去了 U.C.S.F.（加州大学旧金山分校),做博士后,开始了又一阶段的孜孜追求。

我家有女初长成。女儿追求完美,自幼而始。一心只读书,不涉世事。家庭环境虽不优越,父母之辈却一切为女儿着想。所受教育皆纯正;从童话少年故事到英雄故事,科学家的伟大创业人生。皆受完美之影响,故认为世上一切都应该是完美的,人的一生也应该是完美的,做任何事都必须是完美的,于是女儿养成了向往完美、追求完美、崇拜完美的个性。我们只能再次迁就女儿的所为了,做博士后就做博士后吧!九十高龄的奶奶,听说我女儿要去做博士后,把博士后理解为博士之皇后,高兴得不得了,双跪在主的面前,感谢主的指引带领。这一切,为人父的我最引以为荣的事了,心中欣慰之情不言而喻。人说授鱼易,贻害多;授渔难,受益多。此话颇真。父母终将先去,难护女儿终生。我心安矣!

《圣经》言:凡是抬高自己的,必然降为卑微,凡是自甘卑微的,爱读书的孩子。必然升为强。是神赐予了女儿的智慧与力量,感谢主。

人类跨进了新千年的大门,女儿经常打来电话,从遥远的太平洋对岸向我们祝福新的世纪,她又迁了新居,一座旧金山湾区的小山坡上的小房子,她说在阳台上可以看见大海,大海的这一边就是她的祖国,愿大海把中国、美国紧紧地联系在一起。她思念着父母,思念着中国。

2000年于上海

戴上博士帽

成就篇

十六、从斯坦福大学到加大旧金山分校

女儿博士毕业了，正值美国克林顿政府新一轮经济起飞时期，一流大学博士毕业生，在硅谷高科技之地，找一份工作并不难，而且待遇优厚，这对我们国人来说是多大的诱惑啊！然而女儿选择了博士后的研究生活，她选择了U.C.S.F（美国加利福尼亚州立大学旧金山分校）的实验室，这是一所美国医学水平很高的医学院的一个实验室，由此她站在了生命科学的最前沿。我们一次又一次遵从了女儿在人生路上的抉择，我们了解女儿性格，我们还是明智的，然可怜天下父母心，总在担心着。

人类在征服自然的过程中，对自身的认识似乎落后了许多，比如，征服自然，早

在加州大学旧金山分校办公室

在1969年7月，一个名叫阿姆斯特朗的美国人就登陆月球了，而对认识自身而言，30年后的今天，人类才刚刚完成自己的基因图谱。约翰·霍普金斯大学遗传中心主任赫德森说："现在正在开发的有900多种基因测试，决定那一种为最佳选择实在是一件相当复杂的事情。"我们将进入一个全新的医疗领域，在大自然中，人类显然是最具生命力的生物，然而长期以来面对小小的癌细胞，却依旧显得是那么无能为力。癌细胞是人类自身基因的突变，比如说韩国科学家最新研究发现，一种由乙肝病毒生成的蛋白质，是导致乙肝在发展过程中发生癌变的原因。韩国东国大学教授金铁虎率领的科研小组近日指出P53 蛋白质可以抑制细胞癌变……因此对蛋白质的研究，从来没有像现在这样，被提到科研的议事日程。我理解女儿的选择，日复一日、年复一年、冬去春来。许多人以为博士后是比博士更高一级的学位，这实在是个误解。至少在美国，博士就是最高学位了，不像法国，还有国家博士。所谓博士后，其实是拿到博士学位后没找到正式工作的人，拿助教低薪做研究。当然也有些竞争性很强的专业，甚至要求新科博士必须做博士后的工作，才可能转正。其要求似乎太苛刻。女儿在U.C.S.F的实验室做博士后也近四年了。实验室指导老师，彼得教授，一位德籍美国科学家，在他任博士后期间，他随同他的导师从事蛋白质结构解密研究，其导师曾获诺贝尔化学奖，于是声明大震，当时实验室的具体实验虽然在其导师指导之下，然而具体操作均出于彼得之手。水涨船高，彼得教授获得大家的公认，似乎顺理成章。人生路很长，时时刻刻都需要毅力去坚持，只能提醒自己，自己给自己一份勇气。女儿又开始了一段令人振奋的黄金岁月。在信中，她常常以一种奇特的类似哲学思辨的话语谈论自己的研究工作：

我们这个世界必然性和偶然性究竟各占多少？科学究竟还有多少价值？"科学不必为它失去了预言性而难过"，说得多轻松，可是似乎没有人甘心这样。……

又：

这些问题让人常常会想上几个钟头，但平时不能多想，也实在没有时间去想。只是这些不断识累起来的想法，开始只是一点直觉，但不断地碰到这样那样的问题，又读了一些有关的书，后来就变成了很多很大的问题。这几天一旦空下来，它们就会不自觉的在头脑里冒出来，挥之不去，有时演算题目，或是做实验、看结果，一个问题就会猛然冒出来，我们这样做这个、忙那个，自以为了解了或者能控制某一过程，但离真理的距离究竟有多远？有时候想，不要去想它了，可又忍不住要想，知道这不是我能够解答的问题，可还是没法不去想。……

又：

……研究是为了自己做学问的兴趣，这是我的哲学。要成为一块石头，百折不挠，哪怕经历几十年的风风雨雨，才有可能成功，历史上的科学家哪一个不是经历了“苦海无边”的磨炼呢？……

女儿在U.C.S.F做博士后期间，她的资金来源于一个叫 D · RCRF 基金会。那是在1946年，一位叫Winchell的好朋友Damon Runyon因癌症过逝，Walter Winchell在广播节目中，呼吁为抵抗癌症而筹款从而成立了这个基金会。1972年Walter Winchell也因身患恶性肿瘤而去世。由此基金会捐出一亿美金用作支持青年科学家研究和战胜癌症研究。鼓励国内最有前途的年轻研究者去从事癌症研究事业。女儿获得了该基金会的博士后研究基金。博士后研究基金的宗旨是：用以支持培养有前途的博士后科学家去发展他们的研究事业，这个基金使他们能够在现有的研究室研究员带领下完成研究项目。有了这个基金的支持，供女儿能够在UCSF的一个研究室，完成她的研究项目，在此期间女儿的研究成绩确实让人兴奋。在专业学刊上发表了七篇论文。

实验室是一个圣殿，踏进圣殿多少个疑虑会被解开，然而同时多少个未知又会呈现在你的眼前。学海无涯苦作舟，故而孜孜追求乃是科学家的性格。女儿也一样。

我们在美国探亲时，看到她从实验室回家，有时一身疲惫，有时虽然在实验室一整天了，仍是精神饱满；有时则满脸喜悦，那是实验做得顺利时，对于这种时刻，我们也会与她共同分享。每个实验总不可能是一帆风顺的，要一步一步推理，一个步骤一个步骤的实验次序，要带着思索不断总结，即使常整整一星期的实验毫无结果。好在我们听到女儿感触最深的一句话：“虽然很辛苦，但活得挺充实”。

女儿说得对，她说的这句话，也是对我们的安慰，在困难面前，也是最能调动积极性的时刻，人的潜能总是那么大，在实验室里，面对一个一个难题，几乎每根神经、每个细胞都会被激活，每个科学家都有积极调动自己潜能的能力。在美国女儿家过圣诞节之际，有一天，女儿带我去参加教授家的派对，有缘结识了这位教授，结识了与女儿共事的实验室同仁们。教授家位于在旧金山金门公园附近的一幢小洋楼，布置得优雅精致，充分显示了主人的修养和品味。实验室的同仁们都来了，美国人乐观开朗，对我们格外的热情，因为我们是那天晚上唯一的中国人，见我们到来，大家都围上来问长问短地讲了一大通，我是听不懂英语的，只能跟着他们的情绪变化着自己面部的表情，以示礼貌，但他们竟是那么的滔滔不绝。经翻译后才知道他们在向我讲述女儿的一个有趣的"故事"。有一天，女儿正在实验室做实验，来了一个产品推销员，每见一人便把推销词说一遍，很快便被婉言谢绝了，几番推销词"朗诵"之后，推销员便来到了我女儿身后，又是一番推销词的朗诵，只见我女儿没拒绝，以为她在专心致志地听，于是推销员的劲头来了，把推销的内容越说越详细，也不知道说了多长时间，最后推销员终于发现，他推销的对象根本没有听见他在对她说话。事后，同仁们告诉她此事，女儿居然说："我根本不知道有这么一回事。"我听后哈哈大笑，这使我回忆起女儿小时候一件类似的事，于是就给他们讲了当年在乐团排练厅里，女儿在交响乐的伴奏下读书的事。

那还是女儿读小学时，由于暑期放假，家中又没有人照管，女儿总是跟她母亲一起到单位"上班"。她母亲的单位是上海电影乐团，排练厅里经常有大乐队排练。二十世纪八十年代的上海，一般的家庭和办公室都没有空调，但每逢大乐队排练时，排练厅里却开着空调，来乐团过暑假的很多孩子都去排练厅享受这夏日的清凉。女儿也坐在这群小朋友中间，自己拿着书看得津津有味，尽管排演厅空间荡漾着大乐队的伴奏，旁边还有孩子们的嬉笑声，却丝毫不影响女儿的注意力。

他们听后也笑着说："原来你的女儿是有历史前科的。她的旁若无人是出了名的。实验室的一门电话，就是安放在她的桌子上，因为放在谁的桌子上，谁都会嫌烦，怕影响工作，怕打断做实验的思路，因为每做一个实验都要全身心投入，不能有一点差错，否则，几天乃至一个多星期的实验就会前功尽弃。只有舒瓯不怕。”人说要培养孩子的集中力，有名家说，“天才在于专注”。他们似乎十分敬佩我女儿这位东方女性。

爱因斯坦曾赞扬居里夫人：“世界上所有女子都被美丽耽误了，唯独居里夫人没有。”时代不同了，今天仍有不少女性活跃在科研前沿。在教授家的派对上，就遇见好几位女性，其中有一位东方人。经女儿介绍，这是一位日本籍博士后，据说她早在1977年就毕业于东京大学了，推算一下，当时女儿年仅三岁。想不到女儿走过漫长的学习岁月，竟与她在一起做博士后了，科学道路真是路漫漫啊！后来女儿告诉我，第二年，这位日本女士找到了工作，在加大圣地亚哥分校（UCSD）也有了自己的实验室。似乎她的梦想也成真了。

别看这些在教授实验室里工作的青年人、中年人，在圣诞节的派对上，个个都依旧闹得天翻地覆，他们都像小孩似的，在中国人眼里好像没大没小，为了一样小小的圣诞礼物会争得不可开交，连教授也没有了权威。相形之下与在实验室里的那样孜孜不倦的投入、那种深沉的思索，简直判若两人。

实验室像一个大家庭，各人做各人的课题，又共享着各自获得的数据、体会和成果。每周的某一天上午，是他们固定的聚会，轮流由一个人负责购买一些食品、饮料，大家围坐在一起，一面吃一面交流着各自实验的进展、体会，遇到的困

斯坦福教授为女儿戴上博士帽开派对

难，发现的问题，新的发现……通过这样的讨论，他们共同分享着科研成果，同时会从别人的谈话中得到启发、帮助，开阔自己的思路。每当轮到我女儿采购时，她总要去唐人街买一些中国特色的各式小点心、冷菜。据说，大家反映还是中国点心、中国菜最好吃，所以实验室同事们总是盼着女儿负责采购的日子。

有时候实验进行得不顺利，于是，教授会建议去野营，放松一下。有一次，他们开了5个小时的汽车，到了旧金山北湾的一个自然保护区，那儿条件艰苦，因为保护区里建设施是受限制的，他们只能带干粮、搭帐篷，享受慢生活。在大自然里，这些年轻的科学家们，哪怕是资深教授，也会像孩子那样疯狂一阵。据说，疯过之后，大脑得到彻底放松，会换一种思维模式，会获得新的灵感，也许实验就有进展了，在女儿的越洋电话里，经常有她与实验室同行野营的消息，女儿总会把风景保护区的景色描绘一番：原始森林的大树有多高，植物种类有多少，朝霞是如何的美丽……

别看他们玩得嘻嘻哈哈，在课题研讨会上却是另一种氛围，更会因学术上的分歧而"剑拔弩张"。我想这也是自然的事，不信你去看任何一本科学史，一不留神你会以为自己在看一部"战争史"。当然这所谓的"剑拔弩张"的"战争"，无非是指学术观点的对立和分歧的激烈而已，这不正是美国的教育所提倡的不断质疑的精神吗？正是在这种精神鼓励下，女儿无数次的假设、推理、实验，无数次无功而返，在显微镜下、在计算机前，寒冬春华交替了一个个岁月，光阴荏苒，女儿终于没有虚度在马里兰大学、斯坦福大学、加大旧金山分校的宝贵时光。她在权威的"科学""自然""生物化学"等杂志共发表了17篇论文，现在几乎每年都要参加生化领域的国际会议，并多次上国际讲坛讲述自己的科研进展。

想起与女儿在一起的日子里，女儿经常唠叨的话语；

"科学是什么？科学就是发现未知，……

对已经掌握的知识进行推理，做各种各样的试验来证明，你的推理是对的，还是错的，……

实验证明你的推理是错的话，要改变你的思维，重新进行新的推理，再反复地做实验……直到证明你的推理是正确的。人的认识就这样进了一步，世界就是这样被一点一点认识的。"

女儿最近在一个越洋电话里说：

“我们实验室已经完成了对蛋白质结构的解密工作，目前正处在整理理论数据、写实验报告、论文阶段，所以还没有公布，我是研究蛋白质功能的，以后的科研将会进行得更顺利，任务也更多更重。”这无疑是个好消息，我为她们高兴，更从内心感到敬佩。

女儿天生的个性，可能就是“命”吧！改得了自己的个性，就能改变自己的命；然而懂得积极开创未来得人，则能创造自己的命。女儿的命运，那就是十多年留学生活的打拼和挣扎，艰苦的生活中的追求和憧憬的理念。执著的风追随着不散的云，她执著追求忍住寂寞，寂寞是金，寂寞是银啊。

2003年于上海

十七、女儿和BWF

与UCSF博士生导师

在物欲横流的今天,很多人把金钱看得很重,处心积虑,得陇望蜀,利欲熏心。

虽然人都说,"人生在世,千万别做金钱的奴隶和俘虏,钱这东西生不带来死不带去,够吃够喝够用就可以了,再多的钱你不去消费,或者消费不了,放在那里不就是一堆花纸么! 有什么用?"但现实生活中,很多人就是一心想挣钱,其实这也没有错,利润的最大化仍是现代企业的最终追求。不过很多企业家最终还是用以回报社会。

据说,有美国共和党总统为了竞选需要,讨好美国的富豪,提出取消遗产税案，却遭到以洛克菲勒为首的富豪们的强烈反对，他们认为，他们的财富来之于社会，也应回报于社会，这好像是对马克思主义思想的认同。国际社会在这种思想支配下，类似一些红十字组织、基金会组织产生了。

女儿在斯坦福大学博士生涯整整五年，得到了全额奖学金。学校发给学生奖学金的来源也是富豪们的捐助，连这所学校的创建也是斯坦福先生毕生财富的奉献。

如今，女儿即将结束博士后研究生涯之际，马上需要创建自己的实验室，资金从何而来呢？正当我们为女儿今后担忧的时候，女儿已向一个总部在英国伦敦的Burrought Wellcome Fund（波罗斯维康基金会）提出了申请基金的要求。

Burrought Wellcome Fund（缩写 BWF）源自两位名叫Silas Burrought 和 Henry Wellcome 的年轻人，是美国药品公司驻英国公司代表，于1880年，他们在伦敦合作开办了一家公司，起初为赢利性公司，叫 Burrought Wellcome and CO，随着业务的发展，他们意识到做药品的生意，需要有强大的研究人员做支持，需要有自己的研究室，因此成立了药品销售业第一个实验室。后来Burrought去世，1924年 Wellcome 召集所有子公司，统一改为 Burrought Wellcome Fund。

BWF成立于1955年，最初是属于BW医药公司名下的基金会，1993年在 Wellcome 的支持下，BWF在英国的慈善机构转型为一个独立运作的基金会。BWF的董事会由科学家与商业人士组成，拥有5亿美金的捐款，其中每年大约50 %的捐赠金会被分配给美国和加拿大。基金会一直贯彻着公司最初目的，就是去帮助那些杰出的科学家发展事业，使其成为一个独立的研究者，并且提高生物科学研究水平，或对其进行特殊奖励。每年BWF的捐款发放，要通过激烈竞争和仔细审查才能获得，女儿参与了2003年BWF基金发放的竞争。我们一直关心着，处于信息时代的今天，太平洋并没有阻隔我们与女儿的信息往来，跨越遥远的时空，不时传来女儿的笑语声声，传来一个又一个消息。

2003年3月，女儿从美国西部旧金山飞抵东部Carolinian（南卡罗来纳州）接受BWF总部派来人员的面试，五月份得到通知，女儿顺利地获得了这笔高额基金。那天我们从越洋电话里得知这一消息时，是那样的高兴与兴奋，因为要得到这笔基金会的基金是很难的，基金会面向国际，名额只有十三个，与数以百计的申请人的比例来说，我们的信心是不足的，当时，女儿只申请了这一个基金会，我总是劝女儿是否再多申请几个基金会，万一这个基金会申请不到，还有别的基金会作后备，这样比较稳妥一些。但女儿对此很有信心，对我们的劝说淡然一笑了之。谁知女儿竟是一马中标，从她越洋电话的语气里，即使在告知我们这一好消息时，也显得那么平淡无常，女儿显得比我们成熟多了，是那种荣辱不惊的心态。几天之后我们又得知了一个消息，该基金会把这次获得基金的十三个人的材料送到诺贝尔总部，总部从中挑选了三名人选，邀请赴瑞士参加由诺贝尔总部召开的新老科学家聚会。届时，历次获得生化诺贝尔奖的得主将参加这一个会议。女儿竟又被幸运地选中，这真是喜上加喜。

消息从亲朋好友中传开，不时传来一片赞扬声："你女儿真是不得了，怎么给你养到这么好的女儿？""你女儿真是块读书的料！""你女儿是科学家了。"他们说得不对吗？但这时的我们除了兴奋之外，似乎心中也涌动着一股酸涩。我们哭了，笑着哭了，笑着落下了泪花。

回想起三月份我还在美国探亲时，3月18日是女儿飞往美国东部Carolinian（南卡罗来纳州）接受面试的日子，正值美国经济不景气，9.11事件后，遭受打击最大的要算美国的航空业了，乘坐美国航空班机，居然不供应午餐点心了。那天，我深夜就起床了，为女儿准备油煎水饺，让她带上飞机当午餐，然后目送着女儿开的小汽车驶上公路。消失在黎明前的朦胧中，我默默地为她祝福，心中一直为她祈祷，祝愿她平安，祝愿她好运。这些日子正是美伊开战前夕，旧金山反战浪潮一浪高一浪，气氛显得有些紧张，没想到送走女儿的这一天下午，布什总统在电视里宣布向伊拉克开战，美国国内安全警戒升级。我的心里也不免紧张了许多，心里牵挂着。女儿啊！ 你可选了个好日子，是吉，是凶，心中感到空落落的。第二天后半夜，我一直翻来覆去地不能安睡，直到女儿回家站在我的面前，一颗悬着的心才安然。

从某种意义上来说，父母把儿女培养得成材，儿女的事业越辉煌，离父母就越远，他们总是在家乡被播种之后，在遥远的异地开放，父母就好像全身心地供养着一只鸽子，把它武装得翼羽丰满后，然后含泪放飞。一旦试飞成功，它们就消失在秋天茫远的蓝天上，把回忆和思念留给了父母亲人，预示着孩子永远不再有那么多的时间和你待在一起，不再像过去那样闹着追在你身后做你的影子。虽然每个父母都要经历一场对子女物质精神断奶中的胀痛和阵痛，但唯有子女的突然远离，这种感受才集中体现出来。

6月，是女儿要去瑞士参加由诺贝尔总部召开的新老科学家聚会的日子。

我们总在想念着女儿。女儿当前的处境是，一方面实验室忙得不可开交，一方面她两岁的儿子需要人照看，事业、家庭能不能双赢呢？她自信地说，她的孩子应该自己带，这是她在美国生活了十多年之后的理念，但是她要去瑞士诺贝尔总部参加的会议，那是一个历年诺贝尔奖得主都来参加的会议，带着尚年幼需要人照顾的孩子，她将怎样赴会呢？我与妻都为此焦急，近来的赴美签证又是那么紧，否则我恨不得第二天就买张机票飞抵她的身边了，为了团聚，也为了照看一下她们的家庭，做一个尽职的“管家”。女儿和女婿商量着，倒是他俩想出了好主意，女婿也利用这段时间，全家一起到欧洲旅游一次，于是一次国际学术界的会议，成了她小家庭的旅游大餐。

差不多十来天了，我俩没有得到女儿的消息，在记忆中她将于6月28日飞抵瑞士，也许在那儿打电话不如美国方便，也许又将是个步履匆匆的日日夜夜，与科学家中的老诺贝尔奖得主见面、交谈，与年轻科学家同行们畅叙。作为老父老母的我们自知其趣，从心底里祝福就行了，但思念之情缠身，梦里相见的女儿是一派学者风度，仍然是孩子脸，仍然是扎着马尾巴的长发，清瘦的面庞却有着炯炯有神的双眸。

瑞士，多么让人向往的国土，阿尔卑斯山天籁之所的景色，那古城，那高度文明的国度，那瑞士手表的工艺折射出古老传统和现代相融合的气息。它是世界上为数不多的至今保持着中立的国家。古老的欧洲，在二十世纪曾经饱受两次世界大战的灾难，而瑞士却免遭了战乱之苦，瑞士在1815年的维也纳会议上被确认为“永久中立国”，和平属于瑞士人，人民可以高枕无忧。科学是属于热爱和平的人类的，诺贝尔总部把这次会址设在瑞士，也许就会有这层意思。据说，会议在一个叫 Lindau island（林道岛）的地方召开，它位于德国、奥地利和瑞士三国交界处，在这里开会，游览这三个国家实在方便。在电话里，听女儿说有一次去苏黎世吃饭忘了带护照，在回德国的路上一直担心着会遇到麻烦，结果在边境说明了一下情况就顺利通过了。使我想起雨果在150多年前，曾设想梦幻过的超级欧洲国家大蓝图。经过坎坷漫长的道路，10多万字大欧盟宪法草案框架终于基本完成，统一使用了欧元，边界不再是通途的关卡，却对畅通的世界显示了欧共体的魅力。

不久我们收到了一个从远洋寄来的快递邮件，那是女儿从美国寄来的，从电话里，我们早已得知女儿寄出了这个邮件，那是她举家在这次参加会议期间，在德国、在瑞士拍的录像光盘与数码照片光盘，其中还有两张照片，一张照片的后面，女儿的笔迹写着；"同我谈话的是 Werner Akbor，1978年NOBER（诺贝尔）奖得主。"另一张照片拍的是德国慕尼黑附近的新天鹅宫照片。

我们赶快打开电脑，仔细地观看着她这一家子的旅游纪录片，探亲回国没儿

与青年科学家对话

个月，发现录像上的女儿瘦了许多，但仍然有一双透着自信的明眸。看了好像放心不少，然而却感叹甚多。如果孩子成功了，在今天看来她唯一没改的还是叫你爸妈，有时还改称老爸老妈，但我感到好像是一个耗费甚巨的工程突然被掠走了，如同灰喜鹊孵杜鹃，直到杜鹃会唱歌了，疲惫的灰喜鹊才恍然发现，那只寄养在自己窝里的孩子，并不“属于自己”的了。她属于她热爱的事业，小时候再顽皮，都是父母的孩子，长大了再孝顺，也只能是社会的子民。

女儿不像某些女孩子那样患得患失，锱铢必较，对于衣食无虑的生活，她心满意足，对别人的发财发达，她乐观其成，却兴趣索然。如果说她不思进取，其实是冤枉了她，她在生活中赢得了平静和宁静，为家庭省却了很多苦恼和麻烦，以平静心态默默地耕耘在实验室。其实这就是收获，我们最大的祝愿也是她成为一个对社会有用的人。

2003年于上海

十八、女儿·妻子·母亲

校园婚礼

中国女性给人的感觉相对是纤弱的，历来总是与“弱”字联系在一起。在历史上虽然有巾帼英雄记载，亦常引为美谈，但屈指数来，又有几位呢？就是现代社会，女性走出了家庭，然而站在科学前沿阵地的仍是凤毛麟角。从小我们仅仅是希望女儿能考上大学而已，从没有对女儿寄予过多的厚望，以至在她戴上博士帽的日子里，我思绪了好久，日思梦想的东西，总是那么迟迟不来，然而不敢奢望的甜果，却好像一下子来到你的身边。

我的房间里挂着女儿戴着博士帽的照片，那是在毕业典礼上，我亲自按下快门拍摄的，俊秀的脸庞，还带着孩子气，但看了照片的人都说：“看得出，这是个做学问的孩子。”

有人说，事业、家庭二者必居其一，为了家庭，事业必然要有所牺牲，特别是女人，为了孩子牺牲了自己的事业，为了丈夫的事业牺牲了自己的进步，这样的例子还少吗？人说成功的男人背后必有一个支持他的妻子，那么女人呢？

与丈夫合影

在美国，妇女在孩子出生之后，很多人就把工作辞了，专心在家里照顾孩子，待孩子长大了以后再出去工作，就像美国的电视肥皂剧《成长的烦恼中》那位几个孩子的母亲。因为请一个住家保姆所需的费用不少，再说美国也很提倡亲子教育，所以在家照顾孩子的母亲，被认为这也是一份工作，而不是一个仅靠丈夫养着的“闲人”。当然“相夫教子”的一直待在家里也不是没有，美国的制度也保证她们退休后有一份养老金，是其丈夫养老金的一半。

女儿身在美国却没有这样做，孩子是在她做博士后的岁月中出生的，在她看来，事业、家庭好像是一个人的两条腿，缺一不可，这话说得有道理，然而做起来却何等艰难啊！

回想起当初女儿降临人世的日日夜夜，至今仍印象深刻，记忆犹新。不知有多少个深夜，女儿病了，我抱着全身滚烫的她，去医院看急诊，在医院长长的走廊里焦急地等候，在急诊室的观察床上，陪伴着女儿度过一个白天黑夜，半夜里女儿止不住的咳嗽声，让我感到心痛，真希望我能代替她……这种种糟糕的感受经常折磨着我和妻，在那阶级斗争发疯的年月里，把女儿送进了幼儿园，早上一早赶去上班时，先把女儿送到幼儿园，这时候幼儿园还未开门，就把女儿放在幼儿园的门口，让她一个人等着，晚上稍晚一点回家，女儿又只能在幼儿园的门口呆呆地期盼着我们的到来，望着女儿渴望的眼神，心中充满了愧疚，更使人操心的是我经常要离开上海，到外景地拍摄，妻子也要上班，孩子怎么办？这几乎成了我们一家经常遇到的一个难题。

如今女儿也到了养育孩子的年代了，她会遇到我能够想象到的一个个具体困难。在这期间一个个越洋电话传递的是她的艰辛，我们在电话里总是问：“孩子好吗？你现在又要上班，又要带孩子，你的科研工作又那么忙，安排得过来吗？吃得消吗？”女儿总是安慰我们说：“还可以吧！ 大家都是这么过来的，这也是人生经历啊！”“我小时候你们带着我，不是也很辛苦吗？”

小外孙今年三周岁了，曾经带回中国在他爷爷、奶奶家养育了近一年，女儿认为孩子应该自己带，孩子只有在父母亲身边最有安全感，所以她坚持自己带孩子。孩子也有感冒、发热的时候，在美国没有孩子一生病，就看医生的习惯，除了看急诊，一般情况都要事先预约，才能去看病。有几次越洋电话里，我们得知小外孙发了39度的高热，医生却让女儿观察两天，如果不退热再去医院就诊。孩子发热生病了，幼儿园也不能送了，女儿和女婿只能轮流请假在家陪孩子了……我们很想及时赶赴美国，然而探亲时间只能半年，否则属违规，签证的预约、面谈又是何等麻烦……

女儿在成为“母亲”和“博士后”之后，是要尽责地当个母亲？还是不要辜负自己积累的学问？女儿在“全职母亲”和“研究者”两个身份之间显得那么不容易协调，在扮演“研究者”时，会惦记着孩子的饮食起居，如成为“全职母亲”时，又会念念不忘做学问的乐趣，初为人母的彷徨，留学生夫妇从成家到立业的挣扎看来是大部分中国留学生的写照。家庭和事业应该是和谐的，可有时候却又显得那么的矛盾和不协调，我理解女儿和女婿当时的处境，他们都是那么热爱自己的事业，也都那么放心不下他们的家，那个淘气的儿子，在给他们带来欢声笑语的同时，也总是给她俩添了不少的乱。越是在这种情况下，越要携手珍惜自己营造的家，这才体现出事业和家庭就像是一个人的两条腿走路那样和谐共进的比喻。

他们每天超负荷地工作着。在竞争激烈的今天，一个要在科研领域里攀登，一个要在大公司里，争取到一次又一次的提拔，这谈何容易啊！ 如果他们仍然是单身，如果他们还没有这个需要她们付出更多精力和时间的儿子，他们的日子会过得平静得多，他们可以全身心地投入到她们的事业……不过，话又说回来，如果他们至今还没有孩子，生活中会感到似乎缺少了很多。成年女人希望有个孩子。会觉得孩子的到来，不是一个纯粹的生理现象，而是个心理现象，觉得这是一种爱，更是生命的一种更新，传统的生活方式和结构得到了改变。有了孩子以后的女人，价值观的改变非常大，还没有孩子时候的两口子的日子，那叫风花雪月。有了孩子以后的女人，成了母亲，那叫“庸俗而深情的生活”。然而深情的时候是不能免俗的。没孩子时觉得无拘无束，可以免俗，但你也会失去很重要的东西，这是你年轻时候不能明白的。而我看到女儿有了自己的孩子以后，觉得也庸俗而深情多好啊！如果没有孩子，也许没有了这样的忙忙碌碌。然而作为女人，身上最重要的一种元素没有释放。这元素就是那种所谓的母性；在美国女儿家的日子里，我眼光越过女儿的小家庭：那一端是电视放着动画片。从动画片的声音、到孩子的吵吵闹闹、到作为母亲的女儿的哄孩子的声音，你会知道你生命的动力在哪里，你也会突然间热泪盈眶。然而也更觉得自己真正的生命升级为外公之后，老了，是作为老人世界一员活着。

每当我回到上海，在她们为家庭操劳付出辛辛苦苦的同时，我们也会在电话里，

单舒瓯与儿子

感受到她们节日的浪漫，感受到她们周六、周日生活的丰富多彩。周六她们会经常带着孩子去超市，买回一周的食品，回来之后又是烧又是炒的，在厨房里大显身手，经常是四个煤气灶同时打开，能干的女儿会在两个小时内把一周的菜全烧出来。周日一般是她们小家庭休闲的日子，旧金山湾区的海滨是够迷人的，把汽车开到海滨去是他们经常的休闲方式，有时要去一天。在海滨，他们和孩子任意的追逐嬉戏，有时在海滩上躺着让温暖的阳光肆意地晒着全身，中午在海滨沙滩上吃着自带的午餐，与浪嬉戏与海水做伴，一直玩到阳光西下，彩霞染红了天空。他们几乎每过一周，就要另去一个海滨，湾区的海滨一个又一个，各有风姿，各有风情，也真是够他们玩的。

我们去美国探亲，既是天伦之乐，也是我们窥视他们小家庭生活的机会。我们尝着女儿烧的一个又一个菜，尝着女儿包的饺子，味道还真不错，想着在上海从来没有烧过菜的她，只是在临去美国前夕，临时抱佛脚地，在厨房里，在妻的指导下见习了几次烧菜的技巧，现在居然能烧出这样可口的菜，我不由地满口赞扬，她却说：“我们搞生化的人，味道一般都不差，烧菜就像做生化实验一样，各种各样的调味品都放些进去，味道自然不会太差……，”说得头头是道。

在美国探亲期间，我们也经常与他们同去海湾度假，有一次，刚学会单独站立的小外孙被一个突然扑来的浪花打下了水，弄得他全身湿透不算，还满身满脸的全是沙，连小嘴、小耳朵、小鼻孔里都灌满了，我赶紧把外套脱下来，把小外孙紧紧地裹住，女儿却笑着说：“这是海浪给他的礼物，湿了没关系，让他吃点苦头，要经得起大风大浪”。虽然说得有点道理，但我真的怕孩子着了凉发烧怎么办？

我们不在美国的日子，邮局不时给我们送来了专递，我们总是那么兴奋，看到女儿那熟悉的笔迹，女儿给我们寄来了她们浪漫生活的光盘来了，鼠标点击下，女儿、女婿、小外孙在森林，在古堡、在海滨嬉闹的画面呈现在你的面前，这是我们的家庭“影院”节目，虽然拍的水平不怎么样，但真实画面里的一切，够我们欣赏了。这就是她们的生活，事业家庭交织着，共同奏起一曲“家”的小乐曲，她还是我的女儿，在我们的眼里还是一个长不大的孩子，她又是一位母亲、长者，愿她哺育出一个健康的孩子，又望她是一位贤妻，有一个永远和睦的小家庭。或许家是一个人呈现自我最真实的映照，那细腻质朴似乎都在家中一一体现。似乎一个人与过往岁月的对话。她是一个女儿、妻子、母亲。一个个女性角色相互交替但当着，是一首诗、一曲歌。

人们说，家是人生旅途温暖幸福的港湾，人生道路总是坎坷、曲折，充满着风浪的，每当风浪来临，你就可以享受被誉为避风港的“家”了。

千百年来，中国人存在着“女主内”的意识，是也非也不去争论它，然而家务劳动有累的一面，也有乐的一面，它有时也能增进家庭成员融洽的关系。从家庭的社会属性来说，家务劳动即是一种负担，也是一种责任，也许是对终日忙忙碌碌的实验室生活的一种解脱，一种潇洒。

打开BWF网站的主页，BWF在2003年5月7日公布了今年发给十三名科学家基金的名单，有哈佛大学、斯坦福大学的博士后，其中也有UCSF（加大旧金山分校）的博士后，我女儿的名字Shan shu_ou PhD（博士后）也在其中。不懂英语的我，对女儿的名字Shan shu_ou（单舒瓯）却那么敏感，于是我兴奋了好几天。

事业、家庭对成功人士来说，就像是一个人的两条腿，人就是靠着两条腿走向遥远的。我欣赏这样的话，婚前，两人各自有一个花园。婚后，肯定会更大了、更美了。真会这样吗？

娇小的她，在科学殿堂里，执着探索，又在生活的大海中畅意荡漾着。

在书房里，一箱箱、一卷卷论文、资料，铺垫着她走向科学的大道。

阳台上，一盆盆、一株株生机盎然的花和草，是她双手创建的“伊甸园”。

单舒瓯一家

厨房里,那熟练的操作,是她完美自我的体现。

对名著的衷情,对艺术的欣赏,是她在稍做休息时摄取的另一份营养。

看着她从早到晚忙碌的身影,我在想,人说贫寒出勤奋,磨难铸刚强。可她竟是父母膝下的独生女,家境舒适的上海姑娘!

想着想着,直觉和职业同时告诉我;这韧性、这能力、这优秀的品格,先是渊源于良好的学校和家庭教育,后又得益于个人的勤学与修炼,更是时代所铸造。女儿从小时候父母眼中的一朵小花,长大了绽放成一朵玫瑰,然后成为新娘,成为母亲,她内心经过了哪些心路历程?是我们的哺育,更是孩子教会女儿的母爱和责任,她把自己在每个人生季节都能自然绽放出艳丽。

送走女儿去美国后的十二年了,十二年的变迁,我与妻均已"告老还乡"了,有时妻子总是说:"我们怎么生了这么一个女儿。"这女儿不好吗?不。她给我们带来了无限的希望,好几次梦见女儿,竟在梦中笑出声来,但醒来的我,却感到女儿越来越不是我们的了,她总是和书在一起,与实验室在一起,现在她又去了瑞士,参加国际学术会,和新老科学家在一起。他们有他们的话题,谈不完的话题,做不完的试验,也许他们将会合作攻克一个又一个科学的疑问,也许他们将互相启示、广征博引、互相启迪打开新的思路……他们将以难以想象的非凡才智激活肌体内潜存的智慧与灵性的细胞,遨游在广阔的科学海洋上,他们是不会满足于对现有知识的积累和运用的,创造和开拓才是科学家的终极目的。

一个人的一次发现可以治疗一种疾病,或发明一种新科技可以改变千百万人的命运,所以一个人不能小看自己,绝不能放弃自己的梦想。就像人们常说的,让自己的生命充满意义,让自己的一生并非虚度,生死无悔。科学天书秘密将被他们解开,然而这是一种多么"痛苦"和"折磨"啊!

每当我看到与孩子生活在一起的一个又一个幸福家庭,看到别人的孩子在喊着他的爸爸妈妈时,我们会有一种很羡慕的感觉,有时又感到我们的牺牲是否太大了?退休三年了,在公交车上、在大街小巷里,有时听人家叫我大爷,感到自己真的是老了,多希望能与女儿在一起啊! 毕竟女儿是我们唯一的孩子,然而我们却常常大洋相隔。仔细想想,我们又义无反顾。

2003年于上海

十九、“空中老飞人”

外婆和外孙

“摇啊摇！摇到外婆桥，外婆叫我好宝宝……”，这是儿时就读课文，也是我童年时代在外婆家的经历，江南水乡的民情民风，诗情画意的记忆，至今没有抹去。今天，我与妻成了外公外婆之后，家乡那“摇啊摇，摇到外婆桥”的情景不再，我与妻有的是飞啊飞！飞往美利坚，飞到女儿家的经历了。

女儿在美国西海岸旧金山，距上海只有十多个小时的飞行航程，走向世界原来这么简便，现代社会飞行技术有可能在一天时间里带你飞往地球上任何最远的地方，时代变化真的太快了，摇啊摇的一叶舟，只能是水乡的旅游产品了。上海电视节的歌唱得好，“世界是一个美丽的圆，你在东边我在西边，顷刻之间就来到了你的身边……”

我与妻这一代，已是父母辈了，当子女们在国外创业，艰苦打拼，成家立业之后，自己却相继退休了。探视子女的，移居海外依附子女的，不在少数，据上海《新民晚报》报道，目前每年去美国探亲的中国老人至少有10万，被媒体称之为10万“中国老人飞行团队”。我与妻无疑就是这“空中老飞人”的一员了。

回想着当年送子女留洋的牵肠挂肚的担忧，到今天在国外子女身边的天伦团聚，从当年的对子女的期望到今天孩子们在国外的现实，十多年的人生历程啊！儿时，听人说外国的月亮比中国的圆，美国有面包，有奶油，有汽车，有洋房……听得大家好想好想，像一则美丽的童话，从1999年我们第一次在美国参加女儿的博士毕业典礼到今天（2006年），我五赴美国，五次飞行经历，有着五次不同的体验。横跨太平洋，两个不同世界，不同社会，时差倒来倒去，最辛苦的时刻，似笑非笑地为自己完全荡漾在一片梦境中。

1999年，北约轰炸中国驻南联盟大使馆，以气愤的心情踏上了美利坚国土，望着那正下半旗致哀的美国星条旗，悼念着被炸身亡的中国使馆工作人员，真叫人有哭不出笑不出的味道。心想，美国佬还真会做戏，美国的高科技这么发达，导弹计算得那么准确，怎会错炸中国驻南使馆，想象中虚拟的美国正展现在你的身边，当你步出机场，一切就像换了的一场布景，在你身边的一切，不再是你所熟悉的了，听着听不懂的话语，看着看不懂的英语字，在你身边走来走去的是各色皮肤的人们……女儿把我们接走后，汽车驶向了高速公路，有人说，美国是一个由四个轮子支撑起来的国家，此话不假，你在车流中，车流中就有你的小车在行驶……当时女儿正租房居住在硅谷山景城，到了女儿家，短暂的兴奋之后，走出女儿家，走在小城街市，这儿并不是想象中的灯红酒绿的美国，而像是一处“乡下”……一个陌生世界在你的面前。对美国的许多小城，你如果用自己心中对城市一成不变的固有观念去打量它。它简直就不太像个城市，因为它绝对不会给你一个像上海、巴黎、香港那样的感觉，也不会给你像电视电影上你看到的纽约、洛杉矶的印象。不会让你一开门就见到左邻右舍，屋舍一排排、楼房一幢幢，弄堂一串连一串，街道上川流不息的人群……你会问：“难道这就是美国吗？”

第二次赴美国探亲时，那是2001年上半年，女儿正在加州大学旧金山分校（UCSF）做博士后，女儿有了自己的小公寓了，有了自己刚出生的孩子，我们团聚在一起已是祖孙三代人了，在享受天伦之乐时，意想不到的震惊世界的“9·11”事件发生了。那么的突然，“情节”又是那么的奇特，也正值我们举家去纽约，去尼亚加拉大瀑布回旧金山半月之际，如果这次旅游活动日期安排得晚一些，如果当时我们正在纽约，如果……想起来真有些害怕。那一天，一个平平常常的日子，女儿开车上班去了，在阳台上目送女儿远去的车子，在客厅沙发上刚刚坐下休息，电话铃响了，是女儿的电话：“今天出大事了，纽约世贸大厦被恐怖分子劫持的飞机撞毁了，你们在家里不要出去，美国现在全国一级戒备状态。”这是她开着汽车听到的新闻给我们的消息。当时我与妻并不感到紧张，打开电视机：纽约的标志，高约一百一十层的世贸南北双厦，一前一后遭到两架客机撞击，顶部被撞开了一个大洞，滚滚黑烟不断从大厦冒出，刚到世贸大厦上班的人群纷纷疏散，纽约市中心原本拥挤阻塞的交通，几乎动弹不得；两栋大厦先后相继倒塌，一向傲视曼哈顿的世贸大厦，在瞬间化成了数以千吨的瓦砾，散落在世贸中心的周围，在地面的救援人员以及刚从大厦疏散出来的人群惨遭不幸的人群不堪目睹……全美的电视所有频道，几乎都在同时播出这使人看了震惊的场面，电视画面上亦见到有人由世贸中心楼上跳下的画面，令人心酸悲痛，惊吓此情此景，犹如世界末日，刹那间纽约成了人间炼狱，这情景好似一位好莱坞电影导演策划了如此惊心动魄的场面，比以往看到的好莱坞大片的惊险场面有过之而无不及……

看来，美国不是我们久留之地，我们决定回国了。

遭受“9·11”事件打击，被认为没有经历战争的美国乐土结束了它的太平时代，中国国家主席致电布什，深切慰问，谴责恐怖行动，美国国务卿鲍威尔与中国外长唐家璇会谈，中国、美国在经历了曲折之后在反恐怖斗争中再次握手，紧密合作。

旧金山机场，我们原本预订的美国航空公司来回飞机票，办理登机手续台前，以往排长龙的盛况不见了，现在是门庭冷落，只有少数人在办理托运乘机手续，与此相反，中国航空公司的办理登机手续台前，却是空前爆满，排起了长长的队伍，认为，乘坐中国航空班机才是最安全的，人们担心着美国航空公司的客机再次受到袭击……当我回到中国上海浦东国际机场，中国人的脸上有着灿烂的笑容，当时上海正在召开APEC会议，沐浴在金秋的阳光下，夜晚的灯光扫除了我在美国经受“9·11”事件的压抑，碰到朋友熟人，多时不见，知道我从美国回来了，都要说一声：“平安回来了”。亲情，使我深深感动，我从心里对他们说：“还是上海好！”上海是最安全的城市。

“9·11”事件是载入21世纪史册的重大事件，改变了世界的格局，也改变着美国，美国驻中国领事馆取消了一些人去美签证原本可以享受免面谈的规定，于是曾经被一度冷落的上海美领馆签证处前签证的人们再次排起了长队，美国国内加强了反恐监察力度，通过了一个称之谓“爱国者”法案，按这个法案，在美国可以监听收集个人电话记录。联邦政府不侵犯个人隐私权的观念开始了动摇，上海机场出境处，在美国机场入境处，安全检查的项目，次数增加了，我亲身经历着被举起双手履行的检查，这使人想起了电视里，伊战的战俘举起双手的画面，有时又要人伸开双臂与地面平行的姿势，然后检查。那样子真像是耶稣钉十字架的造型，有时，又要人脱鞋检查，弄得人人狼狈不堪，风度大打折扣，特别是经过两次安检之后，入机前又复检了一次，使人厌烦不堪，尤其是到了美国，在入境时不仅要经过一番询问，还要拍照留下你的“倩影”，又要你按下手纹，使人感到受到了一次侮辱，按下手纹的那一瞬间，使人想到“白毛女”一剧中，地主黄世仁强迫杨白劳在卖身契上按手纹的情节，在美国机场，那警犬，伸着长长的舌头，警察手拿警棍走来走去，那气氛像是在某一监狱，这些都是我第三、四……赴美时的经历。这一切只有我走出机场，与来接我的女儿相见之后，才逐渐地淡去，而留在我脑海中的阴影却成为永久的记忆，往事并不如烟云。这期间几次赴美，那是2002年和2004年的故事，2006年我第五次赴美探亲，期间经历着美国对阿富汗塔里班政权的战争，伊拉克战争，布什总统连任竞选，在布什宣布伊战争结束之后，至今三年时间里，美国并没有从伊拉克撤军，战争的阴云仍然在美国蓝天之下，我一次又一次目睹了美国民众反战游行。

美国，这是一个并不太平的社会。当你打开电视，画面里呈现给你的是一个个游行场面，一个那么动荡不安的情绪，朋友曾告诉我：美国社会有时像一锅煮沸的水，滚滚水泡，随之而蒸发，气势不可挡，然而，是水泡，或是水仍然是水分子，并没有变成其他物质。美国这个国家确实与众不同，在1787年费城会议上起草的《联邦宪法》，是世界上第一部成文的宪法，其中包含着一个被人认为精巧的设计，正是这个设计，创造了一种既民主又共和的体制，体现了宪政与法制的精神，从而使这个稚嫩的国家在草莽中崛起，实在是使人惊叹不已。

关闭电视之后，窗外仍然鸟语花香，人们照样过着各自的生活，在美国，只要你没有欠税，只要你没有违法，你是一位纳税人，没有人会找你的麻烦，有事报警就是了。

有人向我回忆九十年代初到美国的体会：

“从上海直飞纽约，不过二十个小时，飞西海岸的旧金山，洛杉矶不过十来个小时，上午还在机场与家人分别，下午已经置身于美国机场了，茫然于机场通道的川流不息的人流之中了。那是一种很奇怪的感觉，整个世界眨眼之间，眼前一下子全换了，速度之快，让人没时间去想一下。感觉上是五、六个小时，算上时差，实际时间是二十个小时或十几个小时，而中国与美国，作为一个发展中国家与一个发达国家，真正相差的时间却有几十年——你仿佛穿越了一个世纪的历史。两个世界，虽然是在同一个星球上，对比是这样的强烈，反差是那么的巨大，尽管有电话有电视，卫星实况转播等先进通信手段，这两个世界却没能真正的沟通。”

现实使我懂得了一个简单的道理：我们中国人，至少是年轻一代的中国人，可以有另一种生活，可喜的是，随着时间的推移，十几年来中国的发展变化，这种反差正在逐渐逐渐减少。八十年代来美国的中国人，九十年代来美国的中国人，新世纪之初来美国的中国人，其这种反差感受也许有着不同。对美国的“第一印象”也许是难忘的，但比“第一印象”更强烈和深刻的是随之而来的文化冲击。

我们希望上海的弄堂小菜场，我们希望那大饼、油条、洋葱面的芳香，我们希望走亲访友，我们希望品茗闲聊山海经……这一切，美国没有。

8月10日这一天，我们得知，伦敦市民在一觉醒来后，愕然发现自己躲过了一劫。美国警方宣布，刚刚挫败了一起恐怖袭击阴谋——恐怖分子伪装成饮料的液体炸弹藏匿于手提行李中，在伦敦希斯罗机场企图分别登上飞往美国几大城市的

10个航班，企图在飞行途中引爆。如果这阴谋得逞，将造成"9·11"事件以来最严重的恐怖事件。尽管这是一起未遂的恐怖袭击，但造成的影响，已几乎达到了恐怖袭击的震慑作用。升级到橘色警戒的洛杉矶国际机场，在正常运作的平静空气中嗅出了浓浓的警戒味道。那又是一曲等待"三步曲"，检查行李，海关出境，登机都要排队等待，在机场出入口，设下第一线路检的洛杉矶警方，三人一组警力，站在大太阳下执勤，可谓辛苦，所有通过检查站的车辆，都要减速慢行，如有可疑车辆，警方作进一步检查，由另一组三人警力来请驾驶人将车开到旁边，打开行李厢，警察拿出反光镜仪器，检查汽车底盘，直到没有发现任何可疑物，车辆才能离去。我再一次接受了这可怕麻烦又受辱的检查待遇，由于被破获的炸机案，恐怖分子是利用液体，于是手提行李检查更为严格了，液体类物品(饮料、香水、护发类)不准随身登机，有的航空公司干脆决定旅客不准随身携带行李。人说一朝被蛇咬，十年怕井绳也。于是带给国内友人的香水、洗发护发液之类被弃之机场，

外婆与女儿、外孙在一起

祖国的亲人们，没有什么礼物可送给你们了，谅解吧！

五次赴美，五次经历，从“9 · 11”事件，对阿富汗塔里班政权动武，对伊动武、萨达姆被俘，以色列、黎巴嫩之战，深感这世界并不太平，五年前世界就在我们的眼前发生9 · 11爆炸，“9 · 11”事件后爆炸伤痛仍在隐隐发作，和平什么时候才能成为全人类的共识？记得美籍第一位华裔宇航员王赣俊在返回地球时的感叹：我们拥有共同的蓝天。他对媒体说，“从太空看大气层包裹着的地球美丽无比，娇艳的美丽似乎特别脆弱，想到这么美丽的星球上却总是迷漫着战火硝烟，真是痛心不已，希望政治家们到太空去看看，看后必有感悟，为了方寸之地大动干戈那是罪过啊！”每次回到国内，汽车从机场开往市区的途中，看“一年一个样，三年大变样”，似乎“洞中才数日，世上已千年”。惊喜祖国的繁荣。

二十、最后的决定

——谢绝哈佛

宋人有词云:“流光容易把人抛。红了樱桃,绿了芭蕉。”词确实写得很美。其实,流光何曾把人抛?流光对每个人都是公平的,一分一秒都没有偏心。女儿是一位“只争朝夕”的人,今年三十岁的她,在美国奋斗了十二个年头,流光不仅红了樱桃,绿了芭蕉,也成就了她奋斗的事业,奋斗的人生,真是“天公从来最公道,流光何曾把人抛”。

加州理工校舍

家里新近装了可视电脑电话，第一次与女儿打通了电脑电话，真是激动不已，多时不见的女儿出现在我们的电脑屏幕上，我与妻的形象当然也出现在女儿家的电脑屏幕上，女儿大叫起来："爸、妈，看起来你们还健康，脸色红红的。"而我看到的女儿却显得消瘦了一些，不免有些心痛："孩子，你都好吗？在美国奋斗，要注意自己的身体，你瘦了，要多吃一些……"这是每次与女儿通话时的唠叨话。今天的可视电脑电话也让以往的唠叨话重复着。"爸、妈，告诉你们一个消息，哈佛大学已经向我发出邀请了，通知已来了，不过，我申请的其他一些学校，有的还没有面试，我想等一等，把各个大学的条件综合一下，再作最后决定……"她说得很随便，笑嘻嘻的脸上，掩盖了她略带疲惫的神情。这些日子，我和妻一直在等待着她落实工作单位的消息，听到这消息时，一时的兴奋化为一股酸涩，化为一行热泪，情不自禁地流了下来。

自从那年(2003)十一月份以来，女儿不时接到通知，要她去申请工作的大学面试，短短的一、两个月，她从旧金山机场一次次地飞往圣地亚哥、飞往波士顿、飞往洛杉矶、飞往纽约，去加大圣地亚哥分校、哈佛大学、加州理工学院、哥伦比亚大学面试……每次都是第一天飞去，第二天面试，第三天再飞回来，也够折腾的了。我们的心里总是牵挂着。有时妻总会担心地问我："不知道女儿能不能当上大学教授，她的志向又那么高，非要到美国的一流大学去做教授……"有时又问我："女儿现在正在赴大学面试的旅途中，在波士顿？在纽约？在圣地亚哥？在芝加哥？……"妻也真傻，我怎能知道呢？有时电话铃响了，是女儿来的电话，我们第一句话总是问："你现在那儿？是在洛杉矶？圣地亚哥？纽约？……"

回想起一百年前的十二月十七日，美国人莱特兄弟制造了第一架动力飞行器飞向空中，标志着人类动力飞行时代的开始。今天，卫星飞到了月球，"勇气"号在火星上登陆，中国神舟五号也成功地载人宇航了，变化是多快啊！女儿今天飞这里，明天飞那里的飞行旅程，也是得益于今天现代文明的进步啊！

面对着可视电话，我们看着女儿，女儿看着我们，一问一答，互相倾吐着自己的心声，聊啊聊的，小外孙对着电视向我们说："要尿尿了……"我们互相笑着，结束了这次通话。结束通话后，再一次咀嚼品味一番，捕捉一下她在太平洋彼岸的特有信息，美国一流大学，全世界鼎鼎有名、在国内也是无人不晓的哈佛大学，邀请女儿去建立自己的实验室，研究自己的课题，生命科学的一个个课题，什么蛋白质的作用，蛋白质的结构，控制人类基因的变异……微观世界里一个又一个课题、难题……她将走上哈佛大学的讲坛，去科学的圣殿去传授知识。女儿啊！ 多了不起，要是一位中国学生能被哈佛大学录取，在国人眼里，肯定是方圆几十里要扬名的，而女儿不是哈佛大学录取的普通学生，而将会是一位哈佛大学的教授。妻开玩笑地对我说："我们夫妻俩这么笨，怎么会养出这么一个聪明的女儿来。"我想了好久，对妻说："大概是负负得正吧！"妻也笑了。对！负负得正，这是数学定理啊！ 其实，女儿只是更勤奋、更执着而已，真是梅花香自苦寒来啊！ 我们也从中悟出了"面壁十年图破壁，难酬蹈海亦英雄"的人生哲理来。在电话里女儿还对我们说：在哈佛大学复试的日子里，哈佛大学的校长接待了女儿。这位校长是一个中国通，能说一口流利的汉语，他用汉语与女儿交谈，在他的客厅里还挂了一幅慈禧的画像，据说流传至今仅两幅，一幅就在他的客厅里。这无疑使女儿对哈佛更多了一层亲切感。

哈佛大学几乎是无人不知无人不敬仰的一所名校，哈佛大学的经历是成功的象征，更是地位和身份象征，多少世界元首，多少国家总统得益于哈佛大学的深造的经历，而这里又集结了多少诺贝尔奖得主的科学家，其实美国又何止哈佛大学是优秀的呢？与哈佛大学相比，加州理工学院也是独树一帜的，具有鲜明的个性和特色，这所学院只有850名本科生，却有研究生1 000名，及1 000名博士级研究人员，有280名各级教授，他们都是各自领域的学科带头人，这是一所"小学院做大学问"的学校。加州理工学院坐落于帕萨迪纳美丽的圣盖伯利山脚下，是美国声名显赫的名牌私立大学之一。从这座有着110多年历史的著名高等学府里，走出过40多位诺贝尔奖获得者，56位国家科学技术奖获得者以及更多的其他奖项获得者，人类社会的许多重要科学发现及研究成果，诸如喷气推进原理、测量地震烈度的对数等级、所有粒子都是由夸克和反夸克组成理论、人类左右脑功能的区分等，都是在这里诞生的，在目前火星探测项目中名声大噪的喷气推进实验室，也是由这个学院管理的。它是一所师资团队相对稳定，研究与教学并重的学府，堪称科学家的摇篮。2000年加州理工学院在全美高等学府排名中为第一，哈佛为第三名，当然几年里，名次略有上下，说明加州理工学院与哈佛大学均属全美名列前茅的一流大学。

我女儿也收到了加州理工学院的邀请，几个月里女儿前前后后收到了九所美国一流大学的邀请函。这些大学都给予了女儿优厚的科研条件，难怪几次电话里，总能听到女儿朗朗的笑声，她多高兴呀！在美国整整十二年了，十二年的艰难奋进，一步一个脚印地在科学道路上跋涉。这些日子，我们也沉醉在一种幸福氛围中，这幸福感不是多少金钱与物欲所能代替的，有时候，这幸福感还会伴随着湿润的泪水。在电话里，我们问女儿："这么多大学邀请你去，你选择那一所啊？" 我们还开玩笑说："从前有位阔少爷，很多人给他做媒论婚，他一个一个看过来，对象太多了，看花了眼，选了一个大麻子……" 说得她哈给大笑起来，看来女儿成熟多了，她在最困难的时候没有气馁，在成绩斐然的时候没有得意忘形，她总是那样踏踏实实地做着学问。也许，这就是她成功的所在，看来持之以恒地做学问才是"硬道理" 啊。

首先发出邀请聘用女儿的是哈佛大学，在众多名校可供选择的时候，女儿却收到哈佛大学再一次的通知，限定女儿在十日内做出是否应聘的答复，女儿如实回答说："正在考虑尚未决定。" 期限到了，哈佛大学告知，给予延长十天考虑的时间。女儿给哈佛大学的回答仍是："未能决定正在考虑。" 这时哈佛大学决定再延长二周，让女儿慎重考虑，再不决定，将不保留聘用名额。这时，女儿给哈佛大学写了一封回信，说明："应聘去那所学校，是一个需要综合各方面情况，需慎重考虑的问题，所以迟迟未能做出决定，影响了贵校的工作进程，深表歉意。由此而使贵校取消对我的应聘，我表示接受。" 哈佛大学在收到女儿的这封信函之后，又给女儿来了电话。表示：你感到需要多长时间考虑，你自己决定吧；并对一次又一次地实施限期的做法，表示了歉意……

女儿考虑再三，终于选择了去加州理工学院任教授的决定，谢绝了哈佛大学的聘用。我把这个消息告诉亲朋好友时，有人不理解，因为在中国人的眼中，哈佛大学的名气最大。然而在美国人的眼中，加州理工学院和哈佛大学同是齐名的私立名牌大学。选择加州理工学院，因为女儿喜欢美国西部那自由自在的风情，宜人的海滨气候，特别是加州理工学院特具个性的办学理念。各个系室不设界限，容易交流的学术氛围。加州理工学院给了女儿优厚的条件，2 500平方英尺的实验室，95万美金的科研启动资金……在申请期间，加州理工学院一位系主任，前后两次飞来旧金山看望女儿并共进午餐，商讨日后如何开展研究活动，这种非常人情化的做法，也使女儿感到异常的亲切。另外，加州理工学院尊重女儿的考虑和选择，不曾限定女儿做出选择的期限。

当女儿受到哈佛大学任教授的邀请，亲朋好友得知这消息时似乎比我激动，长叹：“不只是哈佛的学生，是哈佛的教授啊！”然而女儿却两次谢绝了哈佛之邀，她去了加州理工，成了加州理工的一名教授，成立了以她的姓氏为名的实验室。我不发表自己的意见，我尊重孩子的选择，心里却有一定想法，哈佛比加州理工有名啊！为何不去哈佛呢？

回想起与女儿曾经谈论过的话题，我们说：“大学毕业了，可以找工作了。”她总是说：“不，我还要读硕士、当博士。”当博士帽戴上之后，总可以找一个工作了吧，女儿还是说：“不，我还要再做博士后。”每次，总是以她的胜利而告终，因为路在她的脚下。现在看起来，女儿总是胜我们一筹，我们显得有些守旧，落后于形势了，世界是属于青年人的，每当碰到需要选择时，她总是有她的理想，有她的更高的追求。她总是那么自信，那么勇于面对新的挑战，她总是那么有把握地相信，面包会有的，牛奶会有的，一切都会有的。这使我悟出了一个道理，困难并不可怕，重要的是有耐心和坚持。真想不到，在人们埋怨当今社会浮躁之风的时候，女儿却是一位例外，她脚踏实地步行在科学的艰辛路上。其实一天二十四小时，无论对谁都是分秒不差地赐予的。女儿是一位善于抓取每分每秒的人，把时间物化为一件件一桩桩看得见摸得着的业绩，每一个实验，每一次推理，每一篇论文……面对着地球、宇宙的视野，生命的奇迹，人类对自我的认识，宇宙的奥秘，我们需要去接受和探索这不平常的事物，而科学就是用最简单的方法去解释这复杂的现象，虽然这最简单地追求却要经过我们最复杂的劳动。人生好似一篇文章，这文章的开头如何写，由不得自己，而中间的过程和结尾部分完全靠自己来完成，出彩不出彩，全由自己的努力去铺垫了，每个人都在铺垫着自己的人生。女儿也在按她独有的方式铺垫着自己的人生。

我将再一次启程赴美探亲，这一次，我将会看到女儿的又一个崭新的家，我还会对女儿说，你辛苦了，歇息吧！女儿则依旧还会还之以微笑，以示安慰。我知道，女儿是不会歇下的，对她而言，每一阶段学习的结束，总是伴随着新的学习历程的开始，俗话说有始有终，女儿却总是“以终为始”。也许就是这“以终为始”才使她成功踏进世界一流大学的讲坛，开始了永恒的探索之路。

单舒瓯像（摄于家门口）

在亲人看来，你不再需要为女儿牵挂了。我似乎有点杞人忧天，随时总会有令人挂虑女儿的地方。除了对女儿的爱之外，简单的家庭关系是我与现实世界的主要接触，女儿的成长是我们家的一片唯一天地。我想起了雨果的一首诗：“年轻人，我是过去，你们是未来。我只是一片树叶，你们是森林。我只是一支蜡烛，你们是万道霞光……”我老了，希望寄托在女儿身上。

2003年于上海

注：泰晤士报高等教育付刊发布2012—2013世界大学排名榜：美国加州理工学院，英国牛津大学，美国斯坦福大学，美国哈佛大学。这几所学校，每年排名略有上下变动，始终被称为世界一流大学。

二十一、回母校——华师大二附中

2005年元旦，女儿在上海度过，母校热情地相邀女儿去作了一次讲座。她来到了迁至浦东开发区新址的母校上海华东师大二附中，听说母校的老师们还在论及我女儿，那天的校车上老师们议论开了："那位老是获第一的单舒瓯今天来学校了，当年她留学美国，至今已是一名教授了，……""今天我要好好看看她，她是我们学校的光荣……"

我女儿，昔日在课堂听老师讲课的学生，相隔14年后，来到母校，走上了大礼堂的讲台，面对几百上千的新同学。讲座前主持这次讲座的老师向同学们介绍说："单舒瓯是我们学校91届毕业的校友，她是一位留美博士、博士后，现在已经是一位大学教授了，如果再要介绍的话还有很多，她还是一位五岁孩子的妈妈……"整个会场似乎引起了一阵骚动，"啊！这么年轻就是一位教授了，""看上去还有点小囡气，就做母亲了，""她已经结婚了！""小孩都五岁了！"难怪同学们议论，因为女儿长得比她实际年龄小些，她似乎一点没有母亲的样子，也似乎没有一点教授的气质。记得一次记者采访女儿后，在晚报上发表了一篇报道，其中描写说："出现在记者面前的单舒瓯，清纯而恬静，全无人们想象中女博士的严肃呆板。"记者对我女儿的印象是如此，我的朋友对我女儿的印象似乎也有同样的感觉。我在美国探亲时，有一次我与女儿去看望老朋友叶永烈先生，叶永烈先生在碰到我女儿后，在文章中介绍说："进屋之后，我细细打量单子恩的女儿，面目清秀、举止文静。她穿着一件普通得不能再普通的灰色毛衣。她的儿子围着她前前后后玩耍，她时而逗他，时而抱他，时而咯咯笑着。看上去，一点也没有博士、教授的派头。她，便是“正宗”的“蛋白质女孩”——她所研究的课题是蛋白质，解密蛋白质的结构，研究蛋白质催化……”

这些旁人眼中对女儿的印象，女儿自己似乎也感受到了。女儿同我们闲谈中也曾谈起过一件事：那还是在做博士生的时候，有一次，教授要带她一起到外州参加一个学术会议，她要上台去作学术论文讲座，有几位同学先后向她建议买一套正式的套装，在女儿的再三拒绝下，他(她)们才不得不说出建议她买正式套装的原因，这是教授的意思，希望她能穿正式一点的服装，以便使人看起来显得老气一点。教授不希望我女儿的孩子气而破坏学术会的氛围，原来如此。我妻总喜欢买些可爱型的衣服让她穿，而她在美国也一直穿着在国内买的这些衣服，因此更显得有些小孩气，才出现这次尴尬。也许还需时日，再饱经一番人生的沧桑后，女儿才能里里外外具有一位母亲和教授的气质吧！

会场平静后，女儿开始了她的娓娓叙述：

我在二附中高中将毕业的时候，选择了生化专业，那是在一次有机化学课快结束的时候，课上讲了一些生物方面的化学，讲了蛋白质和氨基酸的结构，讲了蛋白质是由核糖核酸组成的，DNA是由氨基酸的单位组成的，当时我有一种非常震惊的感觉，没想到这么复杂的生命现象，是可以在纸上画出一个很简单的公式，可以解释这么多的生命现象。当时人们在认识这些生命现象的时候，也正处于进行式阶段，而不是完全被认识的过去时，我非常想自己也能成为认识生命现象过程中的一分子，于是我选择了学习生物化学专业，而且顺理成章地到美国学习，到美国学生化，给了我最好的机会。

到了美国，给我第一个感觉是很震惊，震惊的不是美国的生活方式，我在美国的生活仍然是每天从学校到图书馆到寝室，这三点一线之间的上课、“回家”的生活方式，与国内的差不多，差距大的是美国学府的思维方式，跟我原先在国内接受的不一样。

第一个印象，在美国的大学里，学生的选择性那么大，大学里有许许多多的课程，让你自己去选择。你可以选择自己感兴趣的，喜欢的，或者选择自己感到比较有用的课。学理科的同学不一定选专业课，可以先去学一些文课和社会科学方面的课程，文学和社会科学方面的学生，也可以选一些理科方面的课程。我真没想到，这种包容的学习气氛使我非常震惊，你可以从几百门课程里随便选，而且当你有一天，感到不再喜欢自己学的专业时，要另外选择新的专业，也非常方便。我见到很多很多学生，从别的系转到我们系里来学习，也有我们系的学生，又转到别的系里从头学起，这样一种可以根据自己的喜爱选择专业的现象，感到特别有意思。

回到华师大二附中讲座听讲学生

女儿的这段讲话，使我感到长期以来，我们有一种现象，文理不通几乎被认为是正常的，自己的孩子文科好，就让他往文课方向发展，数理科突出，就让他去学数理，也许他能成为奥数竞赛得主。然而在今天，文理相通成了人们的共识，与文学艺术一样，在数理化的研究上同样需要注以热诚的形象的想象力，中外很多

科学家的成功和他们的经验，早已证明了这一看法，美国大学教育提供学生的自由选择余地的做法，给了我们启示。

女儿接着介绍说：

第二个印象，在美国大学上课，不是老师在课堂上讲，学生在台下听，是一种自由讲课的方式，时间可以有长有短，最短的十分钟，有时比较随便，有时比较正规。随便时，讲课时学生随时可以举手发问，正规时讲课结束后再提问，这种方式是很好的。讲课的内容一般都是正在研究领域的一些课题并未发表过的内容。给我印象很深的是，在上这样的课时，课堂气氛特别活跃，听课的人也在很专心的思考台上的人讲的课题。台下发言的人也非常踊跃和激烈，这是一种相互互补的上课方式。

我回忆着当时女儿经常来信谈起美国大学里的这种上课的参与方式。她回忆着国内应试教育的情况时，

我们中国学生到了美国，成绩往往很突出，比起美国大多数学生来说占很大优势，相比之下，他们（美国学生）的思维却要活跃很多，课堂上站着发言的往往都是美国的学生。

不禁感叹。

我想起，一次美国朋友来女儿家聚餐，美国人不会包饺子，女儿教他们包饺子，美国人学会了，可是当第三个、第四个饺子包出来的时候，你一看，他一会儿包一个方饺子，一会儿包一个三角饺子。看起来这只是生活中的一件趣事，老外总喜欢别出心裁。其实这与他们从小接受的创造性思维的教育有很大关系，创造性思维能力是要从小培养的。如何把国内扎实的基础教育和西方启发性精神、创造性思维相结合，是我们当前在教育改革中值得研究的课题，一个一言难尽的话题。

当我们沉湎于久远的四大发明而踯躅不前的情况下，不禁要问这是为什

么？特别是当世界产业革命时代到来之后，我们今天能感受到的现代生活的方方面面，电灯、电话、火车、飞机、电影、电视的发明……似乎与我们国人的创造发明无关，不能不反思我们的教育。

我记起女儿的一封信来了，她说：我深感小学、中学十几年的过于正规的教育，虽然给我打下了很好的基础知识底子，可对我也有意无意地套上了一个无形的禁锢，……对于这个问题至少也要让自己有正确的了解并加以估量才行。那种把学生当作现代人类知识储存器的教育方式可以休矣！孩童时代是人一生中最活跃最富有想象力的时期，展开想象的翅膀，从儿童画中看出，那浪漫的想象力是大人们所不具备的，让学生永远保持这种精神，是不是应该成为我们教育领域应引起重视的呢？

综观几年来教改的成果，上海已先后命名了百余所中小学科技特色学校，可我们不能不看到，一方面，我们的中小学生频频走上工博会的舞台，小发明、小创造常见于报端，甚至获得的专利也为数不少，可另一方面，专家时有呼吁，应该唤起中小学生时有质疑，大胆好奇这两种最起码的科学素养应该被提上议事日程了。国外很多人都评价中国学生的优点是刻苦、学习成绩扎实，但是思维不够活跃，缺乏想象力。科学研究需要想象力和创造力，这些科学的软件我们是不够的。

感谢中国的基础教育的扎实，也感谢美国启发式、创造性教育对女儿的影响，女儿成了一位东西方教育合力下的得益者，其实女儿到美国后的学习生涯，并不是风平浪静的，作为一位东方人、一位在美国的外国人，大学时期是很难申请到奖学金的，女儿去学校餐馆做服务员，以求得生存，你必须经受得起这苦日子的煎熬，等待机遇，抓住机遇才是。

女儿回忆着在美国马里兰大学第一学期结束时的一段经历：

我的机遇其实非常好，只是你要有能力去抓住它，最大的转折点就是我在美国马里兰大学上了头一个学期之后，全班期中、期末考试平均分是30分，而我是98分，当时我的化学老师就来对我说，你想不想去做科研。美国的教授有能力看到一个苗子，马上把你提到最高的岗位，给你机会。记得第一次进实验室，实验室的教授看着我问，你做过科研吗？我说，我没做过科研，他让我跟着一个博士研究生一起做实验，等于是打下手的意思，当时说着说着，教授就提了一个问题，这问题其实不是很难，我看大家都没有回答，我就回答了。第二天是周末，实验室没有人去上班，我去上班了，教授看到我很高兴，就把我领到一台仪器面前，给我讲了一遍规范的操作程序，然后就放手让我做实验了。这位教授的胆子就这么大，把一个从来没有经过训练的人扶上马……实验的光谱出来了，跟一般的光谱不一样，当时我做了两个调整方案，他第一句话就对我说，不要调整得太多，变量不能太大，这是对的。然后他看我的实验光谱，再看我的调整，说，这两个调整都是对的。从那以后，我就从一个在实验室打下手的人员中跳出来了，然后，他就把这个实验项目完全独立地交给了我，让我自己去完成。这就是一种机遇，非常好的机遇，把我从一个打工的学生直接推到了科研的最前沿。从那天开始，我就成了一位可以独立的科研人员在实验室里工作了。我想这种机遇在国内也许是太少太少了，在国内，似乎是太讲学历了，而国外的教授比较看重你天生的悟性。

机遇往往青睐于那些勤奋者，在人生历程中，你要善于抓住机遇，也许从此就柳暗花明了。画家陈逸飞到了美国也有同样的经历，他先是在替一家画廊修画，靠的是他有一门“手艺”，报酬是3美元1个小时，之后他因画艺出众而进入画廊，当听到有人出价每张3 000美金买他的画时，陈逸飞说：“我一下子觉得中了头彩，仿佛天上掉了个馅饼。”女儿在最困难的阶段，获得了一位教授支持，得到了实验室的工作，也仿佛天上掉了个馅饼，到了实验室后女儿才知道，此前从来没有过低年级本科生正式进实验室工作的，更何况是一个大学一年级的学生，她获得的是一个研究生的待遇，她开始有了稳定的收入来源。至今，这留学生活的转折点记忆犹新，当时女儿寄了一封信给我们，告知她得到了实验室工作的好消息时，我与他母亲也是喜出望外，读着这封信时，好像在做梦一般，总是在问自己这是真的吗？当时，女儿正在学校餐馆打工，难以维持生计，正在为下学期的学费苦恼着，我们在90年代初的工资，是无法提供她在美国生活所必需的费用的，我们把女儿能到实验室工作的这封信，读了一遍又一遍，久负的重担似乎减轻了许多。

感谢这位美国教授。

女儿接着说:

一要靠努力,二要抓机遇,当机遇来的时候,只有那些平时努力的人,才能抓得住。……到实验室工作后,发表了两个课题的论文,凭着这一经历,大学毕业后,很轻松地进了斯坦福大学读博士、进加大旧金山分校做博士后,顺利的学习道路其实就是从我大学一年级进实验室工作时开始的,因为在斯坦福大学读生化博士,必须要有实验室的工作经历,这经历,在我还是大学一年级时就有了,太幸运了。做博士的时候是关系到你一生研究的决定性阶段,因为你今后研究的思维框架与你在博士阶段所受的训练有关。到了斯坦福大学之后,选什么课程呢?因为生物学是一门复杂的学问,有很多分支,选择什么分支呢?当时对基因的研究正红火起来,但是我觉得还是要回到最初我想学生物化学的初衷,我想要用数学和物理的理论来解释复杂的生命现象。当时分子生物遗传学基本上还停留在对生物表象的研究上,我想来想去作不了决定,此时斯坦福大学的一位教授对我说:"你想学生物,建议你先去学一些定量的科学,把它学好,生物学对你来说什么时候都可以学,数学、化学、物理那些定量的学科,可不是什么时候都能学成的,以后学非常困难。"在这位教授的启发下,我选了一个当时很冷门的酶动力专业,这是一个解释生命现象强有力的工具,虽然当时人们没有意识到,但以后一定会认识到它的重要性的。这是一门很冷门的学科分支,在我还处于犹豫的时候,同样一位教授对我说:"你不要跟着学科里的热门走,潮流会涨也会退下来,你只要把自己喜欢的做好就可以了。"带我的这位教授也对我介绍自己的学术经历时说:"我所做的,总是我最喜欢的,也是最有意思的东西,然后再去说服别人。"就这样,我就加入了这位教授的实验室,学习一整套酶催化体系,主要是研究有些酶是怎么会产生这样强的催化能力这一课题。

回想起来,我至今最庆幸的就是我一直在做自己喜欢做的事,我从小就决心做一个有"大贡献"的人,最后决定要做一个"科学家",这看来很幼稚的想法,虽然在这十几年的实践中有少许更改,但我对发现大自然奥秘的初衷始终未变。

这也是我想要告诉和我那时一般大的同学们的，做你们想做、喜欢做的事。不要随波逐流，去单纯地选择所谓“热门”行当，谁能预料十几年之后，“热门”的又是什么呢？只有热爱自己的专业，才能做得出色而快乐。我喜欢学习，特别喜欢那种把一道很艰难的数理化习题解答出来的过程，这感觉真好，就跟打游戏一样有趣而刺激。记得一位科学家曾说：“我们拼命工作时的那种热烈的心情是难以形容的，就好像是等待着婴儿的诞生，像是在黎明时刻等待初升太阳的心情……你知道这将是重要的发现，但却无法掌握它的来临……突然，它出现在你的实验室……我想我永远不会忘记那一段日子，因为很可能我一生不会再经历同样的时刻了……。”这位科学家说得多好啊！

女儿一直把艰苦的学习、做习题，视为像打游戏机一样有趣而刺激，女儿所叙述的这时刻比喻成像打游戏机胜利的感受一样让人激动，这其实是女儿的理解。每个人都有自己的特长，每个人都有自己不如人的地方，认识到这一点，似乎是一种解脱，只要做自己喜欢做的事，学自己喜欢学的东西，就像每个人有自己喜爱的饮食习惯一样。曾记得否？女儿曾在我们的安排下去学了一阵子小提琴，她不喜欢，只能是不了了之，那把琴也只能束之高阁了。

想到那次去参加女儿的博士论文答辩会，我听不懂英文，只记得在座的教授们，一次又一次向女儿提问，女儿回答之后，引起教授们一次又一次的发笑……回家后我问女儿，教授们都问你什么问题，为什么总是发笑，大概你的论文答辩不理想吧，女儿告诉我：“教授老问我，研究的课题有什么实际使用价值。我回答教授说，只是我喜欢研究这些课题，对它问一个为什么而已。有没有实际应用价值，还没有考虑。”也许是回答得过于朴实，令教授们发笑，也许是研究的出发点与人不同，所以教授们都笑了。女儿有时会对我说，牛顿发现万有引力定律，当时也不知道能派什么用场。看来女儿读书读傻了，也许正因为这傻劲，她博士毕业时得到了斯坦福大学全学院一年一度唯一的一个学院奖。

有人说，爱好是一种动力，是一个人能坚持着付出最大支撑的力量，在女儿身上，我确实体验到了这句话的真谛。

在华师大二附中与听讲学生

女儿继续着她的发言：

做博士的时候我的课题做得很顺利，我的第一课题差不多半年就完成了，到了可以发表论文和去讲演的阶段。这时候，对我来说又是一个很大的转折点。是我的教授教育了我，他看了我写的论文说：现在的科学不是当年的那些科学家们，像门德尔关在后花园研究豌豆，就可以推理出一套基因学的时代，因为当年没有人知道，是几百年之后，大家才知道的。现在的科学逻辑太严谨，也就比较难懂，一般的读者更不懂。怎样才能把自己研究课题的论文，写得让别人都看懂呢？因为每个科学家成就再大、学问再深，也都有自己的盲区，现代科学分支太多了。于是我和教授二个人一起在电脑前改了5个小时，几乎每一段话都改动过了，过了2天他把改动过的稿子又撕了，他说，还是太艰涩难懂，为了把这篇论文写得通俗易懂，就这样来来回回改了5次，到第5次时，我非常不耐烦地说，如果他们连这个都看不懂，那他们都是笨蛋了。教授听了我的话对我说：永远不要责备你的读者，要是他们没有读懂的话，那是你的错，因为他们都是一些很聪明的生物学家，但是，他们没有受过你这样的训练，不可能从你的思维去思考问题，你写论文的时候，要从他们的常规思维去思索，像牵着他们的手一样，把他们逐步带入你的思维逻辑过程中去。

教授的话引起了女儿的震动，教授说得多好啊！“你永远不要责备你的读者，……读者没有读懂的话，那是你的错。”在当今科技发达的现实中，每个人都有自己的盲区，科学家也不例外，在科技分类越来越细密的情况下，同一行的，对自己的研究课题钻研得越深，别人对你的研究过程越不容易了解，反之，你对别人的研究过程也不一定了解啊！

女儿继续说：

博士毕业后我选择做博士后，博士后是一个从学生到半独立的研究者的过程，在这过程中，很多人稍微转一下自己的研究课题，有的转得大一些，有的转得小一些，我走到这一步的时候，似乎又面临选择，似乎又来到了一个选择的分叉口。当时我想，接下去我该做什么？概括成一句话，再一次想一想让自己最激动、最兴奋、最感兴趣的课题是什么？为了想明白这些，我曾经有4—5月的时间没有做实验，只是看了许多论文，又出去开了三次学术会议，看看各个领域是哪些同行人，是哪些领域让我更感兴趣。当时，我有三条路可走：最简单的路是走我学的酶催化动力学，我可以再选一个酶，再做这个酶的催化动力学，如果选这条路，我觉得对我的挑战性不够。我可以在另一方面转一个课题，做得更偏化学一些，去发展一些高尖端的化学技术，但是我觉得，那也不是我想做的，因为我最感兴趣的还是生物问题，我为了要研究生物问题，揭示它的奥秘，才到化学这个学科领域来学一些有用的工具，再把它带回到生物领域的研究中去，使我越来越感兴趣的是生物学里的大分子机器。我们细胞里的蛋白质和核糖核酸，它们不是单个独立运行的，它们常常是几十个或几百个蛋白质和核糖核酸结合在一起，组成一个大的分子机器进行操作运行的，而这种操作运行是非常有规则化和非常准确的，这些大分子机器，在当时是刚刚开始被发现，而且我知道了这个领域的同行都在做些什么研究，怎样进行这个领域的研究，几十个、几百个蛋白质和核糖核酸为什么会结合在一起？还没有人研究得很透彻，我觉得这是一个非常好的机会，我在美国实验室所受的这套训练技巧，完全可以带到这个领域去一显身手。四年前第一次提出了一个假设，几年后这假设中的每一个分支都被发现了，而这个大胆的假设却始终没有被揭示，我想把原来快要死亡的这个课题复活，这个复活的意思是说：提出新的问题，找到新的研究办法，把理解提高到一个新的层次。

记得我最高兴的一件事；我听到一个实验室里有一个学生在要毕业的时候，要去做博士后，他说：我想用单舒瓯做的那套办法。说明我在实验室里参与做的酶动力实验，让同学也知道了，他们也认为酶动力实验是个非常重要的课题。我更感到这是一个还没有挖掘的宝藏。我深刻记住三句话：发展你的想象力，不管做什么样的课题、什么研究，其实研究到了最前沿的时候，关键是假设要大胆，求证要严谨，假设的时候，发挥你的想象力，思维空间的活跃是最重要的；二是你可以有充分选择的自由，但你要对自己的选择负起责任，这其实也是一个做人的宗旨；三是你要有学习的热诚，这也是最重要的，你对学习有热诚的话，你一辈子都可以在学，没有热诚的话，现在学到了知识，当一天你没了热诚，失去了热诚，就不会再图上进……

我似乎感到女儿也在给我上课，从小到大，当她踏上留学路，当她戴上博士帽，当她完成了做博士后的生涯……我似乎只是一直担心着她，让上帝保佑女儿一路顺风，有一份体面的工作……看起来女儿的抱负比我远大得多，我虽关心她的前途，当然要求也不高，能过上安稳舒适的日子就可以了，否则，我当初为什么给她取名为舒瓯呢？让她这辈子不再重复父辈坎坷、跌宕的生活的状况就行了。听了女儿的一席话，才了解女儿在上生化学科时，对氨基酸、蛋白质、核糖核酸、DNA……对生命奥秘的揭示，对生命现象知识的渴求，立下了终身所要奋斗追求的目标，从选择专业到选择课题，她始终是走向心中大目标的。一个人一时的冲动并不难，长期坚持并为之而奋斗并不容易。

在现在经济社会，对物欲的蠢蠢欲动现象普遍存在，而女儿选择专业的角度纯粹是从内心所爱出发，并没有因为这个专业是热门或是冷门，能赚多少钱。在她初到美国，连生存也难以为计时，她也总说：钱并不能解决什么科学研究的难题。

她选择生化专业时，在美国并不热门，而学电子、电脑、电机专业，毕业后容易找到工作，拿到高薪，马上可以进入中产阶级。而女儿她只希望自己能在生命科学领域里发现些什么。想当初，女儿曾对我说："科学更是一种态度，一种精神状态，一个过程，是人类不安于接受自然或任何神明的奴役和摆布，要求探索、了解，要给这个杂乱无序（表面上）的世界找出一个可以寻求的规律，可以驾驭它的系统，这也正是我感到人类可以为之骄傲之处，就是那种不安本分的挑战精神。"女儿这话时过十多年了，看得出，在这之前、这之后，她一直为之在挑战着，在探索着，在寻找着发现生命的奥秘。

女儿的讲话，似乎使我也回顾了她的成长历程。之前，隐隐感到，女儿只是爱读书而已，感到女儿给我争气了，与别的家长相比之下省了不少心事。今天，我理解了她当初对生命天书启蒙时刻的激动，到以后一直为之努力并继续为之付出的整个历程。我敬佩女儿的坚韧不拔，我欣赏女儿每天每时似涓涓小溪流水那般的付出，涓流积沧海，孕育着她一篇又一篇论文的发表。

女儿在华师大二附中讲座的这一天，我冒充一位听众，一位同学，也进入了会场。仰视着台上的女儿，聆听着这次讲座。仔细地思索着女儿叙述的一个个问题，快结束之际，正入神时，一位女老师从台上悄悄下来，走到我身边坐下，向我打了个招呼，问："你是单舒瓯父亲吧！"我得意的回答："我是单舒瓯父亲"。我疑问地问这位老师，"你怎么知道我是单舒瓯的父亲呢？"她笑了，回答说："我在台上往下看，你是一位高龄者，不是学生，又不是我们二附中的教师，生面孔，更主要的是，你女儿在台上的一言一句讲座时，你听得最入神了，那关注的神态，那出自内心的甜美的笑脸，只有一位做父亲才有的表情……"我说："我只是静静地听，并没有发笑啊！"也许出自内心的笑意在不知不觉间吧！对女儿的爱慕之情是一位父亲的专利，笑脸只是一种自然地流露，任何演员不可能表演的，以致这位女教师一猜就中。她更祝贺我有一位好女儿，一位有出息的女儿。我更对她说："感谢你们师大二附中在她青春萌发岁月树立了理想，让她高高飞扬。"

诗经大雅有句:"靡不有初,鲜克有终",言之意为天下做任何事有开始者很多,能坚持到最后的就是少数了,我们并不缺乏抱有理想的人,缺的是始终为实现理想而奋斗的人。万物得一以生,人们赞扬圣人抱一为天下始,有一,势如破竹生机无限。天下有始,慎终如始,女儿一以贯之,在生命科学领域一直前行。有人说:"能爬上金字塔的只有两种动物,那就是雄鹰和蜗牛。"女儿不是那展翅翱翔的雄鹰,只是一只蜗牛罢了,她至今仍坚持一步一步地扎扎实实地往上爬着。女儿赴美留学十四个年头了,今年是踏上任教的起始之际,从中学时代对生命奥秘感悟的激动开始,一直在做着一个探索生命奥秘的梦,也许这是一个漫长的过程,但我愿女儿的未来不是一个梦!

2005年于上海

钱学森曾就读的加州理工学院天文系

二十二、“蛋白质”女孩在路上

（一）2005年度全美新教授奖获得者

2005年是我女儿前往美国的第十四个年头，回眸科技发展，又是一个令人欣慰之年。

然而这一年在科学领域也是一个比较多事之秋的年月，韩国教授科学家黄禹锡，自称培育出试管牛、超级奶牛、抗疯牛病牛、克隆狗一直到胚胎干细胞，曾经一路高歌，研究如日中天，韩国将他捧为“最高科学家”和“民族英雄”。然而，这年5月黄禹锡在美国《科学》杂志上的论文，由于故意伪造数据，黄禹锡所在的韩国首尔大学调查委员会，宣布该校教授黄禹锡，在人类胚胎干细胞研究等成果存在造假成分。《科学》杂志决定撤销黄禹锡的论文，一时被传为沸沸扬扬……。

由于黄禹锡作假论文在《科学》杂志上的撤出，韩国司法部门介入了此案审查，又传出黄禹锡强迫实验室一女子捐出自己的卵子……黄禹锡造假事件轰动了。由此《科学》杂志也引起了我的关注，往日，我这位“科盲”，《科学》杂志似乎与我无关，今天，由于黄禹锡事件，《科学》杂志这个名称进入了我的视野，开始了我对它的关注。

我曾就此事询问过女儿后，美国的《科学》杂志连同英国的《自然》杂志，是国际上最具权威的科学研究杂志，发表的论文均系当代前沿的科学新发现，能在《科学》和《自然》杂志上发表论文，是对你科研发现成绩的肯定。然而，在国际科学界，科学研究成果含水分是老问题。发达国家有比较完善的科技成果检测体系，能够部分防止科学家为追求名利而故意造假。女儿顺便对我说起，她曾于1996年、2004年在《科学》和《自然》杂志上各发表过论文，2004年发表的论文是第一作者，这个消息也是在这次因黄禹锡造假风波，引起了我对《科学》杂志的关注之后，才得以了解。如果她早早地把这消息告诉我，我会不以为然的，因为做科研之后发表论文是理所当然的，今天我终于领略了《科学》和《自然》杂志的分量，于是我情不自禁地打开了Google.com网络，终于搜索到女儿在《科学》和《自然》及其他杂志上的一些论文了，网页上还有一张女儿在加州理工学院的近照，感到多亲切啊！女儿的论文还不少呢！ 面对这些英语论文目录，一篇又一篇，我似乎步入一头雾水，然而，却又是那么兴奋，这些论文肯定是关于蛋白质、酶催化、变异什么的……我把这些论文一一下载，请懂外文的朋友翻译一下，朋友拿去后久久才打来电话：“你给我出难题了，你有意坑害我啊！ 这些专业科学论文中，有的是前沿的专业名词，叫我怎么翻？”为了这我还特地在越洋电话中问女儿：“这些论文的中文名称是什么？她说：“我也不知道，有些还没有翻译成中文呢。”我在失望之余感叹，真是知识爆炸的年代啊！

想起来了，1999年，也许是由于她在这年的《科学》杂志又发表了一篇论文，那年还在斯坦福大学时她获得了全学院一年一度唯一的一个学院奖，否则她凭什么得这个奖项呢？因为这是一个档次高，比较难获得的一个奖项。

2005年是女儿在加州理工学院任教的第一个年头，在新的环境里，女儿适应得了吗？好消息终于来了，那是她在一次偶然的越洋电话中提到的，女儿被评为“全美十位新教授奖”得主之一。对于女儿常获得的殊荣，我并不感到意外，女儿也没有什么激动的情绪，一如平常的电话里的谈话，她说，她也不知道，是学校报上去的，得奖了以后再告诉她的。也许是由于在这一年，她在《自然》杂志上发表的论文，而且是论文的第一作者，否则她凭什么获得2005年度新教授奖的殊荣呢？女儿的人生，她的求学路，她自己选定，这是她自己独立独行，完全是自然而然的，是她从小就有读书情节文化熏陶的结果，也是性情使然。想当年曾有朋友要为女儿测时辰八字，说是华盖在头，似乎说对了，这华盖就是一顶博士帽吧！难怪近年来，孕妇时兴剖腹产，为了一个好时辰吧！我听着，笑了。旁人看女儿，是一本美丽的书，一字字一句句谱写了人生路，不过我知道，你回想着女儿的留学经历，冷静的思索着，客观地看一下这漫长的十八年历程吧！从高中毕业后的小留学生到大学教授，从学校餐厅打工到进实验室，她经历了最深沉的痛苦与最欢畅的欢乐，硬是凭着她可贵的顽强和聪慧。也许你会说，坎坎坷坷才是精彩，可你要知道这精彩是结果，其过程可不是人人都能接受的啊！

2005年度“全美新教授奖”获得者，奖金5万美金，我高兴，后来得知，这奖金只能作为她实验室的科研经费，美国就是这样一个国家，似乎大方，又有点小气，作为个人也应有所奖励吧？实验室经费，每年可以向一些基金会申请，基金会知道你得了新教授奖金，发给你的科研经费会被扣除一些吗？如果是，这不是白搭吗？但又想想，也许有了这个新教授奖，申请基金会经费会容易得多，我安慰了！

曾编写过科普读物《十万个为什么》的老朋友叶永烈，我与他在美国奥克兰的寓所相聚时他开玩笑地对我说：你女儿研究的是对人类基因具有调控功能的蛋白质，是“十万个为什么”之外的又一个为什么。

科学研究是一首老歌，它拒绝时髦，更不可能贴上时尚的标签，如果你对科学研究有兴趣，研究似乎是一朵花蕾，诱惑着你去投入，科学家研究就似乎是从花开到孕育出果实的“单调乏味”过程，在这过程中既要容忍花容衰败的不雅致，又要有持久的耐心和期待，等待果实的慢慢成长，等待漫长的收获季节。有时候与女儿谈起，你研究的蛋白质与人类攻克癌症重大课题有

在加州大学旧金山分校

关，现在癌症为人类头号杀手，要快点啊！什么时候可以看到人类终于战胜了癌症……女儿冷静地对我说："要一代又一代前仆后继，从各个角度，不同侧面共同研究……"科学研究的过程如此艰辛，科学家在旁人看来有着璀璨的光环，但科学家的艰辛旁人似乎并不能体验。探索真知，有时是很残忍的，需要时间慢慢地去领悟，才能解开其中的迷。

学术是一场一旦进入就很难停步的苦役。女儿的经历，使我领悟了这句话的真谛。2005年这一年，女儿的经历，似乎如花、如梦、亦真、亦幻。

（二）2008年度美国生物学会青年成就奖

THE AMERICAN SOCIETY FOR CELL BIOLOGY

Certificate of Presentation

This certifies that

Shu-ou Shan

was selected to present a talk in the minisymposium, *Membrane Heterogeneity and Trafficking*, at the 48th Annual Meeting of The American Society for Cell Biology held December 13-17, 2008, in San Francisco, California.

Robert D. Goldman
ASCB President

Joan R. Goldberg
ASCB Executive Director

美国生物学会邀请函

在一切认识中，最重要的是认识自己，认识自己的未来，认识人类自身生命。人从猿而来，看看今天，想想过去。猿类何其渺小，人类何等伟大。然而猿类与人类的基因只有大约2%的差异，正是这2%的差异使人类与猿类的智能、行为和心理等等变得差之毫厘，异之千里……在科学技术突飞猛进的今天，基因技术、克隆技术、干细胞研究频频传来的捷报，似乎越来越唤起了人们对健康的追求和希望。然而癌症、艾滋病……人类潜在的寿命到底有多长，这些问题不时席卷而来。谁不想自己的生命的春天长些再长些，于是孜孜探索的科学家越来越受到人们的尊敬。

俗话说，人为财死，此话不对。

有个富翁仅靠十多年的"拼命"，从一无所有，成为资产千万亿万的董事长。可此时的他正躺在病床上，即将告别这个世界。当年轻的崇拜者来访时，他说："我宁愿现在是个穷光蛋，如果能够交换，我愿用我的千万亿万家产换取生命……”

天下公平为白发，“红颜弹指老，刹那芳华”，女子最爱长叹这句话了，男子呢？何不追求青春长寿呢？长期以来，人在认识自然中，对生命自身的研究似乎落后了，然而在今天，却空前受到了重视。生命科学越来越受到人们的关注。

人可以活到160岁，这是《新闻晨报》报道。美国哈佛医学院基因诊断室Dublin《人体革命》一书中，提出按人体生长规律和基因特点的推测，人类的潜在寿命可达167岁，然而我们一般人的寿命只有七八十岁。减少了一半左右，为什么？人们正研究着。

女儿成了探索生命奥秘科学队伍中的一员。她认为，关键在于对蛋白质的调控机能的研究。于是她夜以继日埋头在实验室。今天，当人们打开网页时，搜索到加州理工网页时，她的倩丽肖像伴随着一篇篇论文。友人看到这一切总给我来个电话，以示祝贺。想当初，当女儿被邀成为加州理工学院任教授之际。心里总是唠叨着女儿能胜任教授一职吗？一年之后（2006年），女儿居然获得了美国

女儿在圣玛里诺购置的房屋

一年一度的新教授奖。这奖项全美一年仅为五名，我激动了。之后，2008年，女儿又获得美国生物学会授予的青年成就奖，我更激动了。

每一篇有价值的论文都必须经过“感而思，思而积，积而盈，盈而作”这一漫长的酝酿过程，绝非一时即可成就的。对于一般教授，一年能写出一两篇有创意、有结论的论文，已经非常不容易了。因为在前人辉煌成就之前，要做出哪怕一点有新意的发现，都不是件容易的事。我体念着女儿的艰辛，在为女儿取得成绩而高兴之际，可怜天下父母心，又为女儿的辛苦而担忧。因为女儿并不是一位身强力壮者。

我面前的女儿，一幅娃娃脸，再加上身材娇小，别人总把她看得比实际年龄年轻些。在美国西方人的眼光看东方人的年龄，那更是有点离谱。人们普遍认为看起来比实际年龄年轻是好事，有时也不见得，带来的某种误会、麻烦时有发生。女儿已是加州理工学院一名教授了，上百年历史的美国加州理工学院，迎来了这位东方青年教授，生辉增色一些了，然笑话、误会却随之而来。女儿在教授餐厅用餐理所当然，却不时被管理人员客气地叫停：“你是不是走错了，这儿是教授餐厅，请你到学生餐厅用餐！”而且是不止一次地被人所提醒“请到学生餐厅去！”在美国人的眼里，哪有这么年轻的教授……解开误会之后，也引起了一阵唏嘘！我们有如此年轻的教授了，似乎感到一阵惊喜与骄傲。这位年轻的教授来自东方中国，人们以敬佩的目光审视着，而且是位女性！仍然一副简朴穿着。我想起爱因斯坦一句话来了：“美丽是诱惑人的，很多女性被美丽诱惑着耽搁了，但居里夫人没有”。女儿似乎也没有追求外在的涂脂抹粉，她只追求事业上的光辉。

记不记得那些得了奥斯卡奖的演员在奖台上的样子？那种一会儿哭，一会儿笑，喘不过气来的激动样子？同时还被自己的激动所感动！演员会演戏，是真是假，假戏真做是演员的本事。然而获了奖的激动不应该只是演戏，那是真实的感情流露啊！女儿并非得了个什么奥斯卡奖，却在生物专业领域里获奖，不会像演员那样的一会儿哭一会儿笑，喘不过气来的激动样子。她没有言表没有外露，只是隐藏在她的内心里，科学家和研究人员通常都很低调，躲起来做自己的研究工作而已，有什么突破性的发明，发现，都是在专门的学术刊物曝光，不易为人所知。颁奖乃靠来自全球各地的公司领导层，研究机构，大学，以至有名望的人向他们提供候选名单中进行评价，后来得知，女儿的这次获奖是加州理工学院生物系的推荐。对于这次获奖，作为父母的我们也真够激动的，起码比女儿激动多。记得那天，我妻子得到了女儿获奖消息后，沉寂了片刻，突然激动地说，今晚庆贺一下。我再烧个红烧鱼头鱼尾菜给女儿吃……于是厨房间里传来了一阵热闹、十分忙碌的氛围。炒菜声伴随着鱼香飘溢在我们的小木屋，只是没有喧闹声、喝彩声。我们只是静静地在心中祝福着女儿。真可谓此时无声胜有声啊！我心想，哪有这样的女儿，何曾有这样一次次得奖呢？荣誉是女儿一生的财富，也是女儿的动力。一次又一次荣誉意味着女儿的成长。我久久咀嚼着这不属于我的，却又感到很甜的滋味。

有人误认为女人与一切寓意着“美”的事物，总是会有撇不清的渊源，仿佛女人的一生都是在为美丽而奋斗着，所做的一切只是为让自己变得更加美丽吧。衣服、包包、帽子、首饰等等似乎成为女人“贴身伴侣”，更有些极其神秘且美妙的东西，不知将多少女人迷得神魂颠倒。女儿却宛然与此绝缘。我突然感受到女儿的一生正在演绎的生命主题。一颗宁静的心、纯净的眼，美丽与奋斗的共存，生命的喜悦，探索科学奥秘欲望的燃烧和无法摆脱的命运。这些日子，作为父母的我们，曾成为她小家庭的附加成员与她生活在一起。目睹每天、每周、每学期的经历。似乎觉得她做的梦并没有做够，在每个约会还没完之际，甜品却一个又一个的上来了。最近半年，一年的日子里，女儿又一次次走出加州理工学院的实验室，去加大圣地亚哥、加大圣地巴巴拉分校，去麻省理工学院，去哈佛大学做讲座，讲她的一次次实验。一次次讲座颇受欢迎，认为“……关键在于对蛋白质调控机能的研究……”“……要一代又一代人不断研究的付出……”。

哈佛大学，麻省理工这些世界著名大学，人们听之如惊雷一般，而女儿却说，我们加州理工学院的生命学科研究比哈佛更胜一筹。女儿似乎成了领军人物了。2010年，女儿又受到中国科学院的邀请，去了一次北京，作了一次讲座。她回到祖国，我心中激动，女儿也是如此。然而科研繁忙在身，女儿在北京仅停留几十个小时而已。来回地倒时差也够辛苦了。

生命的可能性总是超乎人类的想象。如果你以为地球上如此丰富多彩的生命形式，已穷尽了所有生命变化的可能性。那就大错特错了。砷作为一种重要元

加州理工学院实验室

素被发现了，为生命的诠释提示了新的可能性。书此，我又获新的消息：美国宇航局（Nasal）2010年12月宣布了一条"地外生命"有关新闻。在美国加州莫诺湖中发现一种细菌，它可以用"砷"取代"磷"来维持存活。此前砷是剧毒物，一直被认为不太可能作为生命的基本构成元素，这项发现足以改变人类对地球上生命的认识。砷"插足"了生命基本元素。Nasal的这一发现，为人类对生命的起源和进化的认识推开了又一扇窗，展现出一片全新的天空。

面对挑战，女儿似乎像面对可口可乐那样，她喜欢这种挑战。对生命科学的研究对她来说像是对天堂那般的恋情，甚至是疯狂的执着，夜以继日的实验室生活像是吃了秤砣铁了心，永不放弃。除了研究，好像是没有别样情愫。我回味着女儿的成长，有所领悟。其实人就是这样，你要把事情想得好了，它就是天堂，你非要认为它是地狱，那你肯定不好过了。心理暗示是大于现实现情状的。人说"小胜于志，大胜于德"。回眸女儿的成长，小时候的一次次第一名成绩，那只是立小志而已，今天她已是立"大胜于德"胸怀的科学家了。看到了女儿的倔强。漂亮女人到处都有，可事业有成的聪明女人是世间真正的尤物。

（三）女儿获终身教授职称

2011年，是女儿赴美留学二十周年的日子。二十年，人生关键岁月，一段漫长人生路，一位少年人迷一件事并不奇怪，若是此后上了心而果然做，便是有志气，诗经有言“靡不有初，鲜克有终”。女儿似乎就是一位这样的人。

六年前，美国加州理工学院聘女儿建立自己的实验室，仅一年，就荣获2006年美国新教授奖荣誉，让人感叹啊！人类已有六百万年的进化史，文明史也有一万年了，但只有最近半个世纪以来，人类社会的进步才能用日新月异，一日千里来形容。迈入21世纪的今天，人类步入了一个高度发达的信息化时代，与此同时，生命科学领域也越来越受到关注。从现代科学发展来看，一方面已有的学科不断分化，越分越细，新学科，新领域不断产生，呈现出高度分化的特点；另一方面不同学科，不同领域之间又相互交叉，结合与融合，向着综合性、整体化的方向发展着，呈现出高度综合的趋势。女儿在加州理工学院的实验室属于化学系，美国生物学会却在2008年授予她青年成就奖，因为她研究的课题与生命科学紧紧相依相连，是化学，是生物学，是生命科学。那是她十五年前的专业选择，走过了坎坎坷坷的岁月，她对蛋白质研究课题始终爱不释手，似乎是前世命运注定，一步一步走来，终于有了自己的实验室。把自己也“嫁”给了实验室，时代不同了，男女都一样，这似乎成了事实，多少女子走上了政治舞台，多少女性走了大学教授讲坛，女儿就是其中的一位，女性不再只是裙纱明艳、玉指纤纤，只是为她们男人追魂寻梦，生死缠绵……这年，加州理工学院授予女儿终身教授职称，值得标记。

人说女性纤纤温柔，看来更具韧性，能坚持孜孜追求，女儿自一而始而终已为世公认，亲朋好友都夸我女儿，认为她从小就是个“懂事”的孩子，有出息的孩子，满分第一名总是伴随着她，出国留学后，小小年纪就带上博士帽了，刚三十出头年纪就成了名校的教授了，被邀走上哈佛讲坛了，不久前，美国生物协会在波士顿又授予了她

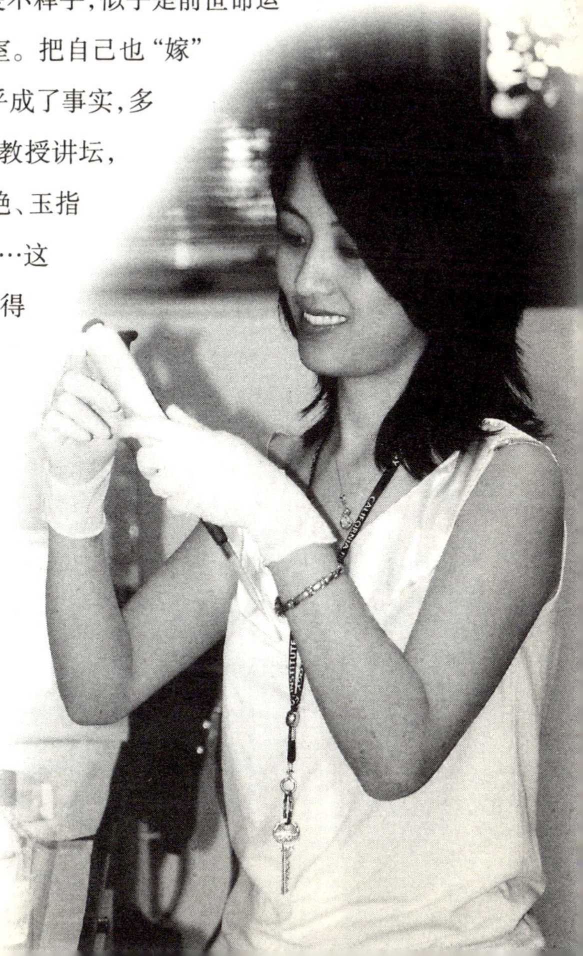

在实验室

青年成就奖……在她的书房里奖牌一一陈放着，终于证实了璞玉成璧的事实。在美国当一名教授，有着荣誉，受人敬慕。

人说校园是座象牙塔，那日子却是一生中最纯真，最珍贵的时光，骊歌为每个阶段画下了休止符，也为下个阶段奏出序曲，一首首骊歌，吟唱的是一曲曲动人的故事，灰姑娘梦想成真的故事。多云时阴偶阵雨，指的是天气的变化，人生经历更是如此，灰姑娘的故事也印证了《圣经》所言，人生的路很窄又很长，女儿二十年的坚守，在一条窄窄的路上跋涉着，忙也许就是营养了，忙了，大概就是营养足了，病魔烦恼追不上忙碌人群的脚步，一心只在实验室耕耘，实验室成了她事业的"世外桃源"，每一次实验的步骤与结果，分析其原因，一而再，再而三……功夫不负有心人，天道酬勤，有志者事竟成，于是有了一篇又一篇论文，发表在世界权威的学术杂志《科学》《自然》上。我回忆起女儿的话："只要有钱买书就可以了"，平静的心，让女儿坦然生活，更无所求了。这似乎是一种信仰理念，似种子。梭罗有诗："我不相信，没有种子植物也能发芽，我心中有对种子的信仰，让我们相信你有一颗种子，等待奇迹"。"等"字已经在我们心海里，编织成一张大网，在无尽的岁月里打捞我与妻的年华。老了，眼角满是皱纹了，从青丝到白发，但我们的臂弯仍然是女儿心灵里最温暖的港湾，女儿在系座谈会上向老教授们说："我爸妈为我付出了一切……"，是啊！几十年岁月，不知不觉，甚至是每分每秒，我与妻都在挂念着女儿，只是在嘴上不说而已。爱，早已经在我与妻的心中缓缓流成了一条小河，蜿蜒地流进了女儿的心里，岁月不可阻挡地远去，在那些过往里，我们心痛过却没有责怪过，总是把无垠的沙漠留给自己去承受，让孩子走在三十里的花海里，去享受恒久不变的安然感。龙宝宝长大了，上初中了，猪宝宝上小学预备班了。由我与妻看管着，让她安心去实验，滋润女儿这花朵，今天这花朵终于绽放了。回过头去想想过往的那些画面，每幅画面都是由爱组成的，世上只有父母之爱不求回报，如果要回报，那就是"望子成龙，望女成凤"的奢望吧！今天得到了。

回想她成长之路，不禁泪水朦胧间，从蹒跚学步到健步如飞，再到如今长成天鹅，往日一幕幕温暖画面犹在眼前，风雨再大也要携手同行，享受着今天的雨过天晴。品味人生，共同奋斗的感觉真好。回想以往的日子，她被邀请参加一个又一个学术会议，一次又一次学术讲坛，世界对她而言，只是一个小小地球村了，每一次远行，每一阶段成长，父母对她而言，只有满怀的祝福而已，唯有孩子去自己拥抱朝夕阳光，自己亲炙风霜雨雪了。女儿从小亦步亦趋，从不离开妈妈，年仅十八的她却突然间接受命运安排早早远飞了，在美国念马里兰大学，在斯坦福读博士，在旧金山加州大做博士后……

我不止一次地拖女儿后腿，“该休息了，你得到的太多了，特别是当今已是终身教授了，终生制了，又何必再那么辛苦呢?”我之言，庸人说，女儿却不这样认为，她似乎一旦入梦，终生不醒呢！社会不可能完全平等，但所有的人都应该拥有公平竞争的权利和机会，看来美国教育似乎就是这样一个平台。在这样的环境中，女儿有着强烈的愿望要证明自己，证明自己的能力，证明自己的才华，证明自己的抱负。一路走来竞争激烈，虽然自信，但心中也无底，不免有些诚惶诚恐。从女儿的成长中足以体会美国公平竞争的体制，只要肯努力，机会总是有的，女儿就是其中一例，但并不是唯一，中国留学生在美国似乎气宇轩昂。

连日来，道听途说加州理工学院评定终身教授奖的条条框框：不看你发表论文的多少，最看重发表论文的质量；不在乎你拿到全国科研经费的多少，只看重你工作的实际成果；要系里教授个个认定通过，更须20名以上全国各大教授的一致推荐，这些教授中有的仅见一面二面，更有的只是看过女儿论文，了解实验过程而已……仅此几条，似乎虽理性，又何等苛刻。

连日来我深深地沉浸于那逝去的岁月里，平静地回忆着曾经的一切，我，人生七十余了，六十年时光中国人有个说法叫一“甲子”，是个不短的周期。树越高，根越值得敬畏，在每天日常生活的溪流中经历着时间的流逝，在这流逝中我经历着：离别、相逢，成为我们家的常事了，从当初女儿飞越太平洋，到我与妻飞越太平洋参加她的博士毕业典礼……至今，我与妻成了空中老飞人，我们是上海浦东、洛杉矶机场的常客，记忆中机场的角角落落越来越清晰了，一次次离别，又一次次相逢，终于明白，离别是给予女儿成长的更大空间，意味着新的体验，为人父母的我们，信任孩子，是个重要课题：总在想：“大树底下能长出大树吗?”今世有缘作父女，牛角桂皮共勉之，满腔惆怅又无限感叹！正巧在那些日子里，女儿表哥李川因公来到洛杉矶，去加州理工女儿实验室相见女儿，相拥之后说："想不到二十年前去机场接表妹去马里兰大学求读，一位小留学生今天已是一名世界排名第一名校的终身教授了……"为庆祝女儿成为终身教授，在一次家庭派对上，几十位教授、学生祝贺着女儿，小木屋后草地欣欣向荣，老教授送来的鲜花、蛋糕……喜气洋洋，这是女儿赴美二十年最热闹的一天了。

翻开女儿的个人成长史，贯穿始终的主旋律就是"生物化学、基因、蛋白质"。正如从弓箭、手枪、大炮到导弹的变化一样。近百年来，生化学科和所有学科一样也经历了加速发展的过程，尤其近年代已成为人们争先追求突破的学科。女儿为了突破，追求，为了认识和描绘生命的奥秘，她真正在"食不甘味""夜不能寐"。

成功，其实没有什么固定的模式，勤奋比天分更重要。

回眸女儿成长路，女儿自己去走，上帝给了你一个脸孔，而你自己却制造着另一脸孔，父母没办法按自己的理想去塑造孩子，人说你可以牵马匹到水边，但不可强迫它喝水呀，一切在乎自己。连日有朋友问我，"你是如何管教孩子的？"似乎在取经，我无可回答，一切在乎自己。在于你自己的付出，这是最好的回答了！

画家丁绍光的外孙，一次把自己的一幅画拿给丁绍光看，丁绍光曾对他女儿说："他喜欢就让他去画吧，不要刻意任何东西。每个孩子都有自己的天性"。我欣赏他这话，天性没有绝对的好，也没有绝对的坏，帮他找到适合自己的，发挥到极致就好了。这似乎我的教子经，不需做狼爸，我也不会做狼爸，让女儿入得书上，下得厨房。圣经中有一句十分宝贵的话："你要谨守你的心，胜过谨守一切，因为生命的泉源由此而出。"静心能使你思维由混沌到清晰，懂得一个个真谛。女儿的人生不需要彩排，是神作的编剧和导演，她只是认真努力演好神给予她的角色，给世人、天使观看吧！

让我珍藏好今年的记忆。如果当时对女儿这样期望，简直是天方夜谭了，今天却是事实，我只是以最真诚的态度写出我最真的感受，希望和你分享。

英国《泰晤士报》高等教育特刊公布2011年—2012年世界大学排行榜调查报告，连续8年蝉联榜首的美国哈佛大学首次被加州理工学院击败，退居2位。消息传来，又让我一阵激动。

时值秋日，眼观从常青树上掉落的叶子，颜色仍然有点绿，我感觉很快会变黄的，想起唐诗："雨中黄叶树，灯下白发人，"晚风则发出无奈的叹惜，然而我知足了！因为我女儿终于换来了人生灿烂的一年又一年，2011年那是最灿烂的一年。又有人问，女儿将来又该会是怎样的生活呢？预测未来是困难的，我思维信马由缰，竟又是一夜无眠。

加州理工学院选中的人才，校方一般与之先签四年合同，到第三年根据表现决定延长或终止，第二次合同可以再续签三年，一般与学院签了十年合同的即可成为终身教授。但如在合同期内表现平平，四年合同期满后就需另谋出路。如表现杰出，学校随时可与之签十年合同，这就意味着学院已接受其为终身教授。女儿早早被学院破格聘为终身教授，罕见又难得啊！

"冰冻三尺，非一日之寒"。年轻岁月不曾闲掷闲弃，用意志力去战胜任何懒散和惰怠习性，鞭挞自己，犹如对奴隶之苛酷。回眸曾经清心寡欲，坚持着安贫乐道的寂寞生涯。女儿在艰苦颠朴之中不沉沦，追逐着光明和希望，坚持着光明在前，继续奋斗！让人体会那任何成功不是机会主义的偶得，是蓄之既久，而其发必速是量变到质变的飞跃，是积年累月的辛劳的报偿。曾经的搏击、沉浮、至于彼岸何去，不知也！抱着"但问耕耘，不论收获"的精神。只想着百折不挠的意志力，坚信着达到光辉的境界，浩瀚的科学海洋里任意遨游。

曾经仰天长叹，天无绝人之路，天生我才必有用！"知识改变命运"这句名言，太科学真理了。

人生每走一步遇到的事情，你必须接受它，经历它，最后回头看就会明白为什么当初会遇到这样的事，结果是为了成就现在的你。终于璞玉成璧了。人生就是接受和经历，有了这些才

Charles Yanofsky 奖（最佳博士研究奖）

成就了现在的你。人说“宅男神女”是苦出来的，做学问更如此，只是以苦为乐罢了！如今38岁的女儿，仍然是朝气蓬勃的，自信满足的，她已经过了青春期，应该更成熟，更沉稳，更有自信了。

一部部电影，一部部成长的小说故事，没有哪一部有女儿的生活精彩，我欣慰了。

（四）获2012年诺贝尔得主签名奖

青年科学家奖

冬去春又来，2012年春夏之交。好消息传来，美国化学协会授予女儿年度诺贝尔得主集体签名奖。女儿又摘得了一朵鲜花，春天总是和花儿在一起，和阳光在一起。陪伴女儿去这圣玛丽诺小城也七个年头了。顿时感到眼前山岚更美了，空气是那么甜甜的，蝴蝶是彩色的。置身于绿色大地，似乎梦幻般的经历。

总以为，我对女儿赴美留学二十年（1991—2011）的叙述，从一位留学生到终身教授的历程，此书可以止笔了，然节外生枝，杀出一位“程咬金”。不得不又写了这一篇，不能不写啊！

我迎接女儿这次授奖回来。打开包裹着的奖牌，像一本厚厚的书页展示的两面，奖牌的一面书写着：

NOBEL LAUREATE SIGNATURE AWARD

Sponsored by

AVANTOR

PERFORMANCE MATERIALS

Presented to

California Institute of Technology

and

DR. SHU-OU SHAN

preceptor to

DR XIN ZHANG

March 27.2012

奖牌的另一面，是历年诺贝尔化学奖得主的密密麻麻的签名镀金刻模牌。为了得到这一位位诺贝尔奖得主的签名，协会派员赴多地寻觅，据说足足花去了四个月的时间，可谓用心良苦。

诺贝尔奖得主签名

面对这厚重的奖牌，我思索着，不时回忆起一位位亲朋好友曾经询问我的话语：“你是怎样教育培养女儿的？有什么教子秘方？”我却时常开玩笑似的回答：“是女儿的天智聪慧，因为我与她母亲太笨因而负负得正吧！是上帝给予我生命缺陷的弥补吧！”

不可否认，一个人的成长离不开社会环境，家庭环境的熏陶！特别是儿时的生长环境对女儿无疑是有影响的。在那贫乏的岁月，虽然收入拮据，然而我们还是为女儿营造了一个书香十足的环境，我赞美天下诚实的读书人，赞美他们有一间属于自己的书房，哪怕只是一角角而已，尽管面积小，很简陋，但“斯是陋室，惟吾德馨”，这是读书人唯一宁静的天地，快乐的园地，更有可能让孩子去图书馆，在她之前展示的是一个不可知需要探索的世界时，她慢慢地迷上了追究与寻觅答案的思索中，古道：“从来纨绔少伟男，自古英雄出贫家”似乎有理。

想起女儿成长中的记忆，要上学了。记得一次感冒发烧，我对女儿说：“病了，该休息了，明天不上学了。”女儿急得哭了，“我要上学，我要上学”的乞求。这让我直至今天仍然牢记。每一天的上课，是在知识海洋里荡漾，是女儿的快乐。

步入青春岁月了，青春是人生的三月，是生命原野上泛起新绿的多梦时节。青春是希望与憧憬的近似语，是进取与攀登的同义词。每一粒种子都带来一片希望，每一叶新芽都象征着一片生机，是时代选择了她成为上海华东师大二附中的一位学生，在她生命里程中留下了永远的印象。虽然当时的岁月，充满着激荡，撞击与回旋，探索甚至碰撞，总是和幼稚联系在一起，然而就在这时，似乎鬼使神差，女儿坚定地选择了生化专业，而且顺理成章地到了美国学生化。于是基因的发现和作用，生命的起源，蛋白质的结构和作用……在她面前展开了一个又一个神奇的世界。也带给了她一个又一个彩色缤纷的梦想。至今让我深深感到这饕餮大餐赋予了女儿人生的精神营养是不可估量的，在她踏上启蒙的旅程至今一直注入了深深的探索情节。

人人都想成功，成功的人物所具备的条件虽然各不相同，但有一项是绝对不可少的，必须非常有毅力，回眸女儿成长的经历，天道助勤似乎真理，世上唯有勇于面对现实，不怕艰难和打击的人才能闯出一番事业。世上没有不经过危难而成功的，越受挫折越要坚决心志，失败不仅仅只是“兵家常事”，也是人的一生中常有的事情吧，重要的是失败不要气馁，女儿去实验室里一次次的实验，不可能如你所愿吧！她演绎的是一次次结束，又以终为始的每天，每天。

在美国与女儿生活在一起的日子里，曾经一次次面对着女儿高高兴兴的时刻，我对妻说：大概是这几天女儿的实验结果理想如愿吧！于是开心了，但更多的是面对她回家之后的一身疲惫，她仍在思索着的精神状态，面对一个个不解之谜仍在思索着，她辛苦了。几天之后，她笑了，大概实验成功了，于是享受着。

我回忆尼采的一句话：“极度的痛苦才是精神的最后解放者，唯有痛苦，才强迫我大彻大悟。”我更欣赏一位欧洲老作家的话：你为了理想而奋斗，跑得脚都皴裂了，可是人们往往还是不理解你去干什么。对此，曾获得诺贝尔文学奖的法国作家罗曼 · 罗兰在《约翰 · 克里斯多夫》卷四头版序中说过一段话，大意是：人们，请等我们到达生命的终点，再对我们的努力作出评价吧！

正如从弓箭，手枪，大炮到导弹的变化一样，近年来生化学科和所有学科一样，也经历了加速发展的过程，女儿在这领域孜孜追求着，生物世界究竟有什么魅力如此吸引着她，让她穿梭在这一领域。在于生物世界的真和美吧！让她“食不甘味，夜不能寐”。

圣经马可福音有句：“我信，但我信不足，求主帮助。”多么鼓励人心的一段经

加州理工学院

文！一个被鬼附着的小孩的父亲，来求耶稣，耶稣对他说："在信的人凡事都能。"女儿获奖了，诺贝尔奖得主签名奖，诺贝尔得主，多么让人崇拜敬佩的人，他们一位位签名发奖给女儿，是一位位诺贝尔奖得主对女儿研究领域取得成绩的肯定。这奖项分量似乎重重的。

伴随女儿留学过程的是一篇篇论文，一次次走上授奖台，似乎明星走上了红地毯，受人注目。颁奖典礼的庄严肃穆，女儿的淡定自然的笑脸，接过奖牌的敬礼，楚楚动人……镁光灯，掌声的伴随。人生似乎修成正果，水到渠成，交出了完美答案，我自然喜不自禁，叹女儿交出完美答案。面对奖项，一次次的荣誉，大学教授、全球数学界最高荣誉菲尔兹奖得主丘成桐说得好："希望得奖学生不要自满，爬过小山后，还有很多大山，要继续努力。"也许这是乐趣，也是让女儿奋进不息的途径。

女儿啊！要继续努力，更要注意休息。

加州理工学院实验室

二十三、此岸、彼岸

叶永烈先生送我一本书《我的家一半在台湾》，记述了他去台湾儿子家与儿子、媳妇、孙辈团聚的日子。老子、儿子、孙子本应是一家，然而却两岸分隔着，读后颇有感。

回想着当年送子女留洋的牵肠挂肚，至今近二十年的人生历程啊！

每次赴美，飞越太平洋，怀着激动心情踏上了美利坚的国土，与前来接机的女儿相见之际，激动之余，一次又一次坐上女儿来机场接我的小车，小车很快驶进了高速公路，左弯右拐之后到了女儿家。上海、洛杉矶十多小时的时差，阴阳却颠倒着，每次赴美，每次倒时差，不可避免。人在倒时差的时候，在昏昏沉沉地死睡前后，脑电波会突然胡乱地跳梭，思维却也更清晰。一天一天，开始了我在美国的生活。

对美国的许多小城，你如果用自己心中对城市一成不变的固有观念去打量它，它简直就不太像个城市，因为它绝对不会给你一个像上海、巴黎、香港那样的感觉，也不会给你像电视电影上看到的纽约华盛顿的印象。女儿起初生活在旧金山的硅谷小城，小宅位于山坡上，远视着大海，风景好，给我留下了美的印象，后来她生活在洛杉矶的圣玛里诺小城，虽然没有大海的涛声，然而小城的草地绿树像森林中的小城小宅院的环境，也让人爱上了它！

2008年，是我去美国女儿家探亲时间最长的一年，家庭大团聚的一年。家，是一个完整的概念，共同生活交流的场所，客厅里悬挂着祖国的黄山、桂林、青藏高原的风景照，常坐于此，一天又一天收看着中央4套电视节目，互相交流着，聊着国语，天南地北畅叙，吃着中餐，似乎又回到了国内。有人问我在美国生活的体会，我回答：在家里关起门来就是中国，过着和我曾经在中国同样的生活，却又是多么的思念家乡，胡适先生有一首白话诗：“怕勾起相思，进屋躲着月亮，偏偏月进窗来，害我相思一夜。”我何曾不是如此呢？

每当夜深人静的时候，我喜欢一个人静静地翻阅着家庭旧照片，享受那美丽的孤独。这些照片将一个人生命中的某个时间、地点捕捉下来了，让我记住那一刻、那一切，即我生命流逝，让我把遗忘的那一瞬间又让我记忆了。一个夜晚，我翻看着那张在上海虹桥机场拍的老照片，那是女儿要赴美留学之际，亲朋好友送行时拍的留念照。时处中国改革开放之初，一阵阵出国留学风，吹得我女儿随着潮流“热血”滚滚，终于成行了，成了一名小小留学生，引来了亲朋好友的关注。在这张与亲朋好友合影里，看到女儿的年轻，也看到了自己当初的年华。岁月不留情。十七年之后的今天，其中的每个人都走过了一段生命的历程，这张照片对别人也许已不再有什么特殊的意义了。我记住它，回味着，咀嚼着当初淳淳的真情实意永远不会忘啊！

女儿出国留学之后，我们之间总是离多聚少，年岁越长，我们越发感觉到这段缺席岁月带来的心灵负担，在那女儿成长的重要年岁，我们成了她缺席的父母，于是每当团聚之际，总是珍惜这短暂的日子，像终于为自己前些日子的缺席，寻求到了补偿的机会。总希望有朝一日，我俩归隐江湖，在大洋彼岸的春暖花开边陪伴女儿，这一天终于来了。少时女儿爱吃的鱼头鱼尾粉条之类菜肴，又成了我们餐桌上的常品，女儿在实验室忙碌了一整天，回到家有了一份热菜热饭，她感到异常满足和欣慰了，世界上的东西总会越用越少，唯有爱，随着岁月流逝却常青常在。然而我去美国之后，似乎进入了一个看不懂听不懂的陌生英语世界，日常生活缺少一种文化归属感，身为他乡为异客，很难找到自己生活的感觉。

故乡，这是一个多么熟悉，却又遥远的名字了。那是我们生于斯、长于斯的这块土地，是我们童年记忆中那片充满蝉鸣与鸟语的地方。在圣马里诺这里却显得是那么陌生。

这小木屋是我女儿的新居，典型的洛杉矶居民房有树木，有前后院，颇符合中国概念里的“别墅”。我爱在这里每一天的自己，那是一种诗意的栖居，让人联想到田园、烟囱、篱笆和狗。这是一个暂时安定的新巢，它并不是一夜之间建成的，凝聚着女儿、女婿小两口的岁月深情，融汇着女儿与女婿越过的坎坷奋斗之路。家，是一个人内心世界展现最为丰富的舞台，一个人需要一个完全真实的空间去释放自我，家是隐秘之地因为这里只有女儿和她家人生活着。一个最能贴近自我的生活空间。然而在这小木屋里的三代人演绎的是不同的生活空间，不同追求，我们早睡早起，女儿关照我：“明早叫醒我。”每当天明我们早起时，看到书房里论文上用红笔勾画的一句又一句我们不懂的章节时，我们真不忍心叫醒女儿，让她多睡会吧！妻说，女儿起床后问起我们为什么不叫醒她怎么办？我出了一个主意，就说：“年大了，糊涂了，忘了时间了。”这样一次、两次之后，女儿发觉了我们的坏主意了，再也不关照我们叫醒了，她自己早起了。目睹女儿的辛苦，就连亲朋好友也不时地对女儿的生活发出了感叹！作为父母的我们心痛不已。然而女儿却说：“我不觉得苦，去探索拥抱实验室的神秘，我好奇！”也许这就是她能长期坚持的秘密吧！

有人羡慕我一次又一次赴美国的生活，总想问我的美国生活的点点滴滴，其实我与妻的美国生活，那就是系上围裙支锅倒油，开大火快炒几个菜，迎接下班回家饥肠辘辘的女儿而已，看着孩子热热地喝下一碗汤，贪食几个菜，就欣慰了。我们成了女儿科研生活的后勤部长，我妻总是在厨房忙碌着，我们并不一味追求一种静谧和简朴，比之在国内似乎同一生活格调：去超市买菜，买什么才是又合算又合女儿的胃口？

二十世纪三十年代，林语堂先生踏上了美利坚合众国的土地，并在那里亲身感受到了一个伟大帝国在他兴起过程中所特有的忙碌、繁盛与勃勃生机，然而，在短暂的兴奋过后，林语堂先生也发现了美国文化的单调、简单、机械与乏味。这里不是他心目中的乐土。

当年林语堂先生在美国生活时的感受如此，我又何不如此也。

女儿的上班下班，她以自己的实验室为家，她有她的追求，夜里陪伴着她的

作者在女儿家小院里

灯熄灭的总是那么的晚……她有她的生活。

我，一位花甲老人，陪伴着美国文化的单调、简单……只有适应亦是自得其乐了。

人一老，对子女的事情会变得分外脆弱，时不时经常流露出一个愿望，希望更多地看到女儿，让她能常坐在自己的身边，在美国似乎可以与女儿在一起了，然而她总是早出晚归，晚餐也总是那么匆匆忙忙的，我们在美探亲时，她能吃父母为她准备的浓汤热饭，咀嚼着父母辈的亲情，也使父母辈感到安慰似乎足矣！但每天她什么时候能回到家？总是等到很晚。实验室似乎成了她的另一个家，在她眼里似乎显得比我们更为重要，我们吃醋了。似乎在体验着做一个有才气的父亲、母亲，不容易享的福，你得放低你天伦的辈分，先求做到友谊的了解，充满着爱与柔情，相处着一种教育的艺术，与女儿一起自导自演着人生历程这出戏。

人世间，相距最遥远的是人的心灵，相距最亲近的也是人的心灵，当年女儿远去美利坚，隔海隔洋的，接到她写来的家书，一组文字，一声问候，穿越海洋高山，牵于彼此之间便温暖了久违的心灵，宛如千年知己。然而当女儿近在咫尺，相对而坐，面对再熟悉不过的面孔，却难以交流，她有她的事业，我们有我们的思念，每天只有等到她回家后，看到她吃得津津有味时，才获得了瞬间的快乐，总在想，我们不在她身边的时候，晚餐她能吃到什么呢？小外孙怎样照管呢？据说周日是她休息的日子，在中国超市买回一星期的菜，一个星期里吃剩菜剩饭是常有的事，我终于发现了放在橱里的紫菜之类的干货，猜想着也许是她经常是放几枚海蜒稍稍滚煮，加较多的醋和少量酱油，然后放入紫菜，就可以了，没有海蜒，家乡的"虾皮"替代，做这菜费时极省，一二分钟即得，也许喝的时候，眼睛也会在论文上……真是"罪过"，我有时想着想着，轻轻地叹了一口气。由于中华民族文化的熏陶，我们在美国生活的"寂寞"似乎也心甘情愿了，然而在美国探亲签证逗留的日子是有限的，不能久待。

告别是一件让人脆弱的时刻，原来说说笑笑遮盖着的气氛，探亲时那种似乎有着旌旗马蹄声做伴的气势，由于是告别时刻的到来，立即会感受到一种被活生生扯开来的疼痛，女儿啊！你过你的教授生涯，我过我的退休生活吧！远隔着太平洋的思念久久地陪伴着我们。不时在大洋两岸飞来飞去，难道，冥冥之中，竟有天意？远隔万里，千山万水，凭海遥望，千言万语，一时哽咽，不知从何说起。

我发现，我在女儿生命中看到的快乐，就是我自己生命中最大的快乐。而我有时也体会到，如果我不能帮助女儿此生能够拥有她的追求和自我实现的一切机会，我自己的生命也就没有多大价值了。我认为女儿的成绩，女儿的一次次获奖，就是我的成绩，也是给我的大奖。我曾开玩笑地跟女儿说，以后你发表论文署上我和你妈妈的名字，因为我是你论文的后勤保障啊！我也有付出，也有功劳……

每天我与妻送大外孙上学，送小外孙去幼儿园，没有我们在，女儿要牵挂不少了，我与妻在发挥着余热。忽然，听到了对我称"爷爷"的呼唤，恍惚中逐渐意会过来了，这真是"可怕"的称呼。"爷爷"？电视连续剧中是那种身穿臃肿皮袍，手提水烟袋，不停咳嗽吐痰的老头，代表老迈，昏庸，令人讨厌，让人躲之不及的废人，我是这样的吗？从青丝到白发，这时你不得不承认，自己已属老人之列了。

加州理工学院中国留学生，华裔学生不少，每年春节总有一次聚会联欢的机会，女儿带着我与妻一次次去参加这里的联欢晚会。与中国留学生在一起的晚会始终洋溢着的是一种只有那个特别时空下才有的氛围：爱国，思乡，怀念和认同。在这种认同下产生的强烈的情感共鸣。撼人心魄。无声胜有声，是在用心诉说呀！晚会上一位位学子上台表演，首先自我介绍："我来自北大""我来自清华”“我来自科大”“我来自……”驻洛杉矶领事馆的领使来了，带着祖国的问候：“我代表祖国看你们来了……”人们再次感受到自己和祖国的关系，心里会洋溢着温暖，还会浸润着弥久不散的美丽思绪，中国人走到哪儿，都是中国人。这晚就是我在美国的过年。不同往日寻常，留下深深印记。

我在宁静的美国小城的每一天，以纯粹表达内心最平实、最简单的感受，当落日渐渐消沉，一种惆怅有失及阵阵多愁会袭上心头。然我仍次日清晨准时起身，乐观又精力充沛地迎接新的一天。虽然身处异邦，也从不将自己与中国隔绝，关注着中国的一切。来自中国的种种消息会令我十分鼓舞。当西藏达赖访美策划动乱消息传来，会愤愤然，我和女儿也会参加洛杉矶街头抗议活动。当四川汶川地震之际，那心挂更甚，我与女儿会捐款以表微薄之力。我想念的祖国，三更半夜时分，祖国睡得正香，可我在女儿家也忙得正欢之际。

往返于中美之间，此岸彼岸且跋涉，空花水月深不觉。千舟尽过，荣辱不惊。离开为了今天更好的回来，回来再一次离开。一张一张照片，一次又一次美好瞬间，似乎在人生道路上兜了一圈又一圈。看似一次又一次回到原来的起点，回到终点。

只是，在圣玛里诺住久了，又向往上海闹市了，接受那熙熙攘攘的人群，匆匆忙忙的脚步、汽车、自行车驶过的嘈杂以及那既熟悉又陌生的无数画影。一心期待着早晨出门，街市、弄堂叫卖声，让如潮人流把我溶化……买到菜市的时鲜货、便宜货，那是人生的意义——日常生活再加自由。

人生似乎如流水，随波泊岸，随遇而安吧！珍惜每一天的日子，让生命的付出换取快乐相伴。我似乎是一位归隐田园的乡下绅士。有小松鼠不时来陪伴你，我不追究它是从何处来，而只固执地认为，它是天使吧！降临到我身边，就是来慰藉我那游子之心吧！

在美国的生活让我感叹万千。美国是美国人的美国，这城市是别人的城市，陌生却是自己的陌生，曾经一度回避的冲动。人生的峰回路转又迫使人欣然接受。

在这个地球上，我对两片土地有着特殊的感情，一个是东方中国，一个是相隔太平洋的美利坚，无论我站在哪片土地上，心中都会更想念大洋彼岸的另一块土地……